冬の神官と偽りの婚約者

fairy kiss

地平線まで続く銀世界は、果てしなくどこまでも広がっていた。

夏が訪れても全く雪が溶けず、木々や草花が芽吹くことのないこの地を、この世界の最北に住む村の人々は『無限の雪原』と呼んでいた。

その雪原の深い雪を脚で漕《こ》ぐように、刹那《せつな》は前へ前へと進んでいた。

目的地はこの白い地のどこにあるのか分からない。

誰も行ったことがなければ、見たこともない、地図にも存在しない場所。

それでも刹那はその場所を見つける為に、前に進まなければならないのだ。

この雪原のどこかにいるという、『冬の神』に自らの命を捧《ささ》げる為に――。

＊＊＊

今年の気候はどこかおかしかった。

新たな年を迎えて五ヶ月が過ぎても、雪は降り止《や》むことなく大地を白く染めあげていた。

この世界の最北に位置するその村では、他の地域に比べて気温が低く、降雪量も多いのはいつものことである。

しかし、例年であればすでに青々とした草花が咲き乱れ、人々は田を耕し、田植えが終わっていてもいいような時期である。

いつまでも消えることなく雪が降り続く為、新たな農作物を作ることができず、村人たちは不安な日々を過ごしていた。

そして、さらにその村は追い打ちをかけられるような不運に見舞われる。

隣の町への唯一の連絡路だった橋が雪の重みで潰れてしまい、人や物資の一切の往来ができなくなってしまったのだ。

その日から、外部からの援助や食料調達の手段まで奪われたこの村は、完全に孤立してしまっていた。

そんな不運の連続に打つ手もなく、村の冬の間の蓄えは、あと少しで底を尽きようとしていた。

空腹に喘いでいるのは人間だけではなく、山に住む動物たちも同じだった。

空腹に耐えられず、冬眠から覚めた猛獣たちが人里に下り、村人や痩せ細った家畜が襲われるという事件が度々起こった。

やがて、村人たちは猛獣や飢えから身を守る為に家の中に隠《こも》りがちになり、昼間でも人っ子ひとり見当たらないこの村の姿は、かつて溢《あふ》れていた活気が嘘《うそ》のように見る影もなくなっていた。

そんな村の甚大な被害に、村長は苦渋の決断を下した。

それは、何百年も前に今回と同じような雪害が発生した際に行ったという『冬の神への嫁入り』を再び行うことだった。

この村のさらに北に広がる『無限の雪原』には、昔から雪や風を操る冬の神が住んでいると言われていた。

その神が怒《いか》れば気候は荒れ狂い、いつまでも冬が終わらないと言い伝えられていた。

その度に村の若い乙女を冬の神の嫁に差し出すことで、神の怒りを鎮め、再び四季を巡らせていたのだという。

嫁入りと言えば聞こえはいいが、それは単なる生贄《いけにえ》を捧げるということに過ぎなかった。

その上、無限の雪原に住んでいるのは神などではなく老爺《ろうや》仙人で、その命を長らえさせる秘薬を作る為に若い乙女の生き血が必要なのだという噂《うわさ》も度々囁《ささや》かれることがあった。

その為、村長の提案を耳にした年頃の娘を持つ親たちの中には、嫁入りの儀式など行わずに、神の名を騙《かた》る者を退治した方がいいと、村のあちこちで反発を起こす者もいた。

しかし、誰もが恐れるその役を、刹那は真っ先に買って出た。

「本当に、いいのかい?」

火を熾《おこ》してもなかなか暖まらない広い座敷で、刹那は育ての親である村長夫妻と向き合って正座していた。

自分に向けられた夫妻の不安げな表情とは対照的に、刹那は凪《な》いだ海のように穏やかな笑みを浮かべる。

「はい。この決断に迷いはありません」

何の躊躇《ためら》いもなく口にしたその言葉に、偽りはなかった。

これは、まだ赤ん坊だった刹那を拾い、十七年間育ててくれた村長夫妻に対する精一杯の恩返しなのだから。

＊＊＊

足を踏み入れたら最後と言われていた雪原は、入り口こそ人の侵入を拒むかのように激しく雪と風が吹き荒れていたものの、それに耐えて少し進めば、気味が悪いほど静まり返った灰色の空と白い大地がどこまでも続いていた。

延々と変わることのない景色に、刹那はまだ数分しか歩いていないような、はたまた何日も歩いているような不思議な感覚に陥る。

冬の神への嫁入り衣装とされている白い小袖に緋袴《ひばかま》、その上に毛皮を羽織っているとはいえ、すでに刹那の身体《からだ》は芯まで冷え切っていた。

一度かいた汗を吸った薄い絹の手袋は、凍ったように手に貼りつき、身体の末端からどんどん熱を奪ってしまう。

寒さで体力は消耗し、深く積もった雪に刹那の脚は膝まで埋もれ、すでに、ただ前に進むことすら容易ではなくなっていた。

それでも歩みを止めずに辛抱強く進んで行くと、永遠に続いているのではないかと思っていた大地が途切れていることに気づく。

しかし、途切れたと思っていた部分は切り立った崖になっていただけで、その眼下には緑色の針葉樹の森がどこまでも続いていていた。

利那が立っているところから崖下までは、軽く一丁ほどの距離はありそうだ。

その殺人的な高さに、のぞき込んでいるだけで目眩《めまい》がしてくる。

崖の斜面は多少傾斜が緩やかなところがあるにしても、一度足を滑らせて転がり落ちてしまったら生きていられる自信がない。

どうせ生贄となって散る命だが、こんなところで意味もなく無駄にはしたくなかった。

この崖を下らなければ先に進むことはできないが、なかなか一歩を踏み出せずにその場に佇《たたず》んでいると、こつんと、何かが脚にぶつかる。

首だけで振り返ると、そこには石や木で目鼻や手足を作られた小さな雪だるまがちょこんと座っていた。

なぜ、こんなところに雪だるまが――？

違和感に眉をひそめていると、次の瞬間、同じような雪だるまがぽんぽんと勢い良くいくつも雪の中から飛び出してくる。

「え、なにっ？　えぇっ⁉」

あっと言う間に増殖した雪だるまたちは、利那の周りをぐるりと取り囲むと、木でできた細い腕で利那を軽々と担ぎ上げてしまう。

そして、今の状況を全く飲み込めず、わずかな浮遊感に慌てる利那のことを気に留める様子もなく、雪だるまたちは一斉に崖の方に身体の向きを揃《そろ》える。

そして——。

「きゃあああっ！」

雪だるまたちは刹那を担ぎ上げたまま、滑るように一気に崖を下りていった。

崖を下ったあとも、雪だるまたちは風のような速さで木々の間を縫うように疾走する。

担ぎ上げられたままの刹那はというと、崖を下り始めた瞬間からほぼ放心状態に近かった。

雪だるまたちは加速しながら、どんどん森の奥に進んで行く。

すると、突然視界から木々が姿を消し、そのぽっかりと空いた空間の中心に大きな家が建っていた。

その上には森に入る前までの曇天が嘘のような青空が広がっており、陽光が漆黒の屋根瓦に反射してきらきらと輝いている。

立派なお屋敷に見惚《みと》れていると、その建物がぐんぐんと刹那に近づいてくる。

正確には刹那が屋敷に近づいていっているのだが、雪だるまたちの歩みは明らかにこのお屋敷を回避しようとしていなかった。

このままでは、確実に衝突してしまう。

「う、嘘⁉　やだっ、止まって！」

刹那がどんなに懇願しても、雪だるまたちは足を止めようとしない。

遠目からは確認できなかった玄関の扉が、もう、すぐそこまで迫る。

ぶつかる――っ！

衝突の恐怖に、刹那はぎゅっと瞼《まぶた》を閉じる。

しかし、玄関の扉はすぐそこにあったはずなのに、いつまで経っても衝撃は起こらない。

――あれ？

すると、突然浮遊感から解放され、刹那はその場にどさっと尻餅をつく。

驚いて瞼を開けば、雪だるまたちの姿は跡形もなく消え、刹那は玄関の扉の前にひとりぽつんと座っていた。

鳥の鳴き声ひとつしない、耳が痛いほどの静寂に包まれる。

無意識に激しく乱れた長い黒髪を手櫛《てぐし》で整えていると、どこからともなくバタバタと騒がしい足音が聞こえてくる。

その足音が間近まで迫ったかと思うと、突然、目の前の引き戸がガラッと勢い良く開く。

驚いて視線を上げると、引き戸の向こうに立っていたのは、十歳前後の年頃の可愛《かわい》らしい少女だった。

「あら、予想よりいい感じじゃない」

少女はそう言って、紫水晶のような瞳で雪の上に座ったままの刹那を見下ろして不敵に微笑《ほほえ》んだ。

刹那はその少女の紫色の瞳に釘《くぎ》づけになる。

刹那が今まで目にしてきた人々は、皆、黒眼黒髪だった。

中には染め粉で髪の色を染めていた人はいたものの、黒以外の瞳の人間を見たのは初めてだった。

臙脂《えんじ》に鞠《まり》の模様が描かれた着物と、腰まで伸びた紫がかった真っ直《す》ぐな黒髪。

眉のあたりで切りそろえられた前髪やその愛らしい表情は、村で見た少女たちと変わらないはずなのに、目の前の少女はどこか異なる雰囲気を醸し出していた。

「……あなた、誰？　私のこと、知ってるの？」

黒ではない瞳の者は、人間ではない異類の者――化け物だと村では言われている。

少女の美しすぎる瞳から視線を外すことができず、背中にぞくりと悪寒が走る。

「もちろん知ってるわよ。あなたが来るのを心待ちにしていたんだから！　よし、そうとなったら急がないとね。ほら、早く、早くぅ！」

なぜか上機嫌な様子の少女に腕を引かれ、その予想以上の力強さに、刹那は前にのめり込むように立ち上がる。

そして、少女の駆け出す勢いそのままに、立派なお屋敷の中に招き入れられることになった。

刹那は腕を引かれるまま、少女と共に真っ直ぐ伸びた縁側のような長い廊下を走る。

「ちょ、ちょっと待って！　どこに行くの⁉」

刹那はもつれそうになる脚を必死に動かしながら、少女に問う。

「疲れてるとこ悪いんだけど、あと少しだから頑張って。急がないと説明する前に来ちゃうのよ」

「来ちゃうって、なにが？」

「細かい説明はあとで。あ、あそこの部屋！」

少女が急に立ち止まった為、刹那は踏ん張って何とか転びそうになるのを堪《こら》える。

そして玄関の時と同様、少女は障子の引き戸をすぱーんと勢い良く開け放つ。

「蒼真《そうま》ぁ！　連れてきたわよ」

刹那は少女となだれ込むように部屋の中に足を踏み入れる。

「こら雪音《ゆきね》、障子戸をそのように乱暴に扱ってはいけませんよ」

脳に直接響くような透き通った声が、刹那の鼓膜を震わせた。

その声の主は、部屋の中心に置かれた大きな木製の机の向こうに座っていた。

あまり日に焼けていない白い肌に、少し長めの黒い前髪が鬱陶しくない程度にかかっている。

少女と同じ黒髪でも、その髪は不思議と青みがかかって見えた。

すっと通った鼻筋と、少し薄い唇、そして切れ長な青灰色の瞳。

その顔立ちは、まるで作り物のように絶妙に均整がとれていて、刹那は思わず息をのんで見入ってしまう。

そこにいたのは、落ち着いた声音から想像するより、思いのほか若い青年だった。

また黒ではない瞳の人間を目の前にして、刹那は青年から視線を逸《そ》らせずにいた。

それは、化け物かもしれないという恐怖心からではなく、惹《ひ》きつけられるような、魅せられているような感覚の方が近い気がした。

「お待ちしておりました。刹那殿」

切れ長な瞳を細めて優しく微笑みかける青年の言葉に、ようやく刹那は我に返る。

「……どうして、私の名前を？」

「存じ上げておりますよ。あなたのことは、以前からずっと」

外見は二十歳前後に見えるものの、青年はやけに成熟した空気を纏《まと》っていた。

この世の全てを悟っているような青年の瞳に、刹那はまるで自分の全てを見透かされてしまっているような気分になり、少し居心地が悪くなる。

「ちょっと、蒼真。今はそんな最初のところからちんたら説明してる暇はないわよ！」

少女に取られたままだった腕を再び強く引かれ、刹那は青年の隣に無理やり座らせられる。

そして青年は、そんな刹那の手を取るなり、ぐぃっと自分の方に引き寄せる。

まるで青年の胸に倒れ込むような体勢に、刹那は激しく動揺する。

「えっ、あ、あの……っ！」

整った顔が上からのぞき込むように迫ってくることにうろたえる刹那を余所《よそ》に、青年は刹那の頬にそっと手を添えて視線を自分に誘導し、さらにふたりの距離を詰めようとする。

「今は時間がないので詳しい説明もできず、申し訳ありません。このように強引にお願いをするのは、大変心苦しいのですが……」

いよいよ青年の睫毛《まつげ》の数まで数えられそうなほど、お互いの顔が近づく。

「い、いやっ、放してください！」

「刹那殿、どうか私の婚約者になっていただけませんか？」

――――え？

聞き間違いだろうか……。

自分自身の声と重なってしまった為、完全に聞き取ることができた自信はないが、何となく、『婚約者』という単語が聞こえた気がした。

「……婚約者？」

「はい。初対面の男にこんなことを言われ、利那殿がお困りになることは重々承知しております。それでも、私にはあなたしかいないのです」

——き、聞き間違いではなかった！

青年からの突然すぎる告白に、利那は驚きのあまり目を瞠《みは》ったまま固まっていると、不意にひんやりとした空気が身体を這《は》い上がってくる。

「蒼真、来たわよ」

「そのようですね……」

青年は軽くため息を吐《つ》くと、固まったままの利那を当然のようにその紺色の着物の懐に抱き寄せる。

「なっ、なにを！」

突然の抱擁から逃れるように両手で突っぱねてみても、青年の身体はびくともしなかった。

すらりとした痩身からは想像もつかない力強さに、利那は急に焦りと不安が込み上げてくる。

「ご了承をいただいていないうちにこのような真似《まね》をして申し訳ありません。ただ、離れていると寒さにやられたり、吹き飛ばされてしまう恐れがあります。ご不快かとは思いますが、暫《しば》し一時、私たちにご協力ください」

整った青年の顔が切なそうに歪《ゆが》むのを見て、利那の抗《あらが》う手がその意志を失う。

「協力って」

なにを？　と問う前に、先程の少女にも負けない勢いで障子戸が左右にすぱーんと開け放たれる。

「蒼真様ぁ！」

砂糖菓子のように甘ったるい黄色い声と共に、外気より数倍冷たい空気が部屋の中に流れ込んできたかと思うと、

「きぃやあああああああっ！　そそそ、蒼真様っ、その女は誰ですの⁉」

鼓膜を破られるような女性の絶叫に、刹那は反射的に振り返る。

そして、そこに立っていた人物を見て、絶句した。

絹糸のような紫銀色の長い髪と、光の具合で銀色にも見える氷青色の瞳の絶世の美女。

目元の泣き黒子《ぼくろ》が何とも言えない色気を醸し出し、白い着物は通常の着つけより広く胸元が開いている。

赤い帯を締めた腰は細くくびれ、その艶《なま》めかしい肢体を一層魅惑的に引き立てていた。

そんな特徴に当てはまる存在を、刹那はひとつしか知らなかった。

「ゆ、雪女……っ⁉」

目の前にいる女性は、村に言い伝えられていた雪女の特徴そのままだったのだ。

雪女はその絶世の美貌と妖艶な肢体で山奥に迷い込んだ男をたぶらかし、一通り弄んで凍死させるか、気に入った男は精気を根こそぎ吸い取って廃人にしてしまうと言われていた。

その事実を物語るように、畳を這う肌に痛みが伴うほどの冷気に、刹那は足元からどんどん身体の熱が奪われていくのを感じていた。

——さ、寒いっ！

その殺人的なまでの寒さに、刹那は無意識に距離を取る為に置いていた手で、青年の着物の胸元をきつく握りしめて熱を求めるように身体を寄せる。

それに気づいた青年は、美女に見せつけるように寒さに震える刹那をさらに懐深く抱きしめてにっこりと微笑む。

「これは氷姫《ひょうき》殿、いらっしゃいませ」

「蒼真様、その女はどこのどいつ……ではなくて、どこのどなたですの⁉」

今にも咬《か》みつかんばかりの勢いで、美女は青年に詰め寄る。

ただでさえ近寄りがたい美しさはそのままに、美女の顔は般若《はんにゃ》のごとく歪んでいた。

「ご紹介が遅くなって申し訳ありません。こちらは、この間お話させていただいた私の婚約者の刹那殿です」

青年の言葉に、美女は零《こぼ》れそうな大きな瞳をさらに大きく見開いて動きを止める。

「……ほ、本当にいらっしゃったんですの？」

「えぇ、この通り」

「で、でも、父も他の精霊たちも、婚約者の存在なんて誰も存じ上げておりませんでしたわ！」

「ずっと大切に隠してきたのですよ。他の者に見初められては困りますからね」

青年は、寒さと恐怖で蒼白した刹那の頬にかかる髪を掬《すく》って口づける。

そして、そのまま撫《な》でるように髪に指を滑らせながら、青年は口元を綻ばせて愛《いと》おしそうに刹那に微笑みかける。

その微笑みに応えるつもりではなかったものの、寒さのあまり思わずすがるような眼差《まなざ》しで見つめ返してしまった刹那の様子が、決定打になってしまったようだ。

傍《はた》から見れば完全に熱々なふたりの姿を目の当たりにし、美女は白い面《おもて》を真っ青にしてふらりとよろける。

「うううう、うそ……っ、嘘ですわぁあああっ！」

美女の悲鳴と共に、室内に雪と強風が吹き荒れる。

「きゃあぁっ！」

身体ごと吹き飛ばされてしまいそうな風圧に、刹那は青年にしがみついて目を閉じたまま耐える。

そして、風圧から解放されたかと思うと、濃厚な百合《ゆり》の花のような香りを残し、滅茶苦茶に散らかった部屋の中から美女の姿は跡形もなく消えていた。

＊＊＊

強風の所為《せい》で荒れた室内をてきぱきと少女が後片づけする傍らで、刹那は改めて青年と机を挟んで向かい合っていた。

青年の名は蒼真、少女の名は雪音と言って、ふたりともこの家の住人らしい。

「自己紹介が遅くなり、申し訳ありませんでした。突然のことで驚かれたと思いますが、お怪我《けが》はありませんか？」

「え、あ、はい。大丈夫です……」

良かった、と蒼真は微笑んでいるものの、刹那にとっては何も良くはなかった。

走る雪だるまが登場したあたりから、まるで夢でも見ているようなことばかり起こっている。

その為、ほんの一時忘れてしまっていたが、刹那は冬の神に会う為にこの雪原に来たのだ。

未《いま》だにこの状況を完全に理解できているわけではないが、とりあえず目的とは関係のないところで長々と道草を食っている余裕はなかった。

この一刻一秒の間にも、村の人々は終わらない冬への不安や飢えと戦っているのだから。

「あの、それより私、一刻も早く行かなければならない場所があって……。ここでのんびりとお話にお付き合いしている余裕はないのです」

今にも立ち上がってこの部屋を辞してしまいそうな刹那を見て、後方で棚に書物を並べていた雪音がにんまりと笑う。

「あらぁ、それならもう急ぐ必要なんかないわ」

「どうして？」

困惑した表情を浮かべて振り返った刹那に、雪音はさらに含みのある笑顔を向ける。

「だってあなた、もともと蒼真に会う為にここまで来たんでしょ？」

「……えっ？」

一体、何を言っているのだろうと刹那は首を傾《かし》げる。

刹那は冬の神への生贄として雪原に来たのであって、決して蒼真に会いに来たわけでは――――。

――――って⁉

ようやく全てを察したように強張《こわば》った表情で瞠目《どうもく》する刹那を見て、蒼真は申し訳なさそうに苦笑する。

「あなたが……そうなのですか？」

若い乙女の生き血を欲する老爺仙人――蒼真は村で聞いていた噂から想像していた人物像とはあまりにもかけ離れすぎている。

「私が刹那殿の村でどのように語り継がれているのかはわかりませんが、『冬の神』と呼ばれていることは存じておりますよ」

「っ⁉」

「しかしながら、私は神なんて大それた存在ではなく、あくまでもその下で働く『神官』なのですが」

噂は、あくまでも噂ということなのだろう。

確かに、誰も見たことがないのに、冬の神についての噂があったこと自体、疑うべきだったのだ。

けれど刹那は、噂との違いに驚きを感じながらも、この事実に心のどこかで妙に納得していた。

蒼真の青灰色の瞳。

見た瞬間から思ってはいたが、やはり普通の人間ではなかったのだ。

「ちなみに、あたしは雪の精霊よ。冬の精霊たちの代表として、蒼真の補佐をしてるの」

片づけが終わったらしい雪音が、刹那の腕にじゃれつくように絡みついてくる。

「あ、でも、雪女じゃないからね。あたしは囲炉裏に当たったって溶けるほどやわじゃないから」

「じゃあ、さっきの銀髪の女の人は？」

「そう、あれが正真正銘の雪女。あんなのと一緒にしないでね」

「こら雪音、言いすぎですよ」

窘《たしな》められてむっとしたのか、雪音は可愛らしく頬を膨らませる。

「なによ、蒼真だって毎日押しかけられて迷惑してるくせに」

「雪音の言いたいことはわかっておりますから。それより、今は刹那殿に説明することの方が大切です」

蒼真のもっともな意見に、不貞腐《ふてくさ》れたように雪音が口を噤《つぐ》む。

「先程はなにもお話しできませんでしたから、一からちゃんと順を追って説明いたしますね」

そう言って、蒼真はこれまでの経緯《いきさつ》を語り始めた。

人間たちには知られていないが、この世界には四季を司《つかさど》る神官が存在している。

自然界にあるあらゆるものには、全てに命が宿っていて、その命が自分の属する季節に合わせて世界中を巡っていくことで、この世界には四季が存在しているのだという。

その命――すなわち四季の精霊たちは、それぞれ特化した能力を持っていて、例えば雨の精霊であれば簡単に河川が決壊するような豪雨をもたらしたり、また逆に陽光の精霊であれば作物を根こそぎ枯らしてしまうような日照りを起こすこともできる。

また、中には先程の氷姫のように直接的に人間の命を奪いかねないほど強大な力を持っている精霊もいる。

その為、精霊たちが世界を巡る過程で、何らかの突然変異や異常気象、人間たちを巻き込んだ問題を起こすことのないように管理するのが神官たちの役割だった。

結局のところ、精霊たちが生きる為の美しい自然の状況を左右するのは人間だ。

精霊たちの思いつきの行動によって人間たちが被害を受け、彼らが手つかずの自然が残る精霊たちの住む領域にまで踏み入ってしまうことになれば、お互いに何の利益も生まない。

これまで保ち続けてきた両者の力の均衡を崩すことのないよう、主に精霊側の統制をとっているのが神官たちなのである。

神官自身は、そこまで強大な力を持っているわけではない。

しかし、その存在自体が精霊たちには多大な影響力を与えている。

神官は多くの精霊たちにとって生まれながらにして尊敬と敬愛の対象であり、神官の為となれば命を賭してでも力を貸そうとする。

そんな精霊たちを使役することによって、神官は何者にも勝る力を得ることができるのだ。

冬の季節に関わる精霊たちに限らず、精霊たちはとてもイタズラ好きで、小さな問題を起こすことは日常茶飯事である。

時には人間をも巻き込んだいざこざを起こすこともあったが、どれも蒼真が出向けば収まるような些細《ささい》なものばかりで、神官が危惧するような問題の発生はごく稀《まれ》でしかなかった。

その為、この雪深い静かな最北の地で、蒼真は比較的穏やかな時間を過ごしていた。

しかし、問題は毎年冬の到来を告げに蒼真のもとを訪れる冬の精霊たちの長——冬将軍が娘の氷姫を伴ってきたことから始まった。

以前から、冬将軍には美しいと評判の娘がいることは有名な話だった。

常に冷静で頭が切れると言われている冬将軍も、一人娘のことは目に入れても痛くないほど溺愛していたらしい。

冬将軍は例年通り行っている各地の様子の報告もそこそこに、美貌の娘を蒼真に紹介すると、延々と娘の自慢話を始めたという。

「あれこそ、親バカっていう単語を説明する時のいい例よ」

本気《マジ》で引く、と顔をしかめる雪音を、今度は蒼真も咎《とが》めなかった。

親バカという表現はしないものの、蒼真も少なからずそう思っているのかもしれない。

そして、呆《あき》れるほど長く続いた娘の自慢話が終わったかと思うと、冬将軍は蒼真に折り入って頼みがあるのだと言い出した。

神官の立場とすれば、頼み事を聞き入れて精霊たちに貸しを作ることは、今後、何か問題が発生した際の格好の切り札になる可能性がある。

ましてや、相手が冬の精霊たちの長であればなおさらだ。

自分にできることであれば、と蒼真はいつもの笑顔を崩すことなく申し出た。

しかし、その頼みとは――。

「氷姫さんとの結婚、ですか？」

「はい……。刹那殿のお察しの通りです」

全く予想もしていなかった頼み事に、最初は軽い冗談として流そうとした蒼真だったが、冬将軍も氷姫も冗談どころか大真面目だった。

昨年、冬の終わりと共にこの地を去る冬の精霊たちを見送りに来ていた蒼真に、氷姫は一目惚《ぼ》れをした。

会えない時間が愛を育てるのだとばかりに、一目惚れを自覚した瞬間からの氷姫の熱の上げようは凄《すさ》まじかったそうだ。

絵の心得のある精霊に蒼真の姿絵を描かせては、一日中飽きることなくその絵を見つめ続けていることもしばしばで、胸がいっぱいで食事が喉を通らないと言っては周囲の者を心配させた。

最初こそは大反対していた冬将軍も、胸の前で指を組み、瞳に涙を溜《た》めて上目遣いでお願いし続ける愛しい娘の姿には敵《かな》わなかったらしい。

もともと、冬の神官としての蒼真の有能さを重々承知していたこともあり、異を唱える部分もない。

善は急げとばかりに、この地への到着と同時に蒼真のもとを訪れたというのだが――。

「でも、先程の状況からすると、神官さまは氷姫さんとの結婚を了承されていないということですよね？」

決して頭の回転が遅くはない刹那は、ここまでの説明で大体の話の全容を摑《つか》みかけていた。

「はい。あまりにも突然でしたし、私自身、まだ身を固める意志はなかったので、その通りお伝えしました」

しかし、家族や周囲の精霊たちから可愛がられ、甘やかされて育った氷姫は、人生で初めて自分の思い通りにならなかったことにひどく衝撃を受け、その場で激しく取り乱したそうだ。

そんな氷姫を冬将軍が何とかなだめて帰っていったこともあり、この話はこれで終わったのだと誰もが思っていた。

しかし、周囲の精霊たちが何を吹き込んだのか分からないが、氷姫は蒼真がまだ自分の魅力に気づいていないだけだと考えたらしい。

「それで、あんなにぎゃあぎゃあ泣き喚《わめ》いたことも棚に上げて、蒼真に自分の良さに気づいてもらおうと毎日ここに通ってるってわけ。図太いっていうか、図々しいっていうか……」

確かに、恋する乙女は相当打たれ強いらしい。

最初に結婚話を断った時点で、冬将軍との間には微妙な空気が生まれてしまったこともあり、氷姫にきついことを言って突き放して怒りを買うことだけはどうしても避けたい。

しかし、氷姫が諦めるのを待つにも、それには問題があった。

「刹那殿、あなたが私のもとを訪れたのは、今年の冬の気候が長引いている所為ですね？」

意外なところから核心を突かれ、刹那は言葉に詰まってしまう。

「冬の精霊たちが未だにこの地に残っていることで、人間の住む土地にも少なからず影響があることには気づいておりました。ですが、使者を寄越してきたということは、すでに事態はかなり深刻だということですね」

「……どうして、ご存知なのですか？」

「本来なら冬の精霊たちはもう次の土地に旅立ってる時期なんだけど、あのお嬢様がここを離れたくないって駄々こねてる所為で、次の土地へ移れずにいるのよ。冬将軍一行に関係ない一部の冬の精霊は次の土地に移ってるけど、大本がここにいるからね。その所為で、ここから一番近いあなたが住んでいた村はその影響を受けていつまでも冬の気候のままってわけ」

「そんな……」

日々、蒼真への想《おも》いを募らせている様子の氷姫が諦めるのを待つには、あまりにも時間がかかりすぎる。

このままでは、人間たちの住む土地に甚大な被害を与えてしまい、自然界の均衡が崩れてしまいかねない。

「そこで、私たちはいかに冬将軍殿や氷姫殿を納得させた上で、早急に諦めていただけるのかを考えました」

「あまり良い案が浮かばなくて困ってたんだけど、そんな時に結界に反応があったの。その反応を起こしたのがあなた」

目には見えなかったものの、雪原の入り口と崖のところに結界が張られていたらしい。

「そこでひらめいたのよ。自分の想い人に両思いの恋人がいて、しかもそのふたりがちょー熱々だったら諦めざるを得ないんじゃないかってね」

そこまで話を聞いて、利那はようやく自分に求められている役割を把握した。

「それで氷姫さんに諦めてもらう為に、私に神官さまの婚約者役になってほしいということですね」

冷静に考えれば、会って早々の相手に本気で求婚する者などいるわけがない。

それでも利那は、少なからず蒼真の言葉に胸を高鳴らせてしまった自分が恥ずかしくてしょうがなかった。

「冬将軍殿がいくら娘を溺愛していると言っても、想い合う男女を引き裂くような無粋な真似をなさるような方ではありません。私の願いも利那殿の願いも、冬の精霊たちがこの地を去ることです。お互い、利害は一致していると思うのですが」

それで本当に氷姫が蒼真を諦め、村に春が訪れるというのであれば、老爺仙人に生き血を啜《すす》られる覚悟までしていた利那にとっては、命を差し出すまでもないとても容易《たやす》い話であるように思えた。

「でも、婚約者役と言っても、一体なにをしたらいいのですか？」

蒼真とは今日が初対面であり、彼が冬の神官であるということ以外はほとんどが謎である。

しかも、氷姫は雪女だと言うし、逆恨みで先程のように颪や雪で襲われてしまえば、利那は全くと言って良いほど役立たずでしかない。

「利那殿はただ私の隣で微笑んでいてくだされば、それだけで結構です。氷姫殿がなにを言っても私が対応いたしますし、万が一、危害を加えられそうになっても必ず私があなたを守ります」

実際、蒼真の言葉をどこまで信用していいのか、今の刹那には判断できかねていた。

それでも射抜かれるような蒼真の瞳の飾り気のない強さに、心のどこかでこの人は信じても大丈夫なのだと本能的に察する自分がいることも確かだった。

それに、この命を義父母たちの為に使うのだと決めた瞬間から、蒼真の言うことがもっと突拍子のない内容であっても、刹那に断る理由など存在しないのだ。

「わかりました。それが村の人々を助けることに繫《つな》がるのであれば、喜んで協力させていただきます」

その刹那の言葉に、表情には表さないものの、蒼真がほっと肩の力を抜いたように見えた。

「ありがとうございます。約束は必ずお守りします」

ここまでの成り行きに至極満足しているらしい雪音は、にこにことふたりを見守っている。

先程の口ぶりから、雪音が氷姫を好いてはいないことは明確だ。

そんな氷姫を追い払うきっかけができたことがそんなに嬉《うれ》しいのだろうか？　と、刹那は不思議に思う。

その雪音が笑顔を潜め、ふと障子戸の方を見やる。

すると、障子戸の向こうから蒼真の名を呼ぶ弱々しい声が聞こえた。

入りなさい、という蒼真の声から一拍空いて障子戸が静かに開かれると、向こうから蒼真とよく似た風貌の少年が現れる。

年頃は雪音と同じくらいで、髪も瞳の色も雪音と同じ色をしていた。

着ているのは、蒼真と同じ紺色の着物だ。

この家にまだ会っていなかった住人がいたのかと、刹那は驚く。

しかし、少年の顔は今にも倒れてしまいそうなほどに血の気が失《う》せ、足元も覚束《おぼつか》ないように見える。

少年は何とか蒼真の傍らまで歩みを進めると、倒れるように跪《ひざまず》く。

「申し訳ありません、蒼真様。ご指示いただいた通り、氷姫様の足止めをしていたのですが、あの方の強烈な気に当てられ、恥ずかしながら、少々意識を失っておりました……」

蒼真は、俯《うつむ》いたままの少年の華奢《きゃしゃ》な肩を支えて顔を上げさせる。

「ご苦労様でした、颯太《そうた》。とても助かりましたよ」

慈愛に満ちた蒼真の微笑みを見るなり、少年の青白かった顔にどんどん血色が戻っていく。

「まぁ、アンタが失神してるうちに、あのお嬢さんは蒼真とこの子が追い払っちゃったけどね」

少年はにやにやと意地悪く笑う雪音をキッと睨《にら》みつける。

そして、ようやくその隣にいた刹那の存在に気づいたようだった。

じろじろと値踏みするような目で刹那を見るなり、眉根を不愉快そうに寄せる。

「蒼真様、この娘がそうなのですか?」

あからさまに険を含んだ少年の声音に、刹那は軽く身じろぐ。

「そうですよ。刹那殿、紹介が遅れました。こちらは颯太と言って、本来は風の精霊です。雪音と共に、私の補佐をしてくれています」

あくまでも形式的にという感じで、颯太は一応頭を下げる。

小さな外見とは異なり、颯太は年不相応に大人びた雰囲気を醸し出していた。

値踏みするような視線は相変わらずで、刹那としては居心地の悪いことこの上ない。

「無能な人間の小娘などになにも期待してはいないが、蒼真様の足を引っ張るようなことだけは絶対にするなよ」

超上から目線での颯太の物言いに、さすがの刹那も呆気《あっけ》にとられる。

先程の蒼真に対する言葉遣いにあった敬意の欠片《かけら》も感じさせない物言いだった。

「颯太、こちらはお願いしている立場なのです。刹那殿に失礼ですよ」

颯太は蒼真に注意されると、申し訳ございません！　と、深々と頭を下げて非礼を詫《わ》びた。

もちろん、刹那にではなく蒼真に向かって。

冬の神官に仕えている精霊と言われると、気高く威厳があって神々しさすら感じるような存在を思い描いてしまうが、それもあくまで言葉の印象に過ぎないのかもしれない。

雪音や颯太も何かしらに特化した能力を持っているのだろうが、今のところはその幼い見た目の印象に囚《とら》われているからなのか、普通の人間の子どもと同じように見えてしまう。

「雪音、颯太。刹那殿とふたりでお話をしたいので、一度席を外していただいてもよろしいでしょうか？」

それでもやはり蒼真の要求には忠実らしい。

颯太は短く返事をして退室し、雪音はえらく機嫌良く「ごゆっくりぃ～」と言って障子戸を閉めた。

ふたりがいなくなると、急に部屋の中が静かになる。

蒼真とふたりきりだという状況を意識してしまい、刹那は急にそわそわと落ち着かない気分になってしまう。

「不愉快な思いをさせてしまい、本当に申し訳ありません。決してふたりとも口が良いとは言えませんが、あれでも悪気はないのです」

そう言って蒼真が頭を下げるので、刹那は慌てて手で制する。

「私に頭を下げるなんてやめてください！　気にしていませんから」

刹那は生まれてこの方、人に頭を下げられたことなどなかった。

これまで経験したことのない状況に、どうしたらいいのかと困ってしまう。

「精霊たちは、人間よりも自分の気持ちに素直すぎるところがあります。嘘をつくことや、世辞、隠し事はあまり得意ではありません。思ったことをそのまま口に出してしまうので、どうしても言い方がきつくなってしまうのです……」

想像していたことではあるが、精霊と人間では根本的に考え方が違うらしい。

本来、精霊は自分を偽ることもなく、何にも縛られずに自由気ままに生きている存在なのだ。

あれが本来の彼らの姿なのであれば、刹那は彼らに人間の礼儀を求めようとする方が間違っているような気がしてしまう。

「そういうことであれば、なおさら仕方ないことです。……でも、少しうらやましいですね」

嘘をつくこともなく、自分の気持ちに素直に正直に生きるなんて、人間には到底できないことだ。

「そうですね。彼らは基本的に他の者に干渉しません。その分、自己主張が強いので問題は絶えませんが、それでいて来る者は拒まず、去る者は追わない性格なので、後腐れもありません。ここ何百年か精霊たちと関わっておりますが、私もうらやましいと思います」

「……何百年？」

何の取り留めもなく口にされた言葉に、刹那は桁を間違えていないか一応確認するが、蒼真は当然のように「はい」と肯定してくる。

蒼真の外見と年数の桁が全くもって伴っていない……。

「あの……、精霊は不老なのですか？」

「不老というわけではありませんが、ここにいる間は精霊も人間も不老になりますね」

「……？　それは、どういうことでしょうか？」

「結界の干渉を受けているこの土地は、ある一日を永遠に繰り返していて、そこから次の日に時が進むことはありません。ある意味、時間が止まっているのです」

無限の雪原にはふたつの結界がある。

ひとつは雪原の入り口にあり、その結界に触れると人間は無意識にそこに近づいてはならないと感じるもの。

もうひとつは崖のところにあり、人間を近づけないと共に、時間の制御をしているものだ。

毎日太陽は昇るし、沈みもする。

しかし、それはある一日を繰り返しているだけで、永遠に『明日』はやって来ないのだ。

「同じ日を繰り返していると言っても、記憶は積み重なっていきます。脳の記憶力と身体本来の治癒力は働きますが、それ以外は時間が止まっているも同然で、身体が老化することはありません。季節の精霊たちの訪れで、一年という時間の単位はなんとなく把握していますが、人間の住む土地とは時間の流れも違うので、過ぎてゆく年月を数えることは随分昔にやめておりました」

そう言った蒼真の表情が、刹那にはなぜか少しだけ切なそうに見えた。

「ここにいる間は刹那殿の身体の時間も止まってしまいますから、早急に手を打って氷姫殿に諦めていただかなければなりませんね」

蒼真の気遣いの言葉に、刹那ははっとする。

もし、無事に氷姫に蒼真を諦めさせることができたら、自分はその後どうなるのだろうか。

あの村に春が訪れても、もう刹那には帰る場所なんてどこにもないのに――。

＊＊＊

一通り話を聞き終えた刹那は、蒼真のはからいで与えられた部屋で身体を休めることにした。

緊張が解けた途端、影を潜めていた疲労感がどっと出てきてしまったのか、尋常ではない身体のだるさと節々の痛みに襲われていた。

部屋の外で待機していた雪音に案内されたのは、広大な庭に面した客間だった。

この屋敷は雪に囲まれているというのに、庭に面した廊下は縁側のように雨風に曝《さら》される造りになっており、戸という戸も全て障子戸である為、視覚的に寒さを訴えかけてくる造りになっていた。

それでも室内に入れば、囲炉裏もないのに春のような暖かい空気で満たされているから不思議でならない。

氷姫のこれまでの行動の習癖から推測すると、彼女は今日中にもう一度ここを訪れる可能性が高いということなので、刹那はそれまで少しでも仮眠をとるように勧められた。

「雪原を歩いている間は結界の作用で時間の感覚が麻痺《まひ》していただろうから気づかなかったと思うけど、あなた二日も休みなく歩きっぱなしだったのよ」

「二日っ⁉」

道理で脚が棒のようになっているわけだと、刹那は疲労でかちかちに固まってしまっている自分の脚に触れて納得する。

「でも、あたしはその根性に惚れたのよ。ねぇ、あなたのこと刹那って呼んでもいい？」

一見年下に見えるものの、雪音が刹那よりはるかに長い年月を生きていることは蒼真の話で分かっている。名前を呼び捨てにされることに、何の文句もない。

むしろ、こちらの方が先程までの馴《な》れ馴れしい口調を改めなければならない気がした。

「はい、構いません。えっと、私はなんとお呼びすれば……」

「やだぁ、敬語なんてやめてよ。呼び方も話し方もさっきまでと同じ感じで大丈夫。あたし、そういうの全然気にしないから。そんなに硬くならないで」

「あ、ありがとう……雪音ちゃん」

「うん、それでよろしい！」

そう言って満面の笑みを返してくれる雪音の姿に、つられたように刹那の表情も緩む。

「あ、そういえば」

てきぱきと寝床の準備をしていた雪音が、ふと手を止めて刹那の方を振り返る。

「あたし、人間ってみんな瞳が黒いと思ってたんだけど、刹那は違うんだね」

――どくんっ。

不意に、刹那の心臓が一際大きく脈を打つ。

今まで誰も触れなかったのであえて自分からは口にしていなかったものの、こんなにあからさまな常人との違いに気づかないはずがない。

人間の瞳の色は黒が常とされるこの世の中で、なぜか刹那は琥珀《こはく》色の瞳をしていた。

「今までいろんな人間や精霊を目にしたことがあるけど、その瞳の色は見たことがなかった気がする」

のぞき込むように顔を近づけてくる雪音に、刹那は咄嗟《とっさ》にきつく目を閉じて顔を逸らす。

――好奇の視線。

――蔑みの言葉。

走馬灯のように頭の中に浮かんでは消える過去の光景に、決して塞がることなく膿《うみ》を湛《たた》えた心の傷が、塩でも塗り込まれたようにじくじくと痛み出す。

「もう、なんで目閉じちゃうのよ。すごく綺麗《きれい》なのに」

「――えっ？」

全く予想していなかった雪音の言葉に、刹那は間が抜けたような声を出してしまう。

そっと目を開けると、屈託のないキラキラした紫水晶の瞳と視線がぶつかる。

「純度の高い蜂蜜みたいな綺麗な琥珀色じゃない。冬の精霊って紫とか青系ばかりだから、そういう色の瞳、憧れるのよね。いいなぁ～」

「……ほ、本当に？」

「もちろん。あたしは、自分が心から綺麗だと思ったものにしか綺麗だって言わないもん。精霊は人間と違って嘘つかないんだから」

真っ直ぐな雪音の言葉に、不思議と先程まで感じていた疼《うず》くような胸の痛みは治まり、微《かす》かに心の奥がじんわりと温かくなる。

これまで刹那にとって厄災でしかなかった瞳の色を褒められたことなど、生まれてこの方一度もなかった。

頭で考えるより先に、心に灯《とも》ったぬくもりが漠然と歓《よろこ》びを伝えてくる。

そうこうしているうちに、雪音が寝床を整えてくれた。

「あのお嬢さんの気配が近づいてきたら起こしに来るから、それまでゆっくり休んでね。精霊は自然の力が操れるくらいで、体力とかはほとんど人間と一緒だから、刹那もしっかり体力温存しといて」

正直、自然の力を操られた瞬間に体力だけでは太刀打ちできるわけがないと思いながらも、利那は一応「うん」と返事をする。

「そういえば、刹那って家の中でも手袋してるんだね」

用意してもらった寝間着に着替えたものの、なぜか刹那は手袋を外さずにいた。

薄手の絹で作られたそれは、ここに来る前から刹那が身につけていたものだが、防寒用というにはあまりにも頼りなさすぎる。

「……私、普段から手袋をしていないと落ち着かなくて」

「ふぅん、そうなんだ。変わってるのね。……って、このままだと刹那を質問攻めにして休む時間がなくなっちゃいそうだから、早いところ退散するわね。とりあえず、この部屋は安全だから安心して休んでね」

「うん、ありがとう……」

それ以上雪音が手袋について詮索してこなかったことに、刹那はほっと胸を撫で下ろす。

そして雪音が退室して寝床に潜り込むなり、刹那は緊張感からの解放と泥のような疲労感から意識を失うように眠りに落ちた。

＊＊＊

それから数時間後。

蒼真たちの読み通り、再び氷姫はこの屋敷を訪れた。

「わたくしとしたことが、先程はお騒がせして申し訳ありませんでしたわ」

数時間前の取り乱した姿からは想像できない穏やかな笑みを浮かべた氷姫を、刹那はまじまじと見つめていた。

しかし、その笑みはあくまでも刹那の隣に座る蒼真に向けられているものである。

氷姫は視線だけを刹那の方にずらすと、口元の笑みはそのままに、目元だけを恐ろしい鬼面のように歪ませる。

雪音に防寒のまじないをかけてもらったので寒さは感じないものの、その鋭い視線が肌に突き刺さるように痛い。

颯太はこの空気を壊すことなく黒子に徹してお茶を出し、雪音は部屋の隅で楽しそうに事の成り行きを見守っていた。

「それで、蒼真様の婚約者さまはどちらの方ですの？　見かけない瞳の色ですけれど、本来はなんの精霊なんですの？」

やはり、この瞳の色の所為で、氷姫の目には刹那が人間には映っていないらしい。

「氷姫殿、彼女は精霊ではなく人間ですよ」

「にっ、人間っ⁉」

氷姫は、あからさまに侮蔑するような目で刹那を見る。

「た、確かにちょっと綺麗な黒髪でそれなりに肌艶もよろしいみたいですけれど、人間など自然の恩恵に与《あずか》らなければ生きていけない下等生物ですわ。そんな者が蒼真様の婚約者だとおっしゃるの⁉　わたくし、到底納得ができませんわ！」

大きな瞳を剝《む》き出しにしながらまくし立てられ、その勢いに気圧《けお》された刹那はわずかに腰を引いてしまう。

今の氷姫の瞳をギラギラと輝かせているのは、悪意というより嫉妬の炎なのだろう。

これまで向けられることのなかった感情に、何か言い返さなければとは思いながらも、刹那は視線をさまよわせることしかできなかった。

「しかし氷姫殿、私も刹那殿と同じ人間なのですが」

口籠もってしまった刹那の代わりに、蒼真が相変わらず爽やかな笑顔のまま答える。

「――――え？」

今、聞き捨てならないことをさらっと言われた気がした。

「そ、それはそうですけれど、蒼真様は冬を司る偉大な神官さまですわ！　わたくしたち冬の精霊を導く尊き御方。こんな非力な人間の小娘など、蒼真様のお隣に立つのはふさわしくありませんわ！」

氷姫も肯定していることから、蒼真は本当に人間であるようだ。

勝手に蒼真も精霊の類《たぐい》であると思っていた刹那にとっては、今さらになっての衝撃の新事実だった。

蒼真が人間だったということもそうだが、瞳が黒ではない人間が自分の他にも存在していたこと自体に驚きを隠すことができない。

「ふさわしいかどうかは、私自身が決めることです。それに私の心は、利那殿を一目見た瞬間から彼女に奪われてしまっておりますから」

優しく蒼真の方に腰を引き寄せられ、刹那は演技だと分かっていながらも鼓動を乱してしまう。

今の氷姫にとっては、そんな偽りのない反応が余計に信憑《しんぴょう》性を高めているらしく、もはやその視線の鋭さは今にも刹那を射殺さんばかりである。

「そもそも、蒼真様は何百年もここにいらっしゃるのに、どうやってこの人間の娘を見初めたとおっしゃるのです？　そんなのおかしいですわ！」

それは刹那も気になっていたことだった。

蒼真は初めて出会った時から、刹那のことを知っていた。

すっかり聞きそびれていたが、一体どこで出会っていたのだろうと、刹那はちらりとその端整な横顔を盗み見る。

「私の部屋には、人間たちと共存するにあたって、人々が生活する姿を映す鏡があります。その鏡と対になるものが刹那殿の住んでいた村の祠《ほこら》の中にありまして、そこに映った刹那殿の姿に、私は一目で恋に落ちたのです」

村にある祠――。

それがどこを指しているのか、刹那が見当をつけるのにそれほど時間はかからなかった。

家の中に隠りがちだった刹那も、早朝、いつも村人たちが起き出す前に必ず出かけていた場所があった。

村の外れにある小さな祠——その前に、赤ん坊だった刹那が置き去りにされていたのだ。

その場所に通い始めたきっかけは、いつか自分の本当の両親が迎えに来てくれるのではないかという淡い期待からだった。

しかし、来る日も来る日もそこに待ち人が訪れることはなく、その期待が現実になることはなかった。

それでも刹那は何かに引き寄せられるかのように、人目をはばかって毎日祠へと通っていた。

時々、祠の周りの伸びきった雑草を抜いたり、冬場は雪の重さで祠が潰れないように屋根に積もった雪を払いのけていたくらいで、基本的には村の外へと繋がる一本道を見ながらしばらくぼんやりと突っ立っていただけだった。

そんな姿を蒼真に見られていたのかもしれないと思うと、刹那は急に恥ずかしくなってしまう。

「鏡同士が繋がるのは人間たちの時間で一年に一度だけ。私はいつもこの胸を恋の炎で焦がしながら、今か今かとその日を待ちわびておりました。私の一方的な願いの為に生まれ育った村を離れ、今、私と結ばれる為にこうして隣に刹那殿が座っていることが、まるで夢のようです」

いくら氷姫を説得する為とはいえ、よくもそんな心にもない台詞《せりふ》が次から次へと出てくるものだと、刹那は開いた口が塞がらなくなってしまう。

確かに、蒼真に任せていれば大丈夫だと言われていたものの、真面目そうな彼がさも真実であるようにこんなことを口にするとは思ってもみなかった。

それでも、腰を引き寄せられていた手とは逆の手をそっと頬に添えられて導かれるように視線を上げると、まるで今の言葉が全て真実であるかのような真剣で熱っぽい眼差しに囚われ、刹那はさらに困惑してしまう。

一方で、立ち入る隙間は微塵《みじん》もなさそうな熱々ぶりを見せつけられ、氷姫はきつく拳を握りしめて肩を震わせていた。瞳にはうっすらと涙も滲《にじ》んでいる。

「だからと言って……、はい、そうですかと諦められるほど、わたくしの蒼真様への想いはやわではありませんわ！　この想いは、絶対に誰にも負けませんことよ！」

氷姫は握りしめていた拳で机を叩《たた》いて立ち上がると、その勢いのまま刹那をビシッと指差す。

「人間の娘、わたくしと勝負なさい！」

「えっ……？」

「どうせあなたも、わたくしに負けないくらい蒼真様のことが好きなのだとでもおっしゃるのでしょう？　そんな言葉ではなく、身体を張って本気でわたくしと勝負なさい」

また室内に雪や風が吹き荒れそうな不穏な空気を纏った氷姫に上から睨みつけられ、刹那はまさに蛇に睨まれた蛙《かえる》の状況を味わっていた。

身体を張った勝負なんて、今の氷姫にとても勝てる気がしない。

「恐れ多くも、氷姫様」

今まで黒子に徹していた颯太が、初めて口を挟む。

「刹那様は氷姫様がおっしゃるように、なんの力も扱うことのできない非力な人間です。氷姫様のような高貴な精霊の前では、颪に飛ばされる塵《ちり》と同じようなものでしょう。そんなお二方が戦っても、勝負をする前に結果は見えているのではないですか？」

氷姫との勝負を回避する為の助言であるのだろうが、刹那は颯太が選んだ言葉の端々に棘《とげ》を感じずにはいられなかった。

初対面のやりとりでも感じたが、何か気に障るようなことをしてしまったのかと不安になってしまう。

「では、一体どのように決着をつければ良いとおっしゃるの？　なにもせずにただ身を引くなんて、わたくしは絶っ対に嫌ですわ」

その氷姫の言葉を聞いて、心なしか颯太がにやりと笑った気がした。

「それでは、氷姫様との力の差を考慮して、刹那様の得意分野で勝負をされてみてはいかがでしょうか？」

思いもよらない颯太の提案に、刹那は思わず目を瞠る。

無能な人間でも、何かひとつくらい得意なことがあるだろう？　という、颯太の無言の圧力が込められた視線をひしひしと感じ、背中に冷や汗が流れる。

「いいですわよ。どうせわたくしが勝つのですから、この際なんでも構いませんわ。さぁ、なにで勝負するのか言ってごらんなさい」

私の得意分野で、勝負になりそうなもの――。

無意識にそんなものは思い当たらないと口走りそうになったものの、ふと刹那の頭の中にひとつだけ思い浮かんだものがあった。

しかし、それは勝負には該当するだろうが、利那の勝利が確約されているという、本来は勝負として扱うべきではないものだった。

「颯太、勝手に話を進めてはいけません。今回のことは、私と氷姫殿の問題です。利那殿を巻き込んではなりません」

慌てて蒼真が止めに入るが、何の勝負もせずにこのまま言葉による説得で平行線をたどっていては埒《らち》が明かないだろう。

「……私が勝てば、本当に彼のことを諦めてくださるのですね？」

「利那殿……!?」

「もちろんですわ。あなたが蒼真様にふさわしい女だとわたくしに認めさせることができたら、潔く身を引こうじゃありませんの」

「そうであれば受けましょう、その勝負」

まさか利那が勝負を受けると思っていなかった蒼真は、焦ったように利那の耳元で囁く。

「本当によろしいのですか？　利那殿」

「はい」

「氷姫殿は、あなたの命を容易く奪ってしまうほど強大な力をお持ちです。それでも、勝算はあるのですか？」

「もちろんです。出まかせではありません」

何の迷いも躊躇いもなくそう言い切りながらも、どこか強張った表情の刹那を、蒼真はまだ納得がいかないような表情で見つめる。

「大丈夫です。絶対に勝ちますから、心配なさらないでください」

「刹那殿……」

「そ・れ・で、わたくしと一体なにで勝負いたしますの？」

ふたりのやりとりがいちゃついているようにしか見えなかった氷姫は、躍起になって話を戻そうとする。

「人間でなければできないような類の勝負はだめですわよ」

「そんなに特別な勝負ではありません」

刹那は懐から朱色の紐で纏められた札の束を取り出す。

「勝負は、札の絵合わせです」

刹那が取り出したのは、片面に様々な花が描かれた絵札だった。

一枚の札にひとつの花の絵が描かれており、同じ花の札が二枚一組で二十七組、計五十四枚ある。

「勝負の方法は簡単てす。まず、ここにある五十四枚の絵札を裏返しにして並べます。ひとり一回につき二枚札をめくって、二枚とも同じ絵柄の札を当てることができたら、自分の持ち札になります。違う札だった場合は、また裏返しに戻してください。裏返しの札がなくなるまで交互にめくり合って、最終的に持ち札の多い方が勝ちです」

この勝負に使う絵札は、刹那が唯一家から持ってきていた思い出の品で、幼い頃によくこの遊びに使っていた。

　この年になって使うことはなくなっても、義母がわざわざ刹那の為に買ってきてくれたものであったことを知っていた為、いつまでも捨てられずにお守りのように持ち歩いていたのだ。

「勝負の方法はわかりましたわ。要するに、記憶力勝負というわけですわね」

「……はい」

「でも、この絵札はあなたのものですわよね？　まさか、こっそり自分だけがわかるようなしるしがついているなんてことは……」

「それは絶対にありません」

　刹那が幼い頃から使い込んでいた為、多少札の角が丸みを帯びているものの、汚れなどはなく、状態は良いものだった。

　札の裏は全て赤く塗り潰されていて、違いなどはまるで分からない。

「この絵札が怪しいと思うのであれば、他の札を用意していただいて、そちらで勝負しても構いません」

　きっぱりと刹那に言い返され、氷姫は決まりが悪そうに軽くむくれて「わかりましたわ」と承諾する。

　刹那は自分の手でよく札を混ぜてから、重ならないように畳の床に並べていく。

　そんなふたりの様子を、蒼真と雪音、颯太の三人は部屋の隅の方で見守っていた。

「絶対に勝ちます、なんて言ってたけど、刹那ったら本当に大丈夫なのかしら？」

緊張感を孕《はら》んだ利那の横顔を見つめながら、雪音は少し心配そうに眉根を寄せる。

「あれ、確かに記憶力勝負っぽいけど、運だってかなり結果を左右するんじゃない？　確実に勝つって言うなら、ちょっと勝算に欠ける気がするんだけど」

「それでも、利那殿が勝つとおっしゃるのであれば、大丈夫なのでしょう」

雪音の心配を余所に、利那を見つめる蒼真の瞳は至って冷静だった。

「あら、利那のこと随分信頼してるのね」

「もちろん信頼しておりますよ。なんと言っても、私の婚約者殿ですから」

からかい交じりの雪音の視線にも動じることなく、蒼真はにっこりと微笑みを返す。

「しかし蒼真様、万が一あの人間の娘が敗北しそうになった場合は、颪を吹かせてこの勝負をなかったことにしてもよろしいですか？」

そう言う颯太は、自分から話を振っておきながらも、全く利那のことを信用していないらしい。

「……あのさ、颯太。アンタ、乙女心をまったくわかってないのね」

「な、なにっ⁉」

「どうせ最初からとりあえずなにかしら勝負させて、それをぶち壊すことしか考えてなかったんでしょ？　だからすぐに利那が負けないように、一応利那の得意分野でってことで話を振ったんだろうけど、ぶち壊しになんてしたら逆効果よ。決着がつかないのに、あのお嬢さんが諦めるわけないじゃない。そんなのただのその場しのぎで、なんの根本的解決にもならないから」

自分の作戦を見透かされていたことに、颯太は真っ赤になって反発する。

「う、うるさいっ！　お前になにがわかる！」

「いやいや、ほら、あたしも乙女ですから。乙女の気持ちすごいわかるもん」

「お前のどこが乙女なんだ！」

「そこのふたり、騒がしいですわよ！　気が散りますから静かにしてくださいます？」

氷姫に吠《ほ》えられ、ふたりとも大人しく口を噤む。

そんなふたりの様子に、蒼真は苦笑する。

あの時、絶対に勝つと告げた刹那の眼差しに、蒼真は何か強い決意が秘められているように感じていた。

その決意の正体が何なのかは分からないが、それが信用に値するものであるということを、どこか本能的に感じ取っていた自分がいたことは確かだった。

「とにかく、私たちは刹那殿が勝つと信じて見守りましょう。きっと、大丈夫ですから」

勝負は氷姫の先行で始まった。

最初の状態では、何の札がどこにあるのか全く分からない。

氷姫が適当に札を二枚めくると、杜若《かきつばた》と木蓮《もくれん》の札が出る。

最初から札が揃わないことなど当然で、ある程度札の位置と内容さえ覚えていれば、後々自分の持ち札にできるに違いないと氷姫はタカをくくっていた。

次は刹那の番。

刹那はおもむろにずっとつけたままだった手袋を外すと、自分の目の前にあった札を一枚めくる。

その札には、愛らしい一輪の菫《すみれ》の花が描かれていた。

「もう一枚は、どれにしようかな……」

そう呟《つぶや》いた刹那は、目を閉じて指先で軽く何枚かの札に触れていく。

そのどれをめくろうか迷っているようなもどかしい手つきに、早く決着をつけてしまいたくてたまらない氷姫はイライラを募らせていく。

「ちょっと、最初なんてどの札を選ぼうと大して変わらないのですから、早くめくる札を決めていただけませんこと？」

「ごめんなさい。すごく悩んでしまって……。あ、これにします」

イライラした雰囲気に気圧されながらも、刹那がめくったもう一枚の札を見て、氷姫は目を瞠る。

その札には、先程刹那がめくった札と同じ菫が描かれていたのだ。

「同じ菫の絵だわ。最初から当てることができるなんて、今日はなんだかついてるみたい……」

ほっとした様子で絵札を回収する刹那の姿に、氷姫は早くも自分の中に生まれた焦りを押し殺す。

「そ、そんなの偶然ですわ。勝負はまだ始まったばかりですのよ？　わたくし、記憶するのは得意ですから、今に大差をつけて差し上げますわ」

しかし、氷姫はそう意気込んで札をめくるも、なかなか同じ札を当てることができなかった。

序盤はそれが当然と言えばそうなのだが、同じ状況でも、刹那は次々と同じ札を当てていく。

その手元にある当たった札の山がどんどん高くなっていく度に、その山を見て精彩を欠いた氷姫は、覚えていたはずの札の位置まであやふやになり、間違いばかり繰り返してしまう。

「あの人間の娘、なかなかやりますね……」

あれから無言でふたりの戦いを見守っていた颯太が、驚いて目を瞬かせる。

そんな颯太の表情を横目に、蒼真は独り言のようにぼそっと呟く。

「私の足を引っ張るどころか、このままの流れでは完全にこちらが助けられてしまいそうですね」

「うっ……」

利那に言った嫌味をそのまま返され、颯太は返答に詰まる。

「それにしても、利那すごい！　ひとりであんなにどんどん当てちゃうなんて」

利那の活躍ぶりを、雪音は瞳を輝かせながら食い入るように見つめていた。

「利那って、相当記憶力も運も良いみたいね」

「そのようですね――」

表向きには雪音の言葉に同意したものの、蒼真はどこか釈然としない気持ちでその様子を見つめていた。

利那の記憶力と運が良いということだけで片づけるには、まだめくられていなかった札まで当てる確率があまりにも高すぎる。

もし事前に札に細工を施していたのであれば、氷姫が言った通り何らかのしるしや特徴を参考にしているのだろう。

しかし、利那はいつも札をめくる瞬間まで、まるで札から何かを感じ取るように目を閉じている為、その可能性は限りなく低い。

そして、時間が経過していくにつれ、心なしか刹那の顔から血の気が失せていくように見えるのは、蒼真の気の所為なのだろうか。

全ては緊張しているからの一言で片づけられてしまうかもしれないが、時折見せる唇を噛《か》みしめて何かを堪えているような刹那の表情は、勝負を始める前と比べて明らかに険しく見える。

「このまま、刹那殿が無事に勝ってくださるといいのですが……」

徐々に大きくなる心の中のざわめきを鎮めるように、思わず蒼真はそう呟いていた。

「ああああああ、有り得ないですわ、こんなこと……」

裏返しの札が全てなくなり、自分の手元に積まれた札を見た氷姫は、そう言わずにはいられなかった。

あれだけ大口を叩いておきながら、氷姫の手元にある札はたったの十枚ぽっち。

手札の枚数を数える前に、互いの札の山の高さを見た時点で勝敗は一目瞭然だった。

「勝負ありましたね。私の勝ちです」

信じられないといった表情で固まっている氷姫に、刹那は冷静に勝敗を告げる。

「だからもう、約束通り彼のことは諦めて――」

「こっ、こんなこと、絶対におかしいですわ！」

大人しく敗北に打ちひしがれていると思っていた氷姫だったが、逆上したかのように刹那に向かって札を投げつける。

「その札には、やっぱり細工が施されていたに違いありませんわ。そうでなければ、わたくしがこんなに大差で負けるなんて有り得ないですもの！」

「あらぁ、往生際が悪いんじゃないですか？　さっきはその札で良いとおっしゃっていたのに」

取り乱した氷姫に、雪音が冷たく言い放つ。

「お黙りっ！　こんなイカサマ勝負を持ちかけてくるなんて、とんでもない娘ですわ……！　とにかく、わたくしは負けなんて認めませんわよ！」

氷姫は言いたいことだけ言って、突然部屋の中に巻き起こった吹雪と共に消えてしまった。

吹雪によって部屋のあちこちに飛び散ってしまった絵札を、刹那は大切そうに拾い集める。

「結局、まだ決着はつけさせてもらえなかったということかしら……」

「残念ながらそうみたいね。せっかく刹那が奇跡的な圧勝をしてくれたのに、なんなのよ、あのわがまま娘は……」

やれやれ、と肩をすくめる雪音の姿に、刹那も苦笑する。

それでも、宣言通り負けなかっただけでも良しとしようと、刹那は内心ほっとする。

「颯太くん、さっきはありがとう」

その刹那の言葉に颯太は驚いたように顔を上げたが、すぐに視線を逸らしてしまう。

「な、なんだ、それは嫌味なのか？」

颯太は不貞腐れたように唇を尖《とが》らせる。

外見の年相応の可愛らしい仕草に、刹那の口元に自然と笑みが零れる。

「そうじゃないわ。私が誰かと勝負をして勝てることなんて、札の絵合わせくらいしかないの。だから、あの場で颯太くんが私に勝負方法を決めるように言ってくれなければ、絶対に氷姫さんに勝てっこなかったもの。だから、ありがとう」

利那の満面の笑みに、颯太は顔のみならず、耳や首まで赤くなる。

「にっ、人間のくせに……、今回は役に立ったな」

「うわっ、なにその超素直じゃない言い方。あたしは前から知ってたけど、相変わらず性格悪いよ、颯太」

「性格の悪さだけは、雪音に勝てるわけがないだろう」

「なに当たり前なこと言ってんの？　あたしだって負けるつもりないし」

「そこ、認めるなよ！」

ふたりの夫婦漫才のようなやりとりにくすくすと笑っていると、刹那は急に全身に違和感を覚える。

手足の神経が張り詰めて痺《しび》れたかと思うと、まるで全身の筋肉が弛緩《しかん》してしまったかのように力が抜けて、その場に崩れ落ちてしまう。

どこかが痛むわけではないし、目眩などもなく意識ははっきりしている。

しかし、自分の意識に反して指一本まともに動かすこともできず、全くと言って良いほど身体の自由が利かなくなってしまっていた。

「刹那っ⁉」

「おい、どうしたんだ⁉」

言い争っていたことも忘れてしまったかのように、雪音と颯太は慌てて利那のもとに駆け寄る。

「……ちょっと、集中力を使いすぎて疲れちゃったみたい。気にしないで……」

どうして自分の身体がこのようなことになってしまったのか、その理由に心当たりがあった利那は、冷静を装いながらも内心ではひどく焦っていた。

心配をかけないように起き上がろうとしても、全く腕に力が入らず、手をつくことも肘を曲げることもできない。

何とか顔を上げるのがやっとで、多少の覚悟はしていたものの、予想以上の身体の大きな異変に、利那自身も不安に呑《の》み込まれてしまいそうになる。

「どう見ても大丈夫ではないでしょう」

「え？　あっ！」

急に身体がふわりと浮いて視線が高くなったかと思うと、利那は一瞬にして蒼真の腕に抱きかかえられてしまっていた。

「ちょ、お、下ろしてください……っ！」

予期せぬ出来事に抵抗しようとしたものの、もちろん利那の身体はぴくりとも動かない。

言葉だけの抵抗も空《むな》しく、蒼真は利那を心配そうに見つめているふたりにこれまでと変わらない様子で指示を出す。

「利那殿は、私が部屋にお連れします。お疲れのようですので、今日は湯浴みをして休んでいただきましょう。ふたりには湯殿の準備をお願いしてもよろしいですか？」

「承知いたしました、蒼真様」

「わかった、準備はこっちに任せて！　じゃあ、刹那のことよろしくね」

蒼真の指示により、ふたりは先を争うように騒がしく廊下を駆けていく。

その足音が遠ざかっていくにつれ、刹那は今の自分の状況を意識せずにはいられなくなる。

自分の膝裏や肩に回された見た目よりもずっと逞《たくま》しい腕、衣服越しにほんのり伝わってくる熱。

落ち着かない気持ちで視線をさまよわせると、蒼真の端整な顔が眼と鼻の先にあることに気づき、さらにうろたえてしまう。

他人とこんなに密着したことなど、これまでの刹那の記憶の中にはなかった。

廊下に出ると辺りはすでに夕闇に包まれて薄暗くなっており、視覚が利かない分、触覚がやけに過敏になっているような気がした。

なぜか心臓が息苦しいほどに大きく脈打っていて、どうしたらいいのか分からなくなってしまう。

「……あ、あの、自分で歩くので、下ろしてください」

このままでは心臓の音が蒼真に聞こえてしまいそうで、まだとても歩けそうにもないのにそう口にすると、不意に蒼真がその歩みを止める。

「先程も申し上げましたが、どう見ても大丈夫であるようには見えません。まだ会って間もないような男にこのように触れられることが、刹那殿にとって不本意であることは重々承知しております。……それでも私は、あなたのことが心配なのです。このまま、今しばらく我慢していただけませんか？」

互いの距離の近さのあまり、図らずとも刹那の耳元で囁かれるように告げられた言葉には、憂慮と懇願の色が滲んでいるような気がした。

その切なさを感じさせる声音に、刹那の胸が締めつけられるように鈍く疼く。

「……そのっ、不本意などそのようなことではなくて……、私の心臓の音が、神官さまに聞こえてしまうのではないかと思ったら、とても恥ずかしくて……」

胸の疼きに突き動かされるように、心の声が口から零れ落ちてしまったことに気づき、刹那は慌てて口を噤む。

蒼真は介抱の為に刹那を抱き上げているだけだというのに、その行為に緊張や羞恥を感じているなど無礼にもほどがある。

しかし、確実に気を悪くさせてしまっただろうと取り乱しそうになる刹那の予想とは裏腹に、蒼真は心底安堵《あんど》したような表情を浮かべていた。

「そういうことであれば、安心しました。しかしながら、恥ずかしい思いをさせてしまい、申し訳ございません」

夕闇の中でも輝きを失うことなく自分に注がれる青灰色の優しい眼差しに、刹那は次第に大きくなっていく胸の疼きを意識せずにはいられなくなる。

「でも、私、重いですよね。あの、頑張って自分で歩きますから……」

先程までの失態を取り繕うように気丈に振る舞ってみたものの、

「まったく重くなどありませんよ。もしや、体勢が不安定でしたか？　配慮が足りず、失礼いたしました」

予想に反して、さらに身体を密着させるようにしっかりと抱え直されてしまう。

利那はもう何も言えず、赤くなった顔を隠すように視線を落としながら大人しく運ばれていくしかなかった。

客間がある直線の廊下に差しかかった頃、何か思案を巡らせているような表情だった蒼真が、唐突に口を開く。

「刹那殿は、なにか特殊な能力をお持ちなのですか？」

その言葉に、刹那は痺れた手足から急激に熱が失われていくような感覚に襲われる。

「……どうして、ですか？」

どうして、知っているの――？

「意識ははっきりされているのに、身体にまったく力が入らないようですね。精霊たちが力を使いすぎた時の症状に似ています。刹那殿は、なにかそれに近い能力をお持ちで、それを先程の勝負で使われたのではないでしょうか？」

まるで心の中を見透かされているような蒼真の言葉に、刹那は急に押し黙ってしまう。

ちょうど客間に到着し、刹那は上半身を起こしたままの状態で寝床の上に下ろされる。

まだ身体には力が入らず、蒼真に肩を支えてもらわなければ、上半身を起こしていることもままならなかった。

蒼真は両脇に力なくだらりと落ちた刹那の手を掛け布団の中に入れようと手を伸ばすと、それに気づいた刹那が、お互いの手が触れる前に悲鳴のような声をあげる。

「だめっ！　触らないでっ！」

その声に動きを止めた蒼真は、刹那が震えていることに気づく。

刹那の雪のような白く美しい肌は生まれ持ってのものなのだろうが、その両手の皮膚はさらに群を抜いて白い。

それは、まるで太陽の光を全く浴びたことのないような、病的なまでの白さだった。

確か、札の絵合わせをするまで、ずっと手袋をしていた気がする。

もしかすると――。

「刹那殿は、この手に力をお持ちなのですね？」

刹那の視線が、落ち着きなく辺りをさまよう。

青ざめた顔で口を閉ざしている刹那の様子に躊躇いを覚えながらも、蒼真は沈黙を破る。

「教えてください。私はあなたを守るとお約束しました。それでも、刹那殿のことを知らなければ、私はあなたが今感じている不安からあなたを守ることができません……」

支えられていた肩を優しく抱き寄せられ、刹那は蒼真の胸に身体を預けるようにその腕の中に包み込まれる。

「少しだけでも構いません。一体、なにがあなたをそのように苦しめているのか、私に話していただけませんか？」

切なさで胸がいっぱいになってしまうような声音と微かに強まった抱擁に、刹那は目の奥がじんわりと熱くなる。

自分の琥珀色の瞳を恐れないこの人たちには、どうしても知られたくないことがあった。

それは、蒼真が言い当てた通り、この手に生まれながら備わっていた不思議な能力。

できることなら隠していたかったが、氷姫との勝負にこの能力を使うと決めた時点で、すでに知られてしまうことは時間の問題だったのかもしれない。

「……私は、捨て子なんです」

額を蒼真の胸に預けたまま、ぽつりと刹那が呟く。

「瀕死《ひんし》の状態だったところを、村の村長夫妻に拾われました。夫妻に介抱していただいたおかげで一命は取り留めましたが、数日後に私が目を開けた時、当然この瞳の色に驚いたそうです。……でも、捨てたら呪われるかもしれないからと、私は今まで殺されずに育てていただきました」

そして、その瞳が物語るように、刹那には普通の人間にはない不思議な力があった。

「この瞳の所為なのかはわかりませんが、私にはこの手で触れた人や物の気や感情を読み取る力があるみたいなんです」

その不思議な能力が、先天性のものであったのかは定かではない。

当初、村長夫妻のところを訪れる村人や客人たちは、こぞって珍しい瞳を持つ刹那に興味を示していた。

その本物の琥珀のように美しい瞳に魅せられ、刹那を天の遣いなのではないかと言う者までいたほどだ。

しかし、自分と異なる者への嫌悪や恐怖を拭い去ることができない人間がいることもまた確かで、そんな心根の曲がった人物に、刹那は運悪くその手で触れてしまったのだ。

物心がついた頃にはあった不思議な能力を隠す術《すべ》など、当時の刹那はまだ知る由もない。

口では刹那の瞳を美しいと褒めながらも、手のひらから伝わってきた自分に対するおぞましいほどの嫌厭《けんえん》の感情に驚いた刹那は、思わずその場で泣き出してしまった。

そして、触れてしまった人物が心の中《うち》に留《とど》めていた感情を、そのまま口に出してしまったのだ。

当の本人は、自分は決してそんなことは思っていないと否定したが、結果的にその話は刹那を貶《おとし》める内容に脚色されて瞬く間に村中に広がってしまった。

悪意のある噂は、ただでさえ瞳の色が違うだけでも周囲から浮いていた刹那をさらに孤立させた。

人目につくところに出れば、村の大人たちからはあからさまに眉をひそめられ、怯《おび》えるような表情を浮かべる者もいれば、刹那を何か汚らわしいものを見るような目で見てくる者もいた。

子どもたちからは、化け物呼ばわりされて石を投げつけられたことなど、一度や二度ではない。

また、その噂の真偽を確かめようとしたよからぬ輩《やから》に襲われかけたこともあり、その時に不可抗力で読み取ってしまったひどく醜い感情は、幼い刹那の心を打ちのめすには十分なものだった。

自分に向けられている恐怖や好奇に染まった視線から逃れるように、いつの頃からか刹那は極力人前に出ることを避け、不意の出来事であっても誰かの感情を読み取ってしまうことのないよう、いつも手袋をつけて生活するようになった。

「その能力で、絵札を当てていたということですか？」

「……はい。物にも気は籠もりますから、それを読み取ればなんの絵が描いてあるかわかるんです」

氷姫に宣言した通り、札には何の細工もしていない。

けれど、それ以前にあの勝負に刹那が勝つことは決まっていたのだ。

そんな卑怯《ひきょう》な真似をしてでも、義父母への恩返しの為に勝ちたいという強い気持ちを原動力に、刹那はあの勝負に臨んでいた。

「神官さまは、私のことを村からの使者だとお思いのようですが、本当は違うんです」

「どういう意味ですか？」

「本当は私、生贄としてここに来たんです」

刹那の言葉に、蒼真が微かに息をのむ。

「いつまでも終わらない冬を終わらせる為に、ご先祖さまたちは、冬の神に生贄を捧げることで再び四季を巡らせていたそうです。村人の中には、冬の神など退治してしまえと言う方もいたようですが、私はその伝承の通り、自分の命を捧げるつもりでここに来ました。私はこの瞳や力の所為で、人に恐怖や嫌悪感を与えることしかできません。だから……きっと、私は生まれてきてはいけなかったのだと思います」

これまで誰にも話すことはなかったけれど、いつだって心の中にあった気持ち——。

「それでも、少しでもこの命が誰かの役に立つのであれば、私はこの命を差し出すことを惜しむつもりはありません。どんな卑怯だと言われることでもやるつもりです」

そうでもしなければ、自分という存在は本当に無意味である気がした。

生贄という役割を得て、初めて自分が今この世に存在していることを赦《ゆる》されたような気がしたのだ。

それは強がりでも皮肉でもない、紛れもない刹那の本心だった。

「――今までずっと、ご自分のことをそのように考えておられたのですか？」

蒼真は刹那の肩に回していた腕を解くと、そのまま自分の手を刹那の手に重ねようとする。

そのあまりにも自然な動作に、刹那は制止するのを忘れそうになる。

「だ、だめです！」

触れた瞬間、触れた人の感情は水面に雫《しずく》が落ちた波紋のように刹那の身体の中に広がっていく。

今まで触れてしまった人たちは、皆が刹那のことを恐れ、忌んでいた。

そんな負の感情が流れ込んでくる感覚を思い出して、刹那の背中にぞくりと悪寒が走る。

「私の心の中を読み取ってしまうことが、怖いですか？」

「……怖い、というより、気持ち悪くはないのですか？　勝手に心の中をのぞかれるなんて」

蒼真の心の中に憎悪や恐怖は感じられない気はするものの、それでも触れることは躊躇われた。

泣き出しそうな顔をする刹那に、蒼真は優しく微笑みかける。

「平気ですよ。きっと、私の心の中に刹那殿が怖がるようなものはなにもありませんから」

「なにも、ない？　……どうして、そう言い切ることができるのですか？」

「私は冬の神官としての立場上、感情を乱れさせることのないように訓練してきました」

神官の存在は、常に眷属《けんぞく》の精霊たちに影響を与えている為、力の弱い精霊たちは神官の一感情にも敏感に反応してしまう。

「私が感情を乱すごとに、精霊たちも感情を乱して暴れてしまいます。そのような事態を招くことのないように、私は常に感情を一定の平穏で保っています。そこには欲も憎しみもありません。きっと刹那殿を怖がらせることはないと思っています。ですから、あなたの手に触れさせてください」

その真摯な言葉に、閉ざされていた刹那の心が微かに揺れ動く。

まだ触れられることに対する恐怖を、完全に拭い去ることができたわけではない。

それでも刹那は、今度こそ自分の手が蒼真の手に包まれていくのを黙って見つめていた。

蒼真の手のひらから伝わるのは、忘れかけていた確かな素肌のぬくもり。

刹那がずっと求めていたぬくもりが、その手のひらの中にはあった。

「なにか、読み取ることはできましたか？」

「……いいえ」

どんなに触れ続けても、伝わってくるのは温かな手のぬくもりのみ。

そのぬくもりによって、氷のように冷たくなっていた刹那の手が徐々に熱を取り戻していく。

「刹那殿は、ご自身のことを生まれてきてはならなかったとおっしゃいましたが、そんなことはありません」

「……えっ？」

「どんな背景があったとしても、今、刹那殿が村の方々を救おうとしていることは紛れもない事実です。そして私も、こうして刹那殿に助けていただいております。――それが理由にはならないでしょうか？」

「理由？」

「はい。刹那殿が生まれてきた理由です」

蒼真は互いの指を絡め合うようにして、刹那の手のひらをぎゅっと握りしめる。

「それが理由にはならないとお思いだとしても、私は刹那殿をこの世に生み、私に巡り合わせてくださった神に心から感謝しております。私には、刹那殿という存在がどうしても必要だったのですから」

その言葉が物語るように、刹那は蒼真の手のひらから伝わる優しさに、全身が心地好《よ》く包まれていくような錯覚を覚える。

自分のような人間は、誰かに触れることも、誰かに触れてもらうことも、望んではいけないのだと言い聞かせて今まで生きてきたはずだった。

それなのに、しっかりと繋がれた手のひらの温度は、ずっと抱えていた刹那の心の闇すら、まるで最初から存在していなかったものであるかのように真っ白に浄化してしまう。

今まで自分の中に抑え込んでいた感情が決壊して、涙となって一気に溢れ出す。

自分は普通の人間としては生きていけないのだと悟った時から、もう涙を流すことなど忘れていたはずなのに。

俯きながら涙を流す刹那を、蒼真はそっと懐深く抱きしめる。

「この世にあるもの全て、必要だからこそ生まれたのです。それは人間も同じ。この世に刹那殿と

いう存在が必要だったからこそ生を受けたのです。今はまだわからなくても、必ずその意味がわかる時が来ます。ですから、ご自身のことをそのように貶めるのはやめてください」

頭を撫でるように大きな手で優しく髪を梳《す》かれ、刹那はもう、胸がいっぱいでまともに言葉を紡ぐことができなかった。

理由などどうでもいい。

自分のことをそんな風に考えてくれる人がこの世にひとりでもいてくれること――それだけで、今の刹那にとってはもう十分だった。

「……ごめんなさい……、ごめんなさい……っ」

自分の存在を否定するということは、先程の蒼真の言葉を否定することになる。

だから、自分を必要としてくれる人の為にも、これからはもう二度と生まれてきてはいけなかったなどと口にしてはならないのだ。

「謝らないでください。それに、謝らなければならないのは刹那殿に無理をさせてしまった私の方です」

「そんな……！　私が黙って勝手にやったことですから。……でも、氷姫さんにはずるいことをしてしまいました」

「刹那殿は、ご自分の特技を秘密にしていただけですよ」

「でも……」

卑怯な真似をしても構わないと思いながらも、一生懸命な氷姫の姿を思い出すと、どうしても後ろめたい気持ちになってしまう。

すると、蒼真はここだけの話ですが、と口を開く。

「氷姫殿の瞳には、人間に幻覚を見せる力があるのです」

「幻覚？」

「はい。氷姫殿はかなり鋭い目つきで利那殿を見ていたと思うのですが、あれは利那殿に幻覚を見せようとしていたからです。なぜか、利那殿にはまったく効いていなかったようですが」

雪女は幻覚を見せて人を山奥に誘い込み、時には凍死させてしまうと言われている。

勝負の際、利那にもその力を使っていたらしい。

「……では、一応お互い様ということなのでしょうか」

「ええ。ですから、利那殿が気に病む必要はありませんよ。精霊たちは嘘は苦手ですが、その分、なにかしら奥の手を隠し持っているものですから」

氷姫の方も、最初から正攻法で勝負をするつもりなどなかったのだ。

その事実を知ったことで、おのずと利那の罪悪感も小さくなる。

それでもと、蒼真の表情が少しだけ険しくなる。

「精霊の場合は、力は生命の源です。利那殿の力も同じかはわかりませんが、使えば必ず身体に負担がかかるでしょう。これ以上、利那殿にその力を使わせるわけにはいきません……」

「私なら大丈夫です。今日は久しぶりに力を意識的に使ったので加減がわからなかっただけで、次からは倒れたりしません」

「しかし」

渋る蒼真の瞳を、刹那は臆することなく真っ直ぐ見つめ返す。

「きっと氷姫さんのことですから、同じ勝負で私に勝たなければ気が済まないと思います。あの絵札ではだめだと言うのであれば、他の絵札を用意してまた勝負するまでです。その勝負にも必ず勝って、今度こそ諦めていただきます。それに――」

涙で濡《ぬ》れた刹那の琥珀色の瞳が、薄暗い部屋の中で夜空の星のごとくきらめく。

「私、神官さまのお役に立ちたいのです」

まだ涙のあとが残る頰を緩ませて微笑む刹那に、蒼真は何も言えなくなってしまう。

「……わかりました。ただ、いざとなれば他の手を考えますから、絶対にご無理だけはなさらないでくださいね」

「はいっ！　ありがとうございます」

＊＊＊

明くる日、障子戸から差し込んだ陽光の眩しさに、刹那は薄目を開けてぼんやりと天井を見つめる。

その見慣れない天井の板目の模様に違和感を抱きながら周囲を見渡すと、同じく見慣れない部屋の様子に、村長夫妻の家の自室で眠っていたと思い込んでいた刹那は慌てて飛び起きる。

一瞬、激しく取り乱しそうになったものの、昨夜、雪音が明日はこれを着てほしいと言っていた着物を枕元に見つけて、刹那は今、自分が冬の神官の屋敷にいるのだということを思い出す。

神官や精霊の存在も、自分が偽りの婚約者役を引き受けたことも、これまでの刹那の日常とはあまりにもかけ離れすぎていて、目が覚めたら終わる夢なのではないかとも思っていた。

しかし、目が覚めても刹那がここにいるということは、やはり夢ではなかったらしい。

昨日は力の使いすぎで自分の意志で動かすことができなくなっていた手足も、ゆっくり休むことができたおかげか、何の違和感もなくいつものように動かすことができてほっとする。

雪音が用意してくれていた着物に着替えて障子戸を開けると、快晴の空に浮かぶ太陽の光が外廊下の向こうに広がる銀世界に反射して燦然《さんぜん》と輝いていた。

ここ数ヶ月、村では曇天続きであった為、こんな胸のすくような朝を迎えたのは久しぶりだった。

「おはよう、刹那！」

その声に振り向くと、廊下の向こう側から、こちらに向かってぱたぱたと雪音が駆けてくる。

「良かったぁ。動けるようになったんだね」

駆けてきた勢いのまま腰に抱きついてくる雪音に戸惑いながらも、その嬉しそうな表情に、思わず刹那の表情も緩んでしまう。

「おはよう、雪音ちゃん。もう大丈夫だよ。昨日はいろいろと迷惑をかけてごめんね」

「そんなの気にしないで。昨日は刹那のおかげで、あのお嬢さんに日に物を見せてやれたわけだし。でも、心配だったから様子を見に来たんだけど、杞憂《きゆう》で良かったわね、蒼真」

「そうですね」

視線を上げると、いつの間にか雪音の後ろに蒼真がいたことに気づく。

「おはようございます、利那殿。昨夜は、ゆっくりお休みになれましたか？」

そう言って柔和な笑みを浮かべる蒼真の姿に、利那の頭の中で昨夜の記憶が一気に鮮明に蘇《よみがえ》る。

いくらあの時の利那が冷静さを失っていたとはいえ、蒼真には年甲斐《がい》もなく泣きじゃくる姿を見られてしまった。

しかも、利那をなだめる為だったのだろうが、改めてあの腕の中に抱きしめられるようにして泣いていたのだと思うと、あまりの申し訳なさと面目のなさに打ちひしがれそうになってしまう。

「……はい、おかげさまですっかり身体の調子ももとに戻りました。さ、昨日《さくじつ》は、その……、ご迷惑をおかけして申し訳ございませんでした」

謝罪の言葉を口にして頭を下げることしかできない利那に、蒼真はとんでもないですと首を横に振った。

「少しでも利那殿のお心を軽くすることができたのであれば、私にとっても本望ですので」

その言葉通りの至極嬉しそうな笑顔を浮かべている蒼真に、利那は先程までとは別の意味で赤面してしまう。

そんなふたりの様子をひとり低い位置からすこぶる楽しそうに見つめていた雪音は、良いことを思いついたとばかりに利那の着物の袖を引っ張る。

「ねぇねぇ、利那。この屋敷のお庭にはすごく珍しいお花がたくさんあるんだけど、興味ある？」

「お花？　うん、お花は好きだけど」

「じゃあさ、朝のお散歩がてら見てきなよ。蒼真、刹那をあの場所に案内してあげて」

「えっ……!?」

急に話が蒼真へ振られたことに驚き、刹那は思わず小さく声をあげてしまう。

決して蒼真と散歩をすることが嫌なわけではないのだか、昨日の今日ではまだふたりきりになる心の準備ができていない。

「ほら、私はこれから朝餉《あさげ》の準備があるから」

「そ、それなら、私もお手伝いを……」

「いいのいいの。刹那はお客様なんだから、準備が整うまでゆっくりお散歩してきて」

未だに動揺を隠すことができない刹那を余所に、どんどんと話が進んでしまう。

「私でよろしければ、喜んでご案内させていただきます」

蒼真にまでそう言われてしまい、断る術を持ち合わせていない刹那は、はい、と小さく頷《うなず》くことしかできなかった。

「それじゃあ、道はこっちで作っておくから、あとはごゆっくり～」

そう言って雪音が指を鳴らすと、膝上くらいまで積もっていた雪が、一瞬にして一部分だけ踏み固められたように沈んで庭までの道ができる。

「圧雪は滑りやすいので、よろしければお手を」

何の違和感もなく差し出された手に、刹那の鼓動がわずかに乱れる。

なぜなら、今、刹那は手袋を纏っていなかったからだ。

昨夜、刹那は雪音と颯太に自分の手に宿る力のことを話した。

ふたりとも刹那の圧勝を単純にすごいと言って喜んでくれていたので、騙されたと思って怒るのではないかと心配していたのだが――。

「刹那、そんな能力を持ってるなんてなかなかやるじゃない！　やっぱり、あたしが認めただけはあるわ」

「人間でも、そんな力を使えるやつがいるのか！　……少しは、見直してやってもいいぞ」

怒られることも責められることもなく、むしろ喜ばれるという意外な形で受け入れてもらうことができた。

精霊たちは「特別」なものが好きらしく、滅多にお目にかかることはない刹那のその不思議な能力のことが気に入ったのではないかと蒼真は言っていた。

また、雪音や颯太は今は擬人化しているものの、その大本は雪や風である為、ふたりに触れてもそれらに触れることと大差ないらしい。

試しに、直接雪音の手を握ってみると、確かに植物や水など、自然にあるものに触れた時と同じ、心が洗われるような清々《すがすが》しい感覚しか伝わってくることはなかった。

この屋敷には、刹那に触れられることを拒否する者はいない。

じゃあ、この手袋もこの家ではお役御免ねと、雪音に着ていた着物と一緒に洗濯に出されてしまったのだ。

そんなわけで、刹那は何年かぶりに手袋をつけずに過ごしている。

昨日、蒼真の手に触れ、何の感情も読み取れなかったことは理解している。

それでもその手を取ることを躊躇ってしまうのは、偏《ひとえ》にまだ触れることに慣れていないからだ。

そんな刹那の気持ちを知ってか知らでか、蒼真は冗談交じりに大胆なことを口にする。

「あぁ、もし手だけでは不安でしたら、腕を組んでいただいても構いませんよ」

「て、手で大丈夫です！」

言葉の勢いもあり、先程までの躊躇いが嘘のように蒼真の手を取れば、その大きな手のひらに柔らかく包み込まれる。

やはり、伝わってくるものは純粋な手のひらのぬくもりだけで、たったそれだけのことに刹那はひどく安堵する。

「それでは、参りましょう」

「……はい」

ちょうどふたりが並んで歩くことができる幅で見事に圧雪となっている道は、確かに深雪の上を歩くよりも滑りやすい。

蒼真は圧雪の上ものともしないように歩くので、慣れない刹那は、無意識にその手を頼るようにぎゅっと握りしめてしまう。

「急に連れ出してしまったので、あまり防寒されていないですが、寒くはございませんか？」

「平気です。私、寒さには強いので」

むしろ、繋いでいる手を意識しただけでなぜか顔が火照ってしまいそうなくらい熱いので、寒さはほとんど感じていなかった。

「……確かに、あなたはいつも薄着でしたからね」

「えっ？　なにかおっしゃいましたか？」

「いいえ、こちらの話です。橋の上は雪の下が凍っていていてさらに滑りやすいので、気をつけてくださいね」

「はい」

この屋敷の庭は広い。どこまでを庭と表現して良いものか迷うほど、形良く剪定《せんてい》された立派な松や山茶花《さざんか》、躑躅《つつじ》、櫟《いちい》などの高低差のある木々が屋敷の裏側を取り囲むように植えられ、趣のある石の立灯籠や層塔もあちこちに点在している。

その中心にある大きな池にはいくつもの橋がかかっており、池中にある小島へ渡って様々な角度から庭を眺めることができる。

陽《ひ》が落ちたあとに庭中の灯籠に火を灯せば、昼間の壮観さとは異なった幻想的な姿を見せるに違いない。

いくつかの橋を渡って庭の奥に進むと、ほとんど雪を被《かぶ》って真っ白になっている小島の中に、青々とした緑が茂っている複数の小島を見つける。

さらに近づいてみると、その島の中心には下草の緑に負けないほど色鮮やかな赤や黄、橙《だいだい》などの北の地では見慣れない様々な花が咲き乱れていた。

「きれい……」

数ヶ月ぶりに雪のない地面を踏みしめながら、刹那は目の前の生気に満ち溢れた花々に目も心も奪われる。

「あの赤い花は天竺葵《てんじくあおい》、黄色は有明葛《ありあけかずら》、橙は仏桑花《ぶっそうげ》、他にも鉄線や芙蓉《ふよう》などいろいろありますが、ここにある花は主に温暖な南の地に生息しているものになります。北の大陸でも生息していないわけではないですが、一年を通して気温の低いこの辺りの地域では、まず見かけることはありません」

ここにある花を見慣れないと思ったのは、単純に刹那が屋敷に籠もりがちで外の環境を知らないだけだと思っていたが、そういうことではなかったらしい。

確かに、刹那が住んでいた村でも春や夏になれば花は咲いていたが、白や桃色といった色味の薄い花が多く、こんなに鮮やかな色の花を見かけたことはなかった。

「でも、それならばなぜそのような花がここに？」

雪に囲まれているようなこの場所では、温暖な地域の花は寒さで枯れてしまうのではないだろうか。

刹那のそんな単純な疑問を、蒼真は花のそばまで連れて行くことで解消させる。

「よろしければ、手で花に触れてみてください」

言われた通りに手を伸ばして花に触れようとすると、凍《い》てつくような空気から一転、ふわりと暖かい空気に包まれる。

「あれ？　お花の周りだけ、空気が暖かい……」

「はい。ちょっとした術式を用いて、花が咲いている部分の空気と土壌だけを南の地と同じくらいの温度に保っています。この庭は広大なわりに針葉樹の緑と雪の白ばかりで、雪音に色味が足りなくてつまらないと言われてしまいまして。それならばと、いくつかの小島に大陸ごとの有名な花を植えてみたのです」

「すごいですね。そんなこともできるなんて」

「いいえ、精霊たちの力も借りなければなりませんし、条件や範囲が限定されてしまうのが難点なのですが、ひと時の癒しにはなると思いまして」

蒼真の言う通り、美しい花は見ているだけで人の心を和ませる。

村にいた頃は、村長夫妻の屋敷の庭に咲いている花であっても、昼間に近寄ることに躊躇いがあった。

あの屋敷の庭は一部が村の大きな通りに面していたので、どうしても昼間は人目についてしまう。

その為、まだ村人たちが起き出す前の早朝の時間帯に、こっそりとまだ花弁が閉じたままの花を見に行くことしかできなかった。

それが今は、人目を気にすることなく花に触れ、香りまで堪能できる。

そんな普通の人にとってはありふれた日常の些細な出来事も、刹那にとっては何物にも代えがたい貴重な時間だった。

まさに今、花が綻んだような生き生きとした刹那の眩しい笑顔に、蒼真は目を細めるようにして見入る。

名前も聞いたことのない花ばかりだったが、博識な蒼真が丁寧に特徴やその花にまつわる面白い逸話などを教えてくれるので、利那は夢中になってその話に聞き入ってしまった。

「利那殿は本当に花がお好きなのですね。屋敷の書庫にいくつか花の図鑑などもございますが、もしご興味があればお読みになりますか？」

それは、利那にとって非常に魅力的な申し出であったが、頷きかけて我に返る。

「あの、花には興味があるのですが……、私、その……文字を読むことができなくて……」

村には家柄に関係なく、一定の年齢になれば文字の読み書きや簡単な計算を学ぶことができる学び舎《や》はあったのだが、利那はそこに通わせてはもらえなかった。

十歳を迎える頃には誰でもできるようになっているはずの簡単な文字の読み書きすら、この年になってもできないという現実に、利那はこれまでに感じたことのない羞恥に駆られる。

蒼真がこのようなことで利那を蔑視するような人ではないと思いながらも、一度逸らした視線は足元をさまようばかりだった。

するとと、不意に利那の頬にかかっていた髪を掬うように耳に掛けられる。

驚いて顔を上げれば、こちらをのぞき込むように見つめていた蒼真と昨日の出来事を彷彿《ほうふつ》としてしまうような距離で目が合う。

「あぁ、やはり利那殿には桃色の花が似合いますね」

「えっ？」

何気なく池の水面に映る自分に目を向けると、耳元に桃色の衝羽根朝顔《つくばねあさがお》の花が差し込まれていた。

薔薇《ばら》のような華やかさを併せ持った珍しい八重咲きの種類で、癖のない艶《あで》やかな利那の黒髪を可憐《かれん》に彩っている。

「育った環境によってできることとできないことがあるのは、人として当然です。なにも恥ずべきことではありません」

まだ出会って間もないというのに、どうしてなのだろう。

蒼真はいつだって自分でも気づかずに心の片隅で求めていた言葉で、刹那の心を軽くしてくれる。

また心の中を見透かされているような気分になるが、不思議と今は嫌な感じはしない。

滅多にかけられることのなかった優しい言葉を鵜《う》呑みにして、舞い上がっているだけと思われるかもしれないが、ただ素直に嬉しくて胸の奥が熱くなる。

「……ありがとうございます。そう言っていただけると、とてもありがたいです」

少し切なさを感じるような胸の高鳴りに促されるまま、はにかむように刹那が微笑むと、蒼真の表情も一層柔らかなものになる。

「書庫にある図鑑は絵が主体の内容になっておりますので、絵を見るだけでも楽しんでいただけると思いますし、もし、刹那殿にその気があればこの機会に文字の読み書きを習得されてはいかがでしょうか？」

「えっ……、本当ですか？」

刹那にとっては願ってもない話に、思わず声に力が籠もる。

「少々、お節介かもしれませんが、私で良ければお付き合いいたしますよ」

「そんな、お節介だなんて……」

自ら何かをしたいと口にすることはなかったが、刹那だって人並みに好奇心は持っていた。

幼い頃、読めもしない養母の書物をこっそり開いては、少ない挿絵からその本の内容を想像しては思いを馳《は》せることもあった。

いつか文字を学んで、書物が読めるようになれたら、どんなに幸せだろうと空想したことはあったが、まさかそれが叶《かな》う日が来ようとは――。

「すごく……、すごく、嬉しいです」

これまでになくキラキラと瞳を輝かせる刹那の姿に、蒼真は満ち足りたように目を細める。

「蒼真っ、刹那っ、朝餉の準備できたよーっ！」

池の向こう側からふたりの名前を呼ぶ雪音の声に、刹那ははっと現実に引き戻されたような感覚を味わう。

雪音の存在を意識しただけで、少し身じろいだだけでも互いの身体が触れてしまいそうな距離に蒼真がいることに、急に恥ずかしさを覚えてしまう。

「そ、そろそろ戻りましょうか……」

そう言って、刹那はあからさまに蒼真と距離を取るように踵《きびす》を返す。

不自然に思われてしまったかもしれないという不安は感じていた。

それでも、早くこの場から離れたいと思いながらも、心のどこかでまだこの場に留まっていたいと思う矛盾した感情がせめぎ合って、自分でもどうしたら良いのか分からなくなってしまう。

そのまま焦って歩みを進めていると、一部の下草が凍っていたことに気づかず、足を攫《さら》われてしまう。

「……っ！」

転倒を覚悟して無意識に強く目を閉じた瞬間、強い力で腕を引き寄せられる。

身体に感じた予想とは異なる衝撃にそっと目を開けると、蒼真の胸に抱きとめられていることに気づく。

「お怪我はございませんか？」

心配そうにこちらを見めてくる蒼真に、利那は呼吸が止まりそうになる。

「だ、大丈夫です……。雪の上ではなかったので、少し油断してしまいました……」

転びそうになって気が動転したのか、はたまた別の理由なのか、利那の心臓はやけにうるさく騒いでいた。

「この辺りはちょうど術式による気温変化の境目になっているので、結露した水滴が凍ってしまっているようですね」

そう言うなり、蒼真は互いの指同士を絡ませるようにして利那の手を取る。

「やはり、この方が安全かと思いますので、屋敷までこのまま利那殿に触れていてもよろしいですか？」

もはや利那には拒否権などないような状況にも思えるが、そもそも断る理由など見つかりはしないだろう。

「……はい。このままで、お願いいたします」

そのままゆっくりと歩調を合わせて屋敷まで手を引いてくれた蒼真の姿に、刹那は繋いだ手を解いたあとも、初めて感じた胸の甘い疼きへの戸惑いを隠せずにいたのだった。

＊＊＊

朝餉を食べ終えてしばらくすると、期待を裏切らない意気込みで再び氷姫が刹那に勝負を挑みにやって来た。

昨日の敗北はあくまでも刹那の絵札が悪かったのだとばかりに、今度は自ら絵札を持参し、見るからに戦闘準備は万全という様子だった。

氷姫が準備してきた絵札は、裏面に複雑な唐草模様が描かれている。

しかし、それは一見全て同じような模様に見えるものの、よく見ると一部の柄や色が明らかに異なっていた。

「これ、明らかにイカサマ絵札じゃないですか」

あっさりとイカサマを見破った雪音の一言に、氷姫の肩がびくっと震える。

「なっ、なんのことですのぉ？」

「こんなにあからさまに細工されている絵札では、最初から勝負になりませんね。こちらの絵札は没収させていただきます」

「あぁ！　一晩寝ずに暗記してきましたのにぃっ！」

氷姫が用意した絵札は颯太に没収された為、結局、蒼真が準備していた別の絵札で再度勝負することになった。

もちろん、その絵札には何の細工もされていない。

「でも、絵札が変わったのですから、わたくしの勝利は約束されたようなものですわ！」

おほほほほほっ！　という氷姫の高笑いから勝負は始まったが、刹那の絶対的な能力の前に、その威勢は見る見るうちに失われていく。

「なぜ……、どうしてですのっ!?　絵札は変わりましたのに、どうしてまたこんな……っ！」

目の前に積まれているお互いが当てた札の高さの圧倒的な違いに、氷姫は昨日のごとくうなだれることしかできなかった。

今回も、言うまでもなく刹那の圧勝である。

そして、その結果は氷姫が一週間通い詰めて何度勝負を挑んでも変わることはなかった。

「昨夜はわたくし、我が家の侍女たち全員からこの勝負で勝ちましたのよ？　……それなのに、どうしてここに来ると、こんなにも容易く負けてしまいますの？」

この日も、氷姫は朝日が昇ると同時にこの屋敷に威勢良く現れ、寝起きの刹那に勝負を申し込んでいた。

しかし、またもや圧倒的な差を見せつけられ、お決まりの文句を口にしながらため息を吐く氷姫の姿には、初めて見た時に感じた強烈な敵愾心《てきがいしん》は見る影もなくなっていた。

「寝起きなら勝てるかも作戦も失敗ですわ……」

「ははは……」

氷姫が家でも特訓しているというのは本当のようで、ふたりの差は少しずつ縮まってはいるものの、百発百中で当てる刹那に敵うはずがない。

昨夜も夜通し特訓していたのか、氷青色の瞳の下にはどんよりとしたクマができていた。

勝利が確約されている刹那にとっては、罪悪感から一度くらい負けてやりたいような気持ちになるが、そういうわけにもいかないので、それはそれで精神的に辛《つら》い。

最初こそ能力を使うことに慣れておらず、体調が優れなくなることもあった刹那だが、徐々に力の扱いに慣れ、最近では顔色を変えることもなくなっていた。

「それでもまだ、しん……、蒼真さんのことを諦めてはくださいませんか?」

いつもは蒼真のことを「神官さま」と呼んでいるものの、婚約者なのにそれではあまりにも他人行儀なのではないかと、雪音に呼び方を直すように言い含められていた。

それでも蒼真を名前で呼ぶことだけはどうしても慣れず、演技力のない刹那としてはいつも内心ひやひやものである。

「でも、雪女の自尊心《プライド》にかけて、蒼真様のことは絶対に諦めませんわよ! あなたを負かすまで、わたくしは何度でもここに通いますから、覚悟していらっしゃい!」

すでに恋心の為というより、半ば意地になっているとも思える氷姫の発言に、刹那も勝負を見守っていた三人も苦笑せずにはいられない。

当初は氷姫に蒼真を諦めさせる為の作戦に過ぎなかったこの勝負に、まさか氷姫がここまで執着するとは誰も考えていなかった。

未だに諦めるつもりのない氷姫の様子に、そろそろ別の作戦を考えなければならないのではないかと、四人は日々頭を悩ませている。

そんな悩みの種を抱えながらも、氷姫の来訪のない空いた時間で雪音から他の精霊たちのことや、別の大陸の様子を教えてもらうなどして、刹那は思いのほか充実した日々を過ごしていた。

そのお礼にと教えた刺繍《ししゅう》に雪音はとても興味を持ってくれたようで、今ではまるで姉を慕う妹のように刹那に懐いてくれている。

最初は言葉に棘のあった颯太も、最近ではそこまで刹那に対して攻撃的な態度は見受けられない。

刹那としては、良好な関係を築くことができているのではないかと思っている。

けれど時折、ふと視線を感じたかと思うと、颯太にじぃっと見られていることがあり、どうしたのかと問うと、思いきり顔を反らされてしまうのだ。

その為、今でも刹那は、やはり自分は颯太に嫌われているのかもしれないという不安を捨てられずにいる。

そして、蒼真は常に刹那のことを心配していて、勝負が終わったあとは刹那がどんなに大丈夫だと言っても、いつも申し訳なさそうな顔をされてしまう。

一緒に庭の散歩をして以来、刹那は蒼真から毎晩のように文字の読み書きを教えてもらっていた。

蒼真曰《いわ》く、刹那は砂漠の砂が水を吸収するような勢いで読み書きを習得しているらしいが、自分自身にそこまでの自覚はない。

利那のささやかな質問にもいつも嫌な顔ひとつせずに真摯に答え、理解できるまで根気強く付き合ってくれる。

それはとてもありがたいことなのだが、その反面、蒼真の貴重な時間をこのようなことに割《さ》かせて良いのだろうかという不安も感じていた。

問題が起これば昼夜問わず外出し、神官としての役割を果たしている蒼真の姿を、ここ数日だけでも何度か目の当たりにしている。

その上、毎晩遅くまで刹那の我が儘《まま》に付き合わせてしまっているだから、蒼真の方がよっぽど無理をしているのではないかと心配になってしまう。

それでも、鍛錬しているので問題ないと軽く笑い飛ばしてしまう蒼真に、刹那は自分も今できることを精一杯頑張らなければと決意を新たにするのであった。

氷姫が負けと同時に辺りに散乱させた札を片づけていると、刹那の手元に一筋零れた艶やかな黒髪を見て、氷姫は何気なく口を開く。

「……以前から本当にほんの少しだけ思っておりましたけれど、あなた、人間のわりに綺麗な髪をしておりますわね。なにか、特別なお手入れでもなさっておりますの？」

「えっ？」

突然、氷姫に勝負以外の話題を振られ、つい刹那は返答に詰まってしまう。

「いえ……、特に、なにも……」

「べ、別にうらやましいなんて、これっぽっちも思ってなんかおりませんのよ？　でも、なにか柑《かん》橘《きつ》系の香りがしますわね」

柑橘系の香りと言われ、利那はそういえばと思い出す。

「湯浴みのあとに雪音ちゃんが髪に柚子《ゆず》油をつけてくれるので、もしかするとそれが髪に良いのかもしれません……」

「やっぱり、お手入れしているではありませんの！　わたくしには教えないつもりでしたのね!?」

「ちっ、違います！　そんなつもりでは……」

氷姫の凄《すご》みのある言葉に、本能的に利那の身体が後ずさる。

「で、でも、氷姫さんのお肌は雪みたいに真っ白で、私はそっちの方がうらやましいです」

それはお世辞ではなく、氷姫を初めて見た時から利那が思っていたことだった。

氷姫の肌は陶器のように白くなめらかで、今日は目の下にクマがあるものの、それ以外に目立ったシミや荒れなどはどこにも見当たらない。

利那と一緒にいると眉間や口元に皺《しわ》が寄っていることが多いが、そうでない時はまるで赤子の肌のようだ。

「わたくしは毎日妖力の高い湧き水で水浴びをして、お肌を引き締めておりますの。それに、もともと兼ね備えている美貌がありますから、あなたより肌が美しいのは言われるまでもなく当然のことですわ」

「そうなんですね」

「でも……」

　じっと氷姫が刹那を見つめてくる。

「……もし、あなたがどうしてもとおっしゃるのであれば、今度、とっておきの湧き水が出ている泉へ水浴びに連れて行って差し上げてもよろしくてよ？」

「……それは、えっと」

「なんですの？　わたしくに恩恵を受けるのは癪《しゃく》だとでも？」

「そ、そんなことはありません！」

　ただ、水浴び以前に、こんな雪深いところでは衣服を脱いだだけで凍死してしまうのではないだろうかと思っただけだ。

　これも氷姫なりの挑発なのだろうかと思ったものの、なぜか当人の瞳からは悪意などは全く感じられない。

　むしろ、感じたのは――。

「よくわかりませんが、私にはあの人間の娘に対する氷姫様の感情が、少し変わってきているように見えるのですが……」

　勝負から離れ、髪や着物の刺繍のことで刹那を質問攻めにし始めた氷姫の様子を、颯太はひどく理解しがたいという表情で見つめていた。

「どうやら、そのようですね」

　蒼真は颯太とは打って変わって、穏やかな表情でふたりを見ている。

「やっぱりあの子、あたしが見込んだだけはあるわ」

雪音も満足そうに頷き、「あたしも参加してよーっと」と言って飛び入り参加すると、その日は夕暮れまで止まることなく女子三人であれやこれやと世間話に花を咲かせることになった。

＊＊＊

「あたし、あのお嬢さんのことかなり嫌な女だと思ってたんだけど、蒼真のこと抜きにしたら、そんなに嫌な女じゃないみたいね」

氷姫が帰り、陽も沈んで湯浴みを済ませた刹那は、雪音の部屋で柚子油を髪に塗ってもらっていた。

雪音と氷姫は相当の美容情報通で、冬の精霊にはあれがいいだの、これが効くだのと情報交換をして盛り上がり、とても有意義な時間を過ごすことができたようだ。

情報をあまり持っていない刹那は、終始ふたりの話の聞き役に回っていたが、それでも雰囲気だけで十分に楽しむことができていた。

上機嫌に動く雪音の手によって、刹那の黒髪はどんどんと艶を増していく。

「私も、氷姫さんには怖い印象しかなかったんだけど、こうしてちゃんと話をしてみると、普通の女の子とそんなに変わらないのかなぁって……」

「まぁ、いつもあんな呪い殺さんと言わんばかりの目で睨まれてたら、怖い印象しか持てないでしょうね。でも、今日の刹那とあのお嬢さんは傍から見たら、普通に仲のいい友達みたいに見えたわよ」

「……ともだち?」

それは、周囲に忌まれ、長く家に引き籠もるような生活を送っていた刹那には、全く縁のなかった言葉だった。

同い年くらいの女の子たちが外で遊んでいるのを見ていても、刹那の存在に気づいた瞬間にみんな逃げ出してしまう。

思い出せるのは、そんな悲惨としか言いようのない記憶ばかりだった。

「そんなことないよ……」

刹那は、まるで自分に言い聞かせるようにそう呟く。

「だってあのお嬢さん、初めは思いっきり敵対心剝き出しだったくせに、さっきなんて刹那に対してちょっと好意を感じるようなこと言い出すからびっくりしちゃったわよ」

確かに、それは刹那自身もどことなく感じていたことだった。

これまでの境遇の所為なのか、刹那は恐怖や憎悪など負の感情には人一倍敏感である。

しかし、今日、氷姫と話をしている間、そのような負の感情は一切感じられなかったのだ。

むしろ、恋敵としてではなく、単純に刹那個人に興味を抱いているような氷姫の口ぶりや眼差しは、そこはかとなく刹那をくすぐったい気持ちにさせた。

そんなことがあるはずはないと、完全に自分の勘違いだと思っていたのだが、雪音まで同じように感じていたと知り、微かに生まれた期待に戸惑ってしまう。

「そ、そうなの、かな……？」

まだどこか気後れを感じさせる刹那の様子に、痺れを切らしたように雪音が口を開く。

「もう！　刹那、もう少し自分に自信持ちなさいよ。あたし、あまり人間の知り合いいないから説得力ないかもしれないけど、刹那はその辺の女の子たちよりもずっと可愛くて優しい、素敵な女の子だよ？　だから、そんな寂しそうな顔ばかりしないでよ」

長い間、前に進むことを諦めていた刹那の背中を後押しするように、雪音が後ろからぎゅっと抱きついてくる。

ひんやりとした体温と爽やかな柚子の香りに包まれて、刹那は雪音がくれた何物にも代えがたい言葉を噛みしめる。

「……ありがとう、雪音ちゃん」

もっと伝えたい感謝の言葉はたくさんあったはずなのに、何とか涙を堪えてお礼を口にするだけで精一杯だった。

「――そろそろ蒼真が仕事を切り上げる頃じゃない？」

刹那の文字習得の勉強会は、蒼真の仕事が終わってから始まる。

いつも蒼真が刹那の部屋まで出向いてくれるので、そろそろ部屋に戻らなければならない時間だった。

「本当はもっと刹那といちゃいちゃしてたいけど、蒼真に待ちぼうけを食らわせたら悪いし」

「そうだね。いつも長居しちゃってごめんね」

「いいのいいの、あたしも楽しいんだから気にしないで。それより、昨日は随分と遅くまでふたりで勉強してたみたいね」

そう言ってにんまりと笑う雪音の様子に、刹那の鼓動が速まる。

「えっ、雪音ちゃん、な、なんで知ってるの……？」

「だって、刹那の部屋から蒼真が自室に戻るには、絶対にあたしの部屋の前を通らないといけないでしょ？　だから、足音でわかるのよ。昨日は夜半を過ぎてからもなかなか蒼真が刹那の部屋から出てこなかった気がするんだけど、なにかあったの？」

「な、なにもないよ！」

勢いでそう口にしたものの、実は刹那にも昨夜の正確な記憶がない。

昨夜もいつものように蒼真が持ってきてくれた本で、文字を読む練習をしていたことは間違いない。

練習の為に読んでいた本は、他の大陸に伝わる不思議な逸話をまとめたものだったが、それが予想以上に興味深いものだった。

どんどん続きが気になってしまい、難しい文字の読み方や意味を蒼真に教わりながら夢中になって読み進めていたのだが、途中からの記憶が曖昧で、気がつけばいつも通り寝床の上で朝を迎えていた。

文机《ふづくえ》で本を読んでいたはずなのに、ちゃんと寝床の上で眠っていたということは、蒼真が眠ってしまった刹那をそこまで運んでくれたのだろう。

せっかく蒼真が貴重な時間を割いてくれているというのに、途中で眠ってしまった挙句、世話までしてもらうなど言語道断だ。

今朝、蒼真に謝罪をした時にさほど気にしている様子はなかったことがせめてもの救いだが、いくらあの場の雰囲気が心地好いからとはいえ、自分の立場はしっかりとわきまえなければならないと深く反省していた。

まだまだ詮索し足りないような雪音を何とか振り切って部屋をあとにした刹那は、客間へと続く長い直線の廊下を歩く。

湯浴みのあとなので身体はぽかぽかと温かいが、夜の廊下はしんと冷えていて、身体の末端からどんどん熱を奪われてしまう。

床から這い上がってくる冷気に、無意識に部屋へ向かう歩みを速めようとすると、不意に庭の方から聞き慣れない声に呼び止められる。

「あなたが、冬の神官さまの婚約者の刹那様でいらっしゃいますか?」

「え?」

声が聞こえた方を見ると、廊下から少し離れた庭の雪の上に、雪音と同い年くらいの少女がぽつんとひとりで立っていた。

肩口で切りそろえられた銀髪と、白い着物に赤い帯——その少女は、すぐに氷姫を彷彿させるような外見をしていた。

「その琥珀色の瞳。ここに住む雪の精霊は紫の瞳ですから、あなたが刹那様でいらっしゃいますね？」

「……はい。そうですが、あなたは？」

まるで美しい人形が喋《しゃべ》っているかのようで、目の前の少女からは表情や声に感情の欠片すら感じられない。

そのどこか不気味に思える雰囲気に、刹那は嫌な胸騒ぎを感じる。

「あなた様に直接の恨みはございませんが、どうかお許しください」

少女が固く握りしめていた右手を開くと、その手のひらには桃色の粉のようなものが載っていた。

「全ては我が主——氷姫様の為に」

少女が桃色の粉に吐息を吹きかけると、粉は桃色の煙となり、まるで意志を持っているかのごとく刹那に襲いかかってくる。

「きゃあああああっ！」

逃げようと踵を返す前に、刹那は背後から襲いかかってきた桃色の煙に呑み込まれてしまう。

焦って煙を吸い込んでしまうと、途端に全身の筋肉が弛緩したように身体の自由が利かなくなり、刹那はそのままその場に崩れ落ちる。

息はできる。

しかし、噎《む》せ返るような濃厚な甘い芳香に、どんどん意識が遠のいていってしまう。

身体が触れている冷たいはずの床の感覚さえ、もう分からない。

意識が落ちると思った瞬間、大きな足音と共に刹那の名前を呼ぶ声が聞こえた。

「刹那殿っ！」

重く感じる瞼を微かに開くと、不安と焦りが綯《な》い交ぜになったような表情で刹那を見つめる蒼真の顔があった。

「刹那殿っ、大丈夫ですか⁉」

珍しく取り乱している様子の蒼真を安心させる為に、その声に頷きたいのだが、刹那の身体はそんなわずかな力すら入らない状態だった。

この感覚は能力を使いすぎた時にも似ているが、それとは異なり意識が霞《かす》んではっきりしない。

「ちょっと、今の悲鳴は一体なんなの⁉」

騒ぎを聞きつけ、雪音と颯太も刹那のもとに駆けつける。

「お前、また力を使いすぎたのか？」

蒼真の腕に抱かれてぐったりとしている刹那に、颯太は心配そうに声をかける。

「いいえ、今日はこのような状態になるほど力を使ってはいないはずです。刹那殿、一体なにがあったのですか？」

刹那は朦朧《もうろう》とした意識の中で、少しずつ自分の身に起こったことを思い返す。

「……さっき、そこに……白い着物の……女の子がいて……。手に、持ってた……桃色の粉を……吹きかけられて……」

「桃色の粉？　そういえばこの辺り、やたらと甘い香りがするわね」

くんくんと、雪音が鼻をひくつかせる。

「蒼真様、白い着物の女ということは、雪女の仕業でしょうか？」

「その可能性は高いですね」

――ドクンっ。

「……っあッ！」

突然、激しい動悸《どうき》に襲われ、刹那の口から呻《うめ》くような声が洩《も》れる。

まるで心臓が二倍の大きさにでもなったような強さでどくどくと脈を打ち始めたかと思うと、同時に燃えるように身体が熱くなる。

「刹那殿、どうしたのですか⁉」

急に呼吸が荒くなった刹那の肩を、蒼真が軽く揺する。

「……ひあぁっ！」

「っ⁉」

今まで聞いたことのない刹那の甘く濡れたような声に、蒼真は咄嗟に肩を揺する手を離す。

先程まで血の気が引いて蒼白していた刹那の顔が徐々に赤みを増し、赤い唇からは荒い呼吸と共に、何かを堪えるような甘い声が零れ落ちる。

「ねぇ、もしかして、刹那に吹きかけられた薬って、『桃色秘薬』なんじゃないの……？」

雪音の言葉に、蒼真は息をのむ。

「おい雪音、それはなんの薬なんだ？」

「あたしも詳しいことはあまり知らないけど、桃色の粉末状で香りの強い薬で、確か、冬の精霊たちにとっては猛毒だったはず……」

「も、猛毒っ!?」

「そうですね……。確かにその薬は、冬の精霊にとっては大量に吸い込むと脳髄まで溶かされて、生きた屍《しかばね》になると言われている、大変危険な薬です」

桃色秘薬は精霊にとって発熱を伴う常習性の高い幻覚作用を引き起こすことから、精霊たちの間では製造や取り引きを禁止している薬だ。

特に熱に弱い冬の精霊たちにとっては、使用量を誤るとすぐに死に直結するような猛毒である。

唯一の製造方法が記されている書物は春の神官が管理しているので、新たに精霊が作ったものではないはずだが、人間たちの間でも似たような薬が流通しているらしく、精霊たちの中で秘密裏《り》に取り引きされているという噂を耳にしたことがあった。

その噂はデマだったとの報告を受けていたものの、まさか本当に――。

「で、でも、刹那は人間だから、死んだりしないのよね？」

どこか張り詰めたこの場の雰囲気を変えようと、雪音はわざと明るく振る舞う。

「それは吹きかけられた量にもよりますが、すぐに生命の危機に陥ることはないと思います。しかし――」

以前、一時的に桃色秘薬の書物を管理していたことがある蒼真は、人間にこの薬を使った場合の効果を知っていた。

そして、人間たちがその効果を狙って類似品を使用していることも――。

「……とにかく、今はまだ粉の正体が桃色秘薬と決まったわけではありません。取り急ぎ、雪音は春の神官のところへ行って、薬消しの薬草を譲ってもらってきてください。颯太は冬将軍殿のところへ行って、今夜、屋敷から出た雪女がいないか確認をお願いいたします」

「了解！」

「承知いたしました」

指示を与えられたふたりは、すぐにそれぞれの役割を果たす為に本来の姿に戻って消える。

依然、熱い吐息を洩らす刹那を腕に抱えたままの蒼真は、抱き上げて客間へ連れて行く。

全身の皮膚の感覚がひどく過敏になっているらしく、刹那は衣服が肌に軽く擦れるだけでたまらず喘ぐような声を洩らす。

それもそのはずだ――。

桃色秘薬――それは、人間たちにとっては催淫剤として使用されているものなのだ。

その為、蒼真は刹那の身体がどのような刺激を求めて疼いているのか理解しているものの、その刺激を自らの手で与えることには躊躇わずにいられない。

蒼真は申し訳ないと思いながら、褥《しとね》に寝かせた刹那の両手を柔らかい布で縛る。

それは、身体の内から止め処《ど》なく溢れ出る欲求が満たされないと、それに耐える為に自分の身体を傷つける恐れがあると聞いたことがあるからだ。

「……んっ……ふぁっ……、はぁっ…んあ……っ！」

呼吸を繰り返す度に、刹那の身体がびくびくと震える。

その額には玉のような汗が浮かび、眉間は悩ましげに歪められている。

「刹那殿、お辛いでしょうが、今、雪音が薬消しの薬草を取りに行っております。すぐに戻りますから、それまでの辛抱です」

「……は、はい……っ、あぁッ！」

大きな波を何とかやり過ごそうとするかのように、刹那は唇をきつく噛んで耐えようとする。きつく噛みすぎた所為か、熟れた果実のように赤い唇には鮮血が滲んでしまっていた。

「唇を噛んではいけません！」

力を抜くようにと、上気した刹那の頬にそっと触れると、その唇から一際大きな声が洩れる。

「ん……んっ、あぁぁっ！」

はっとした蒼真が思わずその手を引きかけると、得体の知れない熱に侵された刹那が譫言《うわごと》のように呟く。

「……たす……けて」

「刹那殿？」

このまま熱に侵され続けたら、自分の身体がどうなってしまうのか分からない刹那は、計り知れない不安と恐怖に苛《さいな》まれていた。

自分は、このまま死んでしまうのだろうか――。

死ぬ覚悟はできていたはずなのに、いざその瞬間に直面しているのだと思うと、こんなにも怖くて、心細くてたまらないのかと、改めて思い知らされる。

「くるしっ……。……たすけて……しんかん……さま……っ」

利那はわずかに目を開き、放出できない熱による苦しさのあまり、涙で潤んだ瞳を蒼真に向ける。

「……たすけてぇ……っ」

溜まっていた涙が、艶やかに色づいた利那の頬を伝って零れ落ちる。

利那には雪音はすぐに戻ると言ったものの、実際にどのくらい時間がかかるのかは定かではない。

ここから春の神官の屋敷までの往復には、雪音が本来の姿に戻っても、早くて三時間はかかる。

そしてもし春の神官が屋敷を不在にしていれば、戻るのは明け方になってしまうだろう。

それまで、こうして喘ぎ苦しんでいる利那をただ見守っているだけなど、蒼真の方が気がおかしくなってしまいそうだった。

全身から発される欲求が満たされずに身体の中に熱が籠もりすぎると、最悪の場合、廃人にはならずとも、何らかの後遺症が残る可能性もある――。

激しい良心の呵責《かしゃく》に苛まれながらも、蒼真は利那の頬のそばにあった手のひらをぐっと握る。

そして意を決したように、利那の両手を縛ったものと同じ布で涙に濡れた琥珀色の瞳を覆い隠す。

「しんかん……さま、んっ……、いったい……なにを……」

突然視界を奪われ、利那は怯えたような声を出す。

視界を奪われたことで、他の感覚が研ぎ澄まされてさらに身体が敏感になっていく。

「利那殿……。今からすることは、私の勝手な行動であって、あなたにはなんの非もありません。

あとでいくら私を罵っていただいても構いません。それでも私は……」

蒼真の動く気配と共に、上から押さえつけられているかのように身体が重くなる。

「私はこれ以上、あなたが苦しんでいる姿を見ていられない……！」

その苦悶《くもん》を孕んだ声が耳を掠《かす》めると同時に、利那は自分の首筋に柔らかなものが吸いつく感覚に身体を震わせる。

そして、そこを熱くぬるついたものが這うと、さらにその震えは大きくなる。

「んっ……！　やっ……はぁんっ……」

首筋に気を取られていた利那は、ふと、急に上半身が冷たい外気に曝されていることに気づく。

そして、誰にも触れさせたことのなかったまろやかなふたつのふくらみを掬い上げるように包み込まれ、やわやわと揉《も》みしだかれる。

自分の乳房に直《じか》に触れているものが蒼真の手であることに気づき、利那は咄嗟に身を捩《よじ》ろうとしたが、身体には全く力が入らなかった。

「やぁっ……だめぇっ……神官さまっ……あぁっ！」

揉みたてられてツンと勃《た》ち上がってしまった乳首を指先できゅっと摘《つま》まれ、利那は頭が真っ白になる。

「声を我慢しないでください。なにも恥ずかしくはありません。これは、夢なのですから――」

「……これは……ゆめ……？」

得体の知れない熱に浮かされた利那は、すでに複雑なことは考えられなくなっていた。

そんな刹那の耳元で、蒼真は暗示のように言葉を紡ぎ続ける。

「そうです。これは悪い夢……。ですから、我慢などせず、どんなに乱れてもいいのですよ」

微かに切なさも感じさせるような蒼真の言葉は、さざ波のように優しく刹那の鼓膜を震わせ、なけなしの理性はその心地好い波に攫われていく。

「これは、ゆめ……なのね……。……ゃああんっ！」

刹那の右胸の突起が、濡れた熱に犯される。

ぬるついた熱に包まれ、時折、しこり勃った突起を弾《はじ》くように嬲《なぶ》られてしまう。

胸元に熱い吐息を感じ、その熱の正体が蒼真の舌であり、今、刹那のふくらみの突起は熱く濡れた蒼真の口腔《こうこう》の中に含まれているのだと理解する。

そして、もう片方のふくらみの突起は指の腹で擦りつけられたり、器用にこねくり回され、そのゾクゾクとした感覚に、自分の中から何か熱いものが滲み出てしまったような気がした。

「やぁ……ひ……っ、ひゃあっ、あああっ！」

咥内に含まれていた突起を甘噛みされ、刹那は咽頭を震わせて大きく仰《の》け反る。

甘い痺れが全身を駆け巡り、刹那は無意識に太腿《ふともも》を擦り合わせてしまう。

「っ……。そんなに誘わないでください……」

蒼真に突起を咥《くわ》えられたまま艶めいた声で呟かれ、さらに刹那の呼吸が荒くなる。

まるで、蒼真の愛撫《あいぶ》に応えるように、刹那の新雪のように白い肌がほんのりと赤く色づき始める。

その唇や手のひらにしっとりと吸いついてくるような極上の素肌の感触に、本能のまま赤い花を散らしてしまいたい衝動を、蒼真は既《すんで》のところでぐっと堪える。

ふくらみに触れていた手が、刹那の身体の線を確かめるように下肢に向かって這わされていく。

身体の熱を煽《あお》るように何度も腰のあたりを撫で上げられ、刹那はたまらず鼻から抜けたような甘い吐息を洩らす。

さらに、その薄い腹の上にある小さな臍《へそ》を唇で軽く啄《ついば》まれ、舌で舐《な》め上げられる。

「ひっ、やあんっ……」

そして、蒼真は力の入っていない刹那の膝を摑んで立たせると、そのまま左右に大きく開く。

その中心にある刹那の白く薄い絹の下着は、汗やすでにその奥から溢れ出ている蜜でしとどに濡れ、ぺたりとそこに貼りついてしまっていた。

そのあまりにも卑猥《ひわい》すぎる光景に、蒼真の喉が無意識にごくりと鳴る。

「や……ぁ、ひざ立てないで……見えちゃう……んんっ」

「大丈夫ですよ。なにも恥ずかしくありません。今は感覚に任せて、身体の内に籠もっている熱を外に出すことだけを考えてください」

濡れた下着に手をかけ、蒼真はそれをするりと取り去ってしまうと、刹那の脚の間に顔を寄せてうずくまり、大陰唇に指をかける。

自分でもあまり触れることのない場所をくぱりと開かれた感覚に、刹那は思わず腰を震わせる。

「あ……あっ、そんなところ……みないでぇ……やあっ」

刹那の言葉とは裏腹に、その声は甘く濡れていて、蒼真にはもっと見てくれと強請《ねだ》っているようにしか聞こえなかった。

それを物語るかのように、冷たい外気に曝された蜜で濡れた刹那の陰唇は、物欲しそうにひくひくと蠢《うごめ》いて蒼真を誘惑する。

「見ないで、とはなぜですか？　こんなにも綺麗なのに……」

震える花弁に蒼真の吐息がかかり、立たされている膝がびくびくと跳ねる。

「これ以上されたら……、ンあっ、わたし……、おかしく……なっちゃうぅ……」

「気持ち良くなりすぎることが怖いのですか？」

その蒼真の問いに、刹那が本能的に頷く。

「そうですか――。でも、気持ち良くなることはなにも怖くありません。これまで以上に愉悦で心が満たされるだけです」

「……そう……なの？」

「そうです。だから、もっと気持ち良くなってください。そして――もっと私を感じてください」

ふっくらとした刹那の陰唇を、蒼真の熱い舌がねっとりと舐め上げる。

「ゃあああああああぁっ！」

一瞬で全身を駆け巡った痺れるほど甘美な快感に、刹那はその背を大きくしならせた。

ぴちゃっ……、ちゅくっ……と、蒼真は舌で巧みに刹那の秘裂を愛撫し、時折、溢れ出てくる蜜をじゅるりと啜り上げる。

「や……ふぁ……あ、んっ……すっちゃ……やあぁっ！」

今まで経験したことのない底知れぬ快感に、刹那はただ喘ぎ続けることしかできなかった。

蒼真は刹那の秘処を丹念に余すところなく愛撫し、隠されていた花芯を舌先で器用に剝き出しにすると、すかさず唇を使って吸い上げる。

「はぁんっ！　ゃあああぁっ！」

脳髄にまで響くような、今までとは比べものにならないほどの衝撃に、刹那は全身を引き攣《つ》らせてびくびくと震える。

「はぁっ……はぁっ……っ、んっ……はぁっ…」

吸い上げられた花芯が、まだジンジンと熱を持って心臓のように脈を打っている。

衝撃を感じた瞬間に、秘処からとろりとした何かが零れ落ちた感触がしたものの、目隠しをされている刹那には、何が起こったのか全く理解することができない。

「呼吸は止めないで、そう、ゆっくり……。身体から力を抜いてください」

すると、蒼真は刹那の膝裏に手を差し込んで、胸につくように脚を折りたたむ。

それは明らかに秘処を蒼真の目の前に曝け出すような体勢だったが、先程の余韻で意識が朦朧としていた刹那は、酸素を求めて喘ぐことで精一杯だった。

再び蒼真が刹那の秘処に顔を寄せると、ひくひくと震えてさらに蜜を溢れさせる蜜口に、硬くした舌先をぬるりと挿入させる。

「んぅ……やっ、あ、……んっ、ひゃあぁ！」

まるで刹那の蜜壺《みつつぼ》に溜まっている蜜を全て吸い出すかのように、ジュルジュルと強く吸い上げられる。

まだ異性を知らない純粋無垢《むく》な柔襞《やわひだ》を解《ほぐ》すように、蜜壺の中をくまなく舌で舐め回され、利那は下腹部を撫でる蒼真の髪の感覚にさえ快楽を見出してしまう。

「ん、あぁ……っ、やぁ……んっ」

蒼真は蜜口から舌を抜き取ると、右手の中指に利那の蜜を絡ませるように、粘着質な音をたてて何度も秘裂を擦り上げる。

舌とは違い、力強く擦り上げられるその動きに合わせて、いつの間にか自然と利那の腰も揺れてしまう。

そして、たっぷりと利那の蜜液を纏った中指で蜜口をなぞり上げると、そのままつぷっと、蜜口の中へと挿入させる。

「ああっ！　……や、あっ……なんか、はいって……んんっ！」

ぬめる舌とは違い、節の目立つ蒼真の長い指は、存在感を与えながらさらに深いところまで利那の未開の領域をじわじわと侵食していく。

舌で丹念に解した利那の蜜壺は、狭いながらも熱く濡れた襞が蒼真の指を逃すまいと淫らに絡みついてくる。

「痛みは、ないですか?」

吸いつくようにうねる柔襞の感触を楽しむように、根元まで埋められた指でゆるゆると蜜壺の中を掻《か》き回され、びくんっと利那の腰が跳ねる。

「はぁっ……、いたくない……けど、なんか……へんっ、あ、あぁ……っ」

そう言う間にも、刹那の濡襞は蒼真の指をさらに奥へと誘《いざな》うように蠢く。

「そうですか――。では、動かしますよ」

「えっ……？　っ、あぁッ！」

蒼真は埋め込んでいた指をずるりと引き出したかと思うと、そのままの勢いで一気に奥まで挿入させる。

その動きを何度も繰り返され、ぬちゅっ、ぐちゅっ、と、自分の秘処から聞こえる卑猥な水音に、刹那は脳まで犯されているような気持ちになる。

「や、うっ……だ、だめっ……。なんか……あ、ゃあぁっ！」

何かを探るように濡襞を擦り上げていた蒼真の指がある一点を捉えると、刹那は堪えきれずに一際高い嬌声《きょうせい》をあげる。

「あぁ、刹那殿はここがとてもお気に入りのようですね……」

探るように蜜壺の中を忙《せわ》しなく掻き回していた指の動きが一変、刹那が大きな反応を示した部分に狙いを定めて、そこだけを集中的に刺激し始める。

「や、あっ、だ……だめ、そこ……っ。なんか……あ、あぁっ…きちゃう……っ！」

容赦のない快楽にぐちゃぐちゃに蕩《とろ》けた襞が、ぎゅうぎゅうと指を搾り上げるように締めつけてくる感覚に、蒼真は刹那の絶頂が近いことを悟る。

「いいですよ。もっと気持ち良くなってください」

蒼真はどこか恍惚《こうこつ》とした表情で指での蜜壺への抽送を続けながら、充血して大きく勃起した花芯を口に含んで、グリグリと舌先で押し潰す。

「いゃあああああぁっ！」

びくんっと、耐えがたいほどの快感に刹那が仰け反って身体を引き攣らせると、蜜口から滴り落ちるほどの蜜が溢れ出す。

しかし、溢れ出る蜜とは裏腹に、快楽に酔いしれた媚肉《びにく》は、何かを搾り取るように蒼真の指に絡みついてさらに奥へと引きずり込もうとする。

その締めつけを堪能しながら、蒼真は未だに余韻の残る刹那の蜜壺をゆるゆると掻き回す。

まだ薬の効果は切れていないようで、濡襞は欲求を満たされる歓喜にひくつき、もっともっとと強請るように淫らな誘いをかけてくる。

すると、荒い呼吸の中で、刹那が何かを呟いていることに気づく。

「っ……はぁっ……っと……」

「刹那殿……？」

蒼真は、酸素を求めて喘ぐ刹那の口元に耳を寄せる。

「……もっと……いっぱい……はぁっ……。きもち、よく……してぇっ……」

「っ!?」

普段の刹那からは想像できないような卑猥な言葉に、蒼真の身体は一気に熱量を増す。

今、目隠しの下にある美しい刹那の琥珀色の瞳は、きっと焦点が定まっていないに違いない。

これは、刹那の本心の言葉ではないのだ。

それを理解しているはずなのに、それでも——。

「……あなたは、これ以上私を煽ってどうするつもりなのですか……っ！」

蒼真は理性が振り切れたように、刹那の蜜壺を掻き回す指を二本に増やしながら、同時に花芯にしゃぶりつく。

硬く張り詰めていた花芯をさらに赤く熟れるまで舐《ねぶ》ってやれば、刹那はその細い腰を葦《あし》のようにしならせて甘い声をあげる。

「んっ、ひゃあぁあっ……あんっ……、いいっ……ふぁっ……きもち……いっ、ああっ！」

ずっと放置していた乳首にもおもむろに指先で捩るように刺激を与えてやると、刹那は呆気なく絶頂に達した。

それでもなお、止まることのない蜜壺への激しい抽送に、白く泡立った蜜が蒼真の手首や刹那の太腿をしとどに濡らしていく。

だらしなく左右に大きく開かれた脚の間へ蒼真が深く指を突き挿《い》れる度に、刹那は甲高い嬌声をあげ、その腰はさらに快感を貪るようにゆらゆら揺れる。

「んゃあ……もっと、ちょうだ……い、あ、あぁぁっ！」

そんな淫らな要求に息を詰めながら、蒼真は三本目の指を刹那の蜜口に咥え込ませる。

さらに大きくなった刺激に刹那の媚肉は戦慄《おのの》き、まるで食い千切られそうなほど蒼真の指を締めつけてくる。

このぐちゃぐちゃに蕩けた淫らな泥濘《でいねい》の中に、今すぐにでも己の怒張を埋《うず》められたら、どれほど心満たされるのだろうか――。

そんな渇望にも似た感情に支配され、たまらず刹那の胸元に唇を寄せ、汗ばんだ肌に強く吸いついてしまう。

その波を打つ媚肉の締めつけを味わうように指をばらばらに動かしながら、蒼真は的確に刹那の弱点を攻めてさらなる絶頂へと追い込んでいく。

「や……いっ、んぁあっ、あぅ、やぁあああぁっ！」

そして、その行為は雪音が薬消しの薬草を持ち帰った明け方、空が白み始めるまで幾度となく繰り返されたのだった――。

＊＊＊

瞼の向こうに強い光を感じる――。

そう思いながらも、刹那は瞼を開けずにいた。

何と言っても、身体が尋常ではないほどだるい。風邪をひき、熱が下がった直後のだるさに似ているなどと考える余裕はあるのに、身体は瞼を動かすことすら億劫《おっくう》に感じる。

それでも、瞼の向こうが明るいのであれば、もうとっくに起床しなければならない時間になっているだろう。

いつまでも布団の中で怠惰な時間を過ごしていてはいけない。

ぐっと瞼に力を込めて、うっすらと目を開け、何度か軽く瞬《まばた》きをする。

すると、まだ不明瞭だった視界に突然雪音の顔が現れる。

「……ゆき……ね、ちゃん……？」

雪音は利那の声に驚いたように紫の瞳を見開いたかと思うと、そのまま飛びつくように掛け布団の上からぎゅっと抱きついてきた。

利那が突然のことに驚いて固まっていると、胸元から啜り泣くような声が聞こえる。

「ゆきね……ちゃん？　どうしたの……？」

「……あたしっ、人を驚かせるのは好きだけど、驚かされるのは好きじゃないんだけど！」

「……どういう、こと？」

涙目で見上げてくる雪音に、利那ははっと目を瞠る。

「利那がずっと目を覚まさないから……っ、あたし、し、心配したんだからぁっ……！」

雪音は堰《せき》を切ったように、利那にしがみついたまま声を出して泣き出す。

なぜ、雪音が泣いているのか、目を覚ましたばかりの利那は、その理由をまだよく理解できてはいない。

それでも、雪音がこんなに泣いてしまうほど心配させてしまったことに間違いはないようだ。

「利那のっ……ばかぁっ……ひくっ…、死んじゃったら……っ、どうしよぉって……、しんぱい、したんだからぁっ！」

こんな私のことを思って、涙を流してくれる存在がいる――――。

不謹慎かもしれないが、それがこんなにも嬉しくて、優しい気持ちにしてくれるのだということを、今まで刹那は知らなかった。

この場所は、いつだって刹那が知らなかった幸せで溢れている。

「ごめんね……。心配かけて、本当にごめんね」

その刹那の言葉に、泣いた所為で少し赤くなった鼻を啜りながら、雪音はようやく笑顔を見せてくれる。

「わかってくれたならそれでいいのよ。ちゃんと会話もできてるし、意識障害もないみたいね。良かった……。それにしても刹那、ひどい声。お水あるけど、飲む？」

「え……、あ、うん」

確かにそう答える刹那の声は、ひどく掠れてしまっていた。

いつも以上に喉が渇いている気がする。

しかし、雪音から水差しを受け取ろうと思っても、身体のだるさと筋肉痛のような痛みで、腕を動かすだけでもかなりきつい。

辛そうな刹那の様子に、

「あ、そういえば！」

と、雪音は懐から紙に包まれたあめ玉のようなものを取り出す。

「春の神官さまのところに薬消しの薬草をもらいに行った時にね、これも一緒に渡されたの。多分、人間に桃色秘薬を使ったら、これが必要になるだろうからって」

「それは、なにかの……薬?」

「痛み止めの薬というよりは、一時的に人間が本来秘めている治癒能力を高めてくれるものだって言ってたわ。大丈夫、春の神官さまは世界一の調薬師なんだから、絶対に身体に害はないわ」

包装紙の中から出てきたのは、透明なあめ玉のような丸い塊だった。

その中には細かい星のような輝きが散りばめられていて、思わず魅入ってしまうほど美しい。

そして、雪音がそれを刹那の唇に押しつけるようにして口の中に含ませると、氷のようにひんやりとしていた。

しかし、次の瞬間には液体と化し、恐る恐るそれを飲み込むと、痛みという痛みを洗い流してしまったかのように、一気に身体が楽になる。

「すごい……」

先程までは指一本動かすことも億劫だったはずなのに、簡単に上半身を起こすことができた。

みっともなく掠れていた声も、いつもの声に戻っている。

「顔色も良くなったし、これでもう大丈夫ね」

「ありがとう。もう大丈夫。――それより、私、今の状況がちゃんと把握できていないんだけど……。一体、なにがどうなってるの?」

「それは、蒼真が自分の口から説明したいって言ってたわ」

「神官さまが……?」

どこか複雑そうな雪音の表情に、利那は漠然とした不安を覚える。

雪音の口からでは話せないようなことが起こった、ということなのだろうか——。

「そう。今呼んでくるから、ちょっと待ってて」

「うん……」

ぱたぱたと離れていく雪音の足音を聞きながら、刹那は必死にあの夜の出来事を思い出そうとする。

湯浴みをして、いつものように雪音の部屋で髪に柚子油を塗ってもらいながらおしゃべりをしていたところまではは っきり思い出すことができる。

そして、うろ覚えではあるが、客間に戻る間に氷姫に似たような少女を見た気がした。

けれど、それ以降の記憶はひどくおぼろげで、どんなに必死に思い出そうとしてもはっきりしない。

それでも、目が覚めた時に感じた身体のだるさは尋常ではなかった。

雪音も刹那のことを心配していたようだし、一体自分は何をしでかしたのだろうかと、不安ばかりが募っていく。

ふと気づけば、寝間着も折り目のはっきりした新しいものと取り替えられている。

他に変わったところはないかと、刹那が自分の手足などに目をやると、手首に擦れたような痕と、胸元に微かに赤く鬱血しているような部分があることに気づく。

触ってみても痛みはないが、どこかに擦ったり、ぶつけたりしたのだろうか。

でも、こんな場所を怪我するなんて、一体どうやって――――？

思い出ずに焦燥に駆られていると、障子戸の向こうから蒼真の声が聞こえる。

「利那殿――。入っても、よろしいですか？」

「は、はいっ」

障子戸が開く音に、無意識に肩が震えてしまう。

もしかすると、とんでもない粗相をしてしまったかもしれないと思うと、利那はまともに蒼真の顔を見ることができなかった。

「利那殿……、もう、起き上がっても大丈夫なのですか？」

布団の横に腰を下ろした蒼真が纏う雰囲気に、利那は心なしか違和感を覚える。

いつもは穏やかな声音に、どこか緊張感を孕んでいるような硬さを感じたからかもしれない。

「は、はい。目覚めた時は、身体の節々に痛みがあったんですけど……、雪音ちゃんが春の神官さまからいただいたあめ玉のような薬のおかげで、今はとても楽になりました」

「そうですか。春の神官殿が……。……それはなによりです」

表情を窺《うかが》うようにそっと横目で見ると、なぜか蒼真はバツの悪そうな顔をしていた。

そこから会話が途切れてしまい、なぜ、蒼真がそんな顔をしているのか分からない利那としては、何とも居たたまれない空気になる。

「……利那殿」

どこか躊躇《ちゅうちょ》しているような声で名前を呼ばれ、利那はいよいよ本題に入るのだと身を硬くした。

「それで、その……、あの夜のことなのですが」

蒼真から話を切り出される前に、刹那は意を決して頭を下げる。

「あのっ、も、申し訳ありませんでした！」

この状況での予想外な刹那の謝罪に、蒼真は驚いたように目を瞠る。

「いえ……。あれは、刹那殿が謝罪されるようなことでは……」

煙《けむ》に巻くような蒼真の物言いに、刹那はやはり自分は何かとんでもないことをやらかしたのだと青ざめる。

「あ、あの、私……実は、どうしてこんな状況になってしまったのか、よく覚えていなくて……」

「…………覚えて、いない？」

正直な刹那の告白に、蒼真は譫言のように刹那の言葉を繰り返す。

「はい……。あの、でも、まったく覚えていないというわけではなくて、雪音ちゃんの部屋からこの部屋に戻ろうとしていたことは覚えています。それで、庭先で銀髪の女の子を見たことも。……でも、そのあとになにがあったのかは、よく思い出せなくて……。だから、その、私、なにか神官さまのご迷惑になるようなことをしたのではないかと、心配で心配で……」

青くなったり赤くなったりして慌てる刹那の様子に、瞠目していた蒼真も、なぜかほっとしたように目元を和らげる。

「記憶がなくて不安かもしれませんが、刹那殿はなにも私たちに迷惑をかけるようなことなどされていませんよ」

「ほ、本当ですか？」

「はい。ただ、その刹那殿が見た銀髪の少女——冬将軍殿のところへ確認に行った颯太曰く、彼女は氷姫殿に仕える侍女だったそうです。そして、彼女が使った薬によって、刹那殿は熱を出して三日も臥《ふ》せられていたのです」

「えっ、三日も……⁉」

雪音が戻ってすぐに薬消しの薬草を煎じて飲ませたものの、熱はすぐには下がらず、一度意識を失った刹那はなかなか目を覚まさなかった。

もっとも、刹那が大量に桃色秘薬を吸い込んでしまった所為ではあるが、想定以上に刹那の身体が疲弊してしまっていた所為かもしれない。

「そういえば、ぼんやりとした記憶ですけど、桃色の煙が襲いかかってきたような……」

その後、蒼真たちの声を聞いたような気もするが、それはすでに色褪《あ》せた昔の記憶であるかのように曖昧だった。

「その薬の症状は、薬消しの薬草の効果で今は完全に消えています。身体に痛みや不具合がなければ、もう心配はありませんよ」

とりあえず、何の粗相もしていなかったらしいということに、刹那はようやくほっと胸を撫で下ろす。

しかし、代わりに今度は別の問題が胸の中に引っかかる。

「でも、どうして氷姫さんの侍女の少女が、私にそんなことを……？」

今の刹那の立場上、どうしてこんなことに巻き込まれたのか、その理由は何となく想像できる。

氷姫の恋路に、刹那の存在が邪魔であるということは百も承知だ。

しかし、同じ勝負で勝たなければ気が済まないと、あれほど何度も勝負を挑んでくる自尊心の高い氷姫が、こんな姑息《こそく》な手段を使うとは思えない。

「それは……」

蒼真が口を開いた瞬間、縦框《たてがまち》がしなるような勢いで障子戸が開け放たれる。

いつかの再現のような展開に、刹那はてっきり雪音の仕業だと思っていた。

しかし、勢いそのままに抱きつかれた身体の冷たさと、視界の中で舞う花の香りを纏った銀色の髪に驚く。

そして、抱き潰されるのではないかと思うくらい強く刹那を抱きしめたまま、

「ごめんなさぁぁぁぁぁいぃぃぃっ！」

と、氷姫は悪さをして怒られた子どもさながらに泣きながら謝罪の言葉を口にした。

あまりにも唐突に現れた上、氷の涙をぼろぼろと零して泣きじゃくる氷姫に、どう接してよいのか分からなかった刹那は、とりあえず落ち着くようにと優しくその背中をさする。

「あのぉ、氷姫サマ。あなたの氷の涙で、病み上がりの刹那が埋もれそうになってるんですけど」

いつの間にか、氷姫の叫ぶような謝罪を聞きつけた雪音と颯太が呆れ顔で部屋の戸口に立っていた。

氷姫は雪音の言葉にはっとして身体を離すと、ようやく刹那が氷の粒まみれになっていることに

気づく。

「いやだ、わたくしったら！　ちょっと、あなた大丈夫ですの⁉」

「だ、大丈夫です。このくらいであれば……」

ようやく涙が引っ込んだ氷姫に、刹那は良かったと微笑みかける。

しかし、その表情とは対照的に、氷姫は乱れた佇まいを直し、厳しい表情で刹那に頭を下げた。

「今回の件は、本当に申し訳ございませんでしたわ」

「えっ……？」

突然の氷姫の改まった行動に、刹那は瞳を瞬《しばた》かせる。

本当に氷姫が今回の一件に関わっていたのかと意外に思ったものの、その話に耳を傾けると、事実は刹那が思い描いていたものとは少し話が異なるようだった。

「あなたに薬を使ったわたくしの侍女――氷柱《つらら》は、わたくしに仕える侍女の中でも一番幼い子で、妹のように可愛がっている子でしたの。氷柱もわたくしによく懐いていて、幼いながらも、しっかり忠誠心を持って懸命にわたくしに仕えてくれましたわ」

でも……と、氷姫は表情を曇らせる。

その懸命さが、今回は仇《あだ》となってしまったのだ。

大好きな氷姫の恋路が、婚約者という女の存在によって邪魔されている。

何度勝負に負かされても諦めずに勝負を挑み続ける氷姫の健気《けなげ》さを目の当たりにし、幼い侍女は暗い衝動に駆られてしまったのだ。

幼い子どもが考えることは単純だ。

邪魔なものがあるのであれば、消してしまえばいい——。

桃色秘薬の模造薬は、氷柱の腰まであった長く美しい銀髪を対価に、山奥に棲《す》んでいる山姥《やまんば》から手に入れたのだという。

「氷柱にどうしてこんなことをしたのかと問い詰めたら、『氷姫様の幸せな未来のためです』と、あの子はさも当然のように言いましたわ。——それでわたくし、ようやく気づきましたの。自分がどんなに愚かなことをしていたのか……」

そして、氷姫は刹那に向かって畳に額を擦りつけるように再び深く頭を下げる。

「ひょ、氷姫さんっ⁉　なにを……っ！」

「氷柱は……っ、氷柱はなにも悪くないですわ！　全ては周囲の大切な存在まで巻き込んだ、わたくしの我が儘がいけなかったのですわ」

刹那が肩に手を添えて頭を上げさせようとしても、氷姫はそれを頑なに拒んだ。

「わたくしたち冬の精霊たちを導く冬の神官さまである蒼真様の婚約者殿の命を危険に曝したことがどんな大罪に当たるのかは、十分に理解しておりますわ」

「そんな、命の危険だなんて……」

三日も熱に苦しんでいたとは言われたものの、刹那にはその記憶がない。

それに、自分の命に価値などないという思考が根深い刹那にとっては、今回のことで氷姫にここまで謝罪を受ける価値もないと、逆に気が引けてしまう。

「氷柱は、あなたを冬の精霊だと思っておりましたわ。そう思ってあの薬を使ったということは、完全にあなたを亡き者にしようとしていたということ——。これは、蒼真様に対する立派な反逆ですわ」

それでもと、氷姫は顔を上げずに自分の肩に添えられていた刹那の手をぎゅっと強く握る。

「もし、少しでも恩情を与えてくださるとおっしゃるのであれば、氷柱には、なんの罰も与えないでいただきたいのです。全ての責任はわたくしにありますもの……。わたくしはどんな罰を与えられても構いませんわ。冬の精霊にとっては死以上の苦痛を伴うと言われる、西の大陸の灼熱《しゃくねつ》砂漠の牢《ろう》に繋がれる覚悟もできております。だからどうか、どうか氷柱にはお慈悲を……っ」

震える氷姫の声に、刹那は胸が締めつけられるように痛んだ。

本当は蒼真の婚約者ではないという事実が、ここにきて刹那の良心を激しく揺さぶる。

人々に忌まれる存在だった刹那は、やはりどこにいても変わらないのかもしれない。

蒼真は刹那の存在が必要だと言ってくれたが、結局は刹那の存在ゆえ、犯さなくてもよかった罪を犯してしまった者がいる。

そんな事実に、刹那は溢れ出しそうになる感情をぐっと堪える。

「氷姫さん、お顔を上げてください……。私はもとより、誰の罪も咎めるつもりはありません」

氷姫に握りしめられている手を解いて、今度は刹那がその手を包み込む。

「……どうしてですの？　あなたは殺されそうになりましたのよ？」

ゆっくりと顔を上げた氷姫は、またぽろぽろと氷の涙を零していた。

「気持ちが、伝わってきたので……」

「……気持ち、ですの？」

「はい……。氷姫さんの誠実な気持ちは、痛いくらいに私にちゃんと伝わっていますから」

この部屋に氷姫が飛び込んできて抱きしめられた時——精霊からは感情を読み取ることはできないはずなのだが、氷姫に触れた手のひらからは、本当に申し訳ないことをしたという感情が止め処なく流れ込んできた。

そして、刹那の手を握りしめて氷柱への慈悲を乞うた時も、氷姫の手のひらからは氷柱に対する胸が熱くなるような思いやりを感じ取っていた。

きっと、今の氷姫であれば氷柱に同じ過ちを繰り返すようなことは絶対にさせないだろう。

「だから、今回のことはもう忘れてください」

「で、でもっ……、それではわたくしは納得できませんわ！　だって、いずれわたくしはあなたと——」

「もしかして、氷柱ちゃんって本当は寂しかったんじゃないですか？」

障子戸にもたれかかったまま話を聞いていた雪音が口を挟む。

「……どういうことですの？」

「だって、氷姫サマったら刹那がここに来てからずーっと刹那との勝負のことばかりで、あまり氷柱ちゃんのこと相手にしてなかったんじゃないですか？」

「——っ。そういえば……」

以前はほぼ一日中と言っていいほど一緒に過ごしていた氷柱との時間が、この頃は蒼真の屋敷に通い詰めていた所為で、ほとんどなくなってしまっていたことに氷姫は気づく。

「もしかしたら今回のことは、氷姫サマの為って言いながら、氷姫サマにまた自分を見てほしくてやったことなのかなぁ、なんて、私の勝手な憶測ですけど」

自分の主に、決して我が儘など言えない。

それでもこの気持ちに気づいてほしい。

また以前のように構ってほしいという強い感情が、氷柱の中にはあったのかもしれない――。

「……やっぱり、わたくしの所為ですわ……」

氷姫は自分の不甲斐なさにうなだれる。

「でも、氷柱さんの気持ちがわかったのであれば、あとはもう大丈夫ですよ」

それさえ分かっていれば、きっと、もう答えはひとつだけ――。

「私にしてくださったように、氷柱さんのことも思いっきり抱きしめてあげてください。きっと、そうするだけで氷姫さんの気持ちはちゃんと氷柱さんに伝わりますから」

それは、言葉には代えられない、心を温かく満たしてくれるもの。

そのぬくもりは、どんな困難にだって立ち向かえるような、生きる為の強さにも変わる。

「……あなたが……っ、もっと嫌な子でしたらよかったのにぃっ!」

そう言って、氷姫は刹那の胸を借りてしばらく氷の涙を零し続けた。

＊＊＊

「三日後にわたくしたちはこの地を旅立ちますわ」

気が済むまで思う存分刹那の胸で涙を流した氷姫は、少し腫れぼったくなった顔でそう言った。

「このような問題を起こしてしまった以上、本当は蒼真様にお見せする顔などないことは重々承知しておりますわ。もう二度と、あなたにも迷惑をかけるようなことはしないと約束いたしますわ」

氷姫はどこか名残惜しそうに刹那から離れると、最後に切なげな笑顔を残して屋敷を去ってしまった。

冬の地の昼間は短く、すでに夕陽が部屋の中を橙色に染め上げている。

室内に漂う、どこか漠然とした空気を打ち消すように雪音が口を開く。

「まぁ、ちょっと予想外ではあったけど、これで本来の目的は達成できたんだから良かったんじゃない？」

「お前な、無神経なことを言うな。氷姫様が蒼真様のことを諦めたにしろ、あいつは薬の所為で三日も苦しんでいたんだぞ」

「あらぁ、珍しい。颯太が刹那のことを心配するなんて」

「べ、別に、僕は本当のことを言っただけだ！」

戸口でぎゃあぎゃあ言い合う雪音と颯太に、制止の意味も込めて蒼真が声をかける。

「雪音、颯太。まだ少し早い時間ですが、夕飯と湯殿の準備をお願いできませんか？　今夜は冬将軍殿のお屋敷で、出立準備前の宴《うたげ》になると思いますから」

その言葉に、雪音と颯太は言い合いに一瞬で興味をなくしたかのように反応する。

「あ、そうね。利那もお湯使いたいだろうし。ちょっと待ってて～」

「こら、雪音っ、待て！」

役目を与えられ、いつかのように我先にとふたりは先を争うように廊下を駆けていった。

その足音が遠くなっていくのを、刹那はどこかぼんやりと聞いていた。

最後に見せた氷姫の切なげな表情が、刹那の目にひどく鮮明に焼きついている。

刹那は「恋」という感情がよく分からない。

ましてや、自分が誰かと相思相愛になることなど、今まで考えたこともなかった。

それでも今日、確かに氷姫の「恋」は終わったのだ。

刹那はこれまで、あんなに激しい嫉妬という感情をぶつけられたことなどなかった。

だから、その原動力となる恋心というものが、決して生易しい感情ではないことを知った。

それを、氷姫は刹那の所為で――。

「ご自分を責めるのはおやめください」

まるで蒼真は刹那の心の中を見透かしたように、その腕でそっと抱き寄せる。

「刹那殿はなにも悪くありません。もし、今回のことで誰かに非があると言うのであれば、それは全て私にあります」

じわりと染み込んでくるような蒼真の胸の温かさを感じながら、刹那はようやく自分の中に渦を巻くように蟠《わだかま》っていた感情の断片に気づく。

「私の軽はずみな考えが、利那殿を危険に曝し、幼い少女をあのような行動に駆り立ててしまいました……」

そう言った蒼真がどんな表情をしていたのか、腕の中にいる利那には見えなかった。

それでも蒼真の声に滲んでいた後悔の色に、利那は無意識に口を開く。

「……でも、それは誰にも予想できなかったことだと思います」

利那は、蒼真の逞しい胸に身を委ねたまま言葉を続ける。

「これからどんなことが起こって、それによって誰がどんな感情を抱くのか——それは、過ぎてみなければわからないことだと思います。それは、誰の所為でもありません」

「しかし——」

その声に、利那はゆるゆると首を横に振った。

「誰かを想ったり、誰かに想われることは悪ではないと思います。特に好きになるということは、理屈じゃなくて、理性ではどうしようもできないものなんだって、氷姫さんを見ていて思いました」

そばにいられるだけで嬉しくて幸せなはずなのに、時々泣きたくなるくらい苦しくて切なくて、自分ではどうしようもできない感情——そんな感情が、今、この瞬間も利那の胸の中で蟠る感情に同調する。

「氷姫さんは……、本当に、心から神官さまのことが好きだったんだと思います」

ぽたっと、蒼真の着物の袖に、利那の涙が零れ落ちる。

頭の片隅では、蒼真の着物を汚してはいけないと思いながら、刹那ははっきりと自覚してしまった溢れ出る自分の気持ちを抑えることができなかった。

刹那は、蒼真のことがすきなのだ。

蒼真が刹那に向ける優しさは、刹那が思い描いている感情からではないだろう。

それでも、刹那を婚約者として利用する為だけにそうしているのではないということは、一緒に過ごしたこの短い時間の間だけでも十分に理解していた。

初めて自分を包み込んでくれた心地好いぬくもりに、刹那はそれを「恋」だと勘違いをしているだけなのかもしれない。

それでも、刹那は自分の中に芽生えた初めての感情を否定することはできなかった。

こんな気持ちを氷姫も抱えていたのだと思うと、なおさら涙が止まらない。

もう、この場所での刹那の役目は終わった。

すでにこの地では何の価値もなくなった刹那は、すぐにでもここを去らなければならないだろう。

行く宛のない身体と、生まれたばかりの恋心を持て余しながら――。

温かな腕を解こうと、蒼真の胸に手をついて離れようとすると、逆に強い力で抱きすくめられてしまう。

「……その涙は、誰の為に流しているのですか?」

身じろぐこともできない強さで抱きしめられて戸惑う刹那の耳元で、蒼真が苦しげに呟く。

「氷姫殿の気持ちを思って、涙を流しているのですか?」

どうして蒼真がそんなに苦しそうに言葉を紡ぐのか分からないまま、利那は頷いた。

氷姫を思う気持ちも嘘ではなかったが、この涙の大部分を占めている理由を素直に口にすることはできるはずがなかった。

この気持ちは、一生自分の心の中に鍵を掛けてしまっておかなければならない――。

そう、利那は自分の心に誓った。

「それでは、もし――」

ふと、利那を包む腕の力が緩められる。

「今さら、私が氷姫殿と結婚すると言い出したら、利那殿はどう思われますか?」

「――えっ?」

思わず俯いていた顔を上げると、蒼真ははっとした表情で腕を解き、顔を背けるように立ち上がってしまう。

「神官さま……、あの」

「今の私の言葉は忘れてください」

それだけを言い残して、蒼真は客間をあとにした。

＊＊＊

早めの夕飯と湯浴みを済ませた利那は、まだ体調が万全ではないかもしれないという雪音たちの気遣いで、早々に就寝することにした。

今夜は夜通し行われるという、出立準備前の冬の精霊たちの宴に誘われた蒼真とは、あの話のあとに顔を合わせることはなかった。

雪音たちも同族たちとしばらく会えなくなるということもあり、夕飯のあとに宴へ向かったので、今この屋敷には刹那しかいない。

三日後には朝から冬の精霊たちを見送る為の儀式があり、蒼真たちは朝から忙しくなるようだ。

その間に、刹那はこの屋敷を去るつもりでいた。

直接「さようなら」を言う勇気が出ず、代わりに覚えたての文字で手紙を残していくつもりである。

彼らが刹那に与えてくれた優しさは、いつまでもこの場所に留まっていたいと思うほど本当に心地好くて幸せなものだった。

その感謝の気持ちだけは、どうしても伝えておきたい。

きっと、長い時を生きる彼らにとって、刹那がこの地に居たことなど、そのうち記憶の片隅にも残らない些細な出来事になるだろう。

それでも、この幸せな思い出さえあれば、刹那はこの先どんな過酷な運命が待ち受けていたとしても、乗り越えられるような気がした。

この屋敷で過ごす夜もあとわずかなのだと思うと、刹那はなかなか深い眠りにつくことができなかった。

何度か浅い眠りを繰り返したものの、まだとても夜が明ける気配はしない。

布団から出て障子戸を開けてみれば、満月が雪化粧をした庭を煌々《こうこう》と照らしていた。

昼間見ても十分立派な庭は、刹那が思い描いていた通り月明かりを浴びてさらに幻想的に輝いている。

風が吹いているわけではないのに、何となく空気がざわついているような気がするのは、冬の精霊たちが宴を楽しんでいる証拠なのだろうか。

すると、刹那は庭にかかる小さな橋の上にふたつの人影を見つけた。

ここからは少し遠いが、強い月明かりに照らされたその姿を見間違えることはなかった。

蒼真と氷姫――――ふたりが橋の上で話をしている。

距離があるので声までは聞こえないものの、ふたりの横顔は確かに微笑んでいるように見える。

今までお互いには見せることのなかった穏やかな表情で話をしているふたりの姿に、刹那は感じたことのない胸騒ぎを覚えた。

『今さら、私が氷姫殿と結婚すると言い出したら、刹那殿はどう思われますか?』

忘れてほしいと言われた蒼真の言葉が、ふと頭の中をよぎる。

戸を閉めてしまえばいいのに、なぜか刹那はふたりから目を離すことができなかった。

向かい合って楽しげに話をしていた氷姫が、ふいに蒼真の胸元に頬を寄せる。

氷姫が蒼真に寄り添う姿は、周囲の景色とも相まって、まるで美しい一幅の絵画のようだった。

そして、俯いていた氷姫が蒼真の顔を見上げて何かを告げている。

言い終えてすぐに、氷姫ははっとしたように蒼真から身体を離して踵を返す。

しかし、その離れていく氷姫の手首を摑んだ蒼真は、そのままその腕を引き寄せて自分の懐に包み込んでしまう。

「えっ――？」

しっかりと自分に回された腕に応えるように、氷姫も嬉しそうに微笑んで蒼真の背中に腕を回す。

刹那の目の前で、ふたりは確かに熱い抱擁を交わしていた。

氷姫は幸せそうに顔を綻ばせて、涙を流している。

その光景を遮るように震える手で障子戸を閉めようとすると、力の加減が利かず、思ったより大きな音をたててしまった。

ふたりに気づかれてしまったかもしれないと思いながらも、刹那はずるずるとその場に崩れ落ちる。

『今さら、私が氷姫殿と結婚すると言い出したら、刹那殿はどう思われますか？』

再び蒼真の声が刹那の頭の中でこだまする、先程見た光景が妙にしっくりと胸の中に馴染んでいくことに気づく。

きっと、あの時の言葉はそのままの意味だったに違いない。

蒼真は氷姫の想いを受け入れることにしたのだ。

現実から目を背けることなく自分の罪を自覚し、刹那に謝罪して侍女への慈悲を乞うた氷姫は、とても気高く美しかった。

思い返すと、蒼真はまだ結婚の意志はないと言っていただけで、決して氷姫のことが嫌いで断ったとは言っていなかった。

穏やかな表情で談笑していたふたりの姿を思い出せば、刹那は自分の考えがどんどんと確信に変わっていくような気がした。

そうだ。最初から氷姫の想いを受け入れてくれるように蒼真を説得していれば、もっと早く解決していたかもしれない。

雪音たちに言われるがまま、回りくどいことをしていた気がする。

きっと、氷姫は蒼真のもとに嫁ぎ、冬の精霊たちは次の地へ旅立つ。

村にも春が訪れ、大地も人も生命の活気を取り戻すだろう。

これで、全てが上手《うま》くいく――。

そう考えると、ほっとして刹那の頰も緩んだ。

しかし、その頰に温かいものが伝う。

「えっ……?」

頰に触れて初めて気づく。

涙が流れていた。

何で、涙なんか――刹那は寝間着の袖で涙を拭うが、それは止まることなく頰を流れ落ちる。

問題が全て解決して、嬉しいはずなのに……。

みんなが幸せになることを、素直に喜ぶべきところなのに、自覚してしまった蒼真への恋心がそれを邪魔する。

胸が――胸が引き裂かれるように痛い。

口を手の甲で押さえて嗚咽《おえつ》を必死に堪えながら、涙を流し続ける刹那を照らしていた月明かりがふと陰る。

「――刹那殿。起きていらっしゃるのですか……？」

障子戸越しに控えめにかけられた声に、刹那の肩が大きく跳ねる。

その心地好い声音と、うずくまる刹那を呑み込んでしまうような背の高い影は、間違いなく蒼真のものだった。

今はとても蒼真に会えるような状況ではなく、布団に戻って寝たふりをしてやり過ごそうと思ったものの、立ち上がろうとした脚に上手く力が入らずにつまずいてしまう。

「刹那殿……？」

室内の様子がおかしいと思った蒼真が、障子戸を開けて部屋の中に入ってくる。

「……っ、刹那殿！　どうなされたのですか⁉　まだ、どこか具合が良くないのでは……」

布団の傍らでうずくまっている刹那に気づいた蒼真は、肩に手を置いてその顔色を確認しようとする。

「――いやっ！」

泣き顔を見られたくなかった刹那は、咄嗟に蒼真の手を払いのけてしまう。

「……刹那……殿？」

茫然とした蒼真の声に、利那は胸を締めつけられる。

今の無礼な行動をすぐに謝らなければならないと思いながらも、上手く言葉が出てこない。

「……利那殿、泣いていらっしゃるのですか？」

今度は手では触れず、耳元で囁かれる利那を労《いたわ》るような声に、閉じ込めようとしていたはずの想いが暴れ出しそうになる。

今は、その優しさが何よりも痛くて苦しい。

「利那殿？」

声が震えないように、利那は呼吸を整えながら何とか言葉を絞り出す。

「私……っ、もう、ここを出て行きます」

「……えっ？　なぜ……、そんなに急に……」

初めて聞く蒼真のうろたえたような声に、利那は決意が鈍らないうちにと、性急にまくし立てる。

「私のこちらでの役目は終わりました。村にちゃんと春が訪れるのであれば、もう私がここにいる理由はなにもありません。――短い間でしたが、本当にお世話になりました」

胸の中ではこんなにも激しい感情が渦を巻いているのに、利那の口から紡がれる言葉はそんなものを微塵も感じさせないほど淡々としていた。

まるで冷たく突き放すような利那の物言いに、蒼真は表情を曇らせる。

「……それでは、今後、利那殿はどうなさるおつもりなのですか？」

「えっ？」

「刹那殿には、もう帰る場所はないのでしょう?」

避けることのできない現実を冷淡に突きつけられ、刹那は続く言葉が見つからなかった。

蒼真の言う通り、生贄としてあの村を出てきた以上、刹那に帰る家はない。

「それは……、きっと、どうにかなります」

「どうにかなる? 刹那殿のその琥珀色の瞳は、人間たちのもとでは目立ってしまうのではないのですか?」

手に宿る力は隠すことができても、瞳の色だけは隠すことのできない異端の証《あかし》だった。

「……そう……ですが」

「南の大陸では、そのような変わった外見の者を攫って、高値で人身売買をしているところがあると聞きます。そのようなところに捕らえられたら最後、死ぬまで奴隷のような扱いを受けるそうです」

「――っ」

初めて聞く話に、刹那はぞわりと肌が粟《あわ》立つ。

「ましてや、その手に宿る能力を知られた日には、刹那殿は彼らの格好の獲物になるでしょうね。――そのような輩から逃れながら生きる覚悟が、刹那殿にはおありなのですか?」

わざと不安を煽り立てるような蒼真の言葉が、刹那の耳に冷たく突き刺さる。

あの小さな村が自分の世界の全てだった刹那の了見は狭い。

さらに、あの村は近隣の町や村からも離れていた為、周囲の情報が入ってくることすら極めて少ない。

それ故、刹那の噂が外部に漏れることもなく、身の安全だけは保証されていたのだということを、刹那は今さらになって気づく。

まるで、もう自分には普通に生きる術など残されていないのではないかと思わざるを得ない状況だった。

「そ、それでも……、なんとかします。でも、ここを出てすぐに死んだりしたら、神官さまたちも夢見が悪いでしょうから、そんなことはしません。安心してください」

心に生まれた様々な絶望を悟られまいと、まだ涙の残る顔で刹那は必死に微笑む。

「……そうですか。では、あなたはこれから、身体を売るようなことでもしなければ、生きていくことはできないかもしれないですね」

いつもと違う空気を纏った蒼真の声に、刹那の背筋にぞくりと悪寒が走る。

「身体を売るということは、見ず知らずの男の前に裸体を曝し、好き勝手にその身体を弄ばれ、単なる性欲の処理道具にされるということです。中には人に苦痛を与えることを好む嗜虐《しぎゃく》的な人もおりますので、そのような人の相手をすれば、言葉通り身も心もぼろぼろにされてしまうでしょうね」

身体を売るということがどのような行為を示すのか、知らなかったわけではない。

それでも、改めて蒼真の生々しい話を耳にしてしまえば、想像を超える恐怖に身体が震えてしまう。

「あなたは特殊な能力をお持ちでも、その力でご自分の身を守ることはできません。男の腕の中に捕らわれてしまえば、戦うことはおろか、逃げることすらできない……。無体な仕打ちを受け、周囲に助けを求めたところで、誰も助けてなどくれません。刹那殿は、これからそのようなことをして日銭を稼いで生きていくつもりなのですか？」

生きていく為とはいえ、自分にはそんな道しか残されていないのだという事実に、刹那はいよいよ底知れない絶望感に胸を苛まれる。

しかし、それではどうしたら良いと言うのだろうか。

刹那の瞳の色では、普通に働いて日銭を稼ぐことなどできはしないだろう。

こんな異端な外見では、むしろ刹那の身体を買おうとする者すら現れないかもしれない。

もしくは、蒼真が言っていたように、奴隷として売られてそこで一生を終えるしかないのだろうか。

仮に、刹那がこの場にずるずると留まり続けたところで、先程のような蒼真と氷姫の仲睦《むつ》まじい光景を目にしながら生活するのであれば、生きていくことはできたとしても、この心は耐えきれずに容易く壊れてしまうだろう。

いくら考えても、刹那には自分の幸せな未来など思い描くことはできなかった。

しかし、それでもきっと――。

「自らの命を絶つことがこの世で最も大きな罪だと言うのであれば……、私はその運命を受け入れて、ひとりで生きていくしかありません」

何か強い感情を含んだ蒼真の眼差しに呑み込まれそうになりながらも、刹那は決意が揺らぐことのないよう、自分に言い聞かせるようにはっきりとそう口にする。

「――もういいです！」

利那の言葉に、蒼真は低く唸《うな》るように言い放つ。

これまでにない激しい感情を滲ませた蒼真の声音に、無意識に利那の身体がびくりと震える。

「あなたを誰かに奪われるくらいなら……っ」

どこか絶望すら感じさせるその表情に囚われて動けずにいると、突然、蒼真が強引に利那の肩を摑んで褥の上に押し倒し、身体の上に圧《の》しかかるように覆い被さってくる。

「私が、利那殿の最初の客になりましょう」

「……えっ⁉」

予想もしていなかった蒼真の言葉に、利那は頭の中が真っ白になる。

「あなたは、ここに命を捧げに来たのだとおっしゃっておりましたね。そして、そこまでの覚悟ができているのであれば、私の相手くらい容易いものでしょう？　大丈夫ですよ。ただとは言わず、見返りはきっちりと支払わせていただきますから」

月が雲に隠れたのか、薄暗くなった室内で、蒼真の青灰色の瞳だけが何か強い感情を湛えてギラギラと妖しく光っているように見えた。

それはまるで獲物を見る捕食者のような瞳で、利那は本能的に蒼真の下から逃れようともがく。

「い、いやっ、放してください！」

力で敵わないと知っていながらも、必死に蒼真の胸を押して逃れようとするが、その手は呆気な

く蒼真の手に絡め取られてしまう。

そして、絡み合った蒼真の手のひらから、煮え滾《たぎ》るような熱い感情が刹那の中に流れ込んでくる。

それは今まで刹那が感じ取ったことのあるどの感情とも異なり、あまりの激しさにそれが善なのか悪なのか、判断することもままならなかった。

ただ、刹那は全てを暴かれて食らい尽くされるような恐怖と、それとは真逆に、強き者に征服される喜びが綯い交ぜになったような感覚に支配され、身体が硬直してしまう。

それに気づいた蒼真は、絡めていた指を外し、刹那の両手首をまとめて片手で拘束してしまう。

「あまり、抵抗なさらないでくださいね？　抵抗されると、またあの時のように手首を縛らなければならなくなりますから」

「えっ……？」

蒼真の『また』という言葉に、刹那は違和感を覚える。

「そういえば、刹那殿は覚えておられないのでしたね。薬を吸い込んだ、あの夜のことを」

いたずらな笑みを浮かべてそう告げる蒼真に、刹那は手首にできていた擦り傷を思い出す。

「あの夜……、なにがあったのですか？」

手首を縛られるようなことがあったのだとすれば、きっとただごとではなかったはずだ。

「それは――今から刹那殿の身体に聞いてみましょうか」

そう言って蒼真は妖艶に微笑むと、刹那の寝間着の胸元に手をかけて胸元を大きく開き、たわわに実った果実を外気に曝す。

そして、手のひらで優しく包み込むように乳房を揉みしだきながら、もう片方の乳房の中心で慎ましやかに色づいた突起を口に含んで、舌で転がすように嬲り始める。

「ひっ……、神官さ……ま、やめっ、やぁっ！」

ちゅうっと突起を吸い上げられると、何かが背中をぞわりと駆け上がるような感覚に、刹那は息を乱しながらびくびくと震える。

しかし、その痺れるような感覚に翻弄される頭の片隅で、刹那は気づいたことがあった。

——私は、この感覚を知っている。

蒼真が突起から口を離すと、咥えられていたそこは蒼真の唾液に濡れててらてらと厭《いや》らしく光っていた。

そして、蒼真は刹那の胸元に顔を寄せると、皮膚をきつく吸い上げていくつもの赤い花を咲かせていく。

——これ……っ⁉

それは、手首の擦り傷を見つけた時に気づいた、胸元の鬱血にとてもよく似ていた。

蒼真は、今日新たにつけたものより少し色の薄くなった痕を舌でなぞる。

「また、上書きしておきますね」

「……っ⁉」

それはもう、あの夜に何があったのかを物語るには十分な言葉だった。

どうしてそんなことになったのかは、その理由はまだはっきりと思い出すことができない。

それでも確かに、刹那はあの夜、この身体に蒼真の愛撫を受けたのだ。

「あなたの肌はどこに口づけても甘い香りがしますね。この蕾《つぼみ》もまるで私の愛撫を待ちわびているかのように赤く色づいて、唇や舌で可愛がらずにはいられなくなってしまう……」

再び鋭敏な突起を咥えながら見上げてくる蒼真と視線が合い、刹那はあまりの羞恥に視線を逸らす。

まるで自分のものではないような甘ったるい声が洩れそうになるのを、刹那は歯を食いしばって懸命に堪えていた。

乳頭には触れぬよう、硬く尖らせた舌先でその周りだけをなぞっていたかと思うと、思い出したかのように突起を甘噛みされ、刹那は白い咽喉を仰け反らせる。

蒼真は胸への愛撫を続けながら、すでに力の抜けかかっている刹那の脚の間に手を滑り込ませると、指先で下着の上から秘処を撫で上げる。

そして、まだ包皮が剝けていない花芯を捉えると、グリグリと押し潰すように刺激してくる。

「ひぁあっ!?」

唐突な鋭い刺激に、刹那は腰をのたうたせて激しく身を捩る。

しかし、その本能的な行動が、蒼真の目には抵抗しているように映ってしまったようだ。

蒼真は刹那の寝間着の腰紐を引き抜くと、それで刹那の両手を頭の上に縛り上げてしまう。

「やぁ……っ、こんなの、いや……っう!」

縛られた手首を解こうと無理に動かせば、さらに腰紐がきつく皮膚に食い込んでくる。

「暴れても、刹那殿が痛い思いをするだけですよ。お話してもご理解いただけないのであれば、あなたに触れることが赦されているのは誰なのかを、まずはこの身体にしっかりと教え込むしかありませんね」

蒼真は刹那の膝を摑み、強引に左右に大きく開かせると、指の腹で何度も秘処を撫で上げる。

「やっ……、あぁ……っ！」

「やはり、まだこの間のように貼りつくほどには濡れていませんね。でも、ほら、聞こえますか？」

蒼真の指が少し強く秘処を撫で上げると、くちゅっという水音が聞こえる。

いつの間にか刹那の下着はしっとりと濡れていて、その向こうではぬるついた液体が蒼真の指の動きに合わせてぬちゅっ、くちゅっと淫猥な音をたてていた。

「あぁ、ちゃんと私の愛撫に感じてくださっているようで嬉しいです。——刹那殿、この下着の下がどうなっているのか、気になりませんか？」

下着に指をかけられ、焦《じ》らすようにゆっくりとずり下ろされる。

「いっ、いやっ、やだぁっ！　やめてぇっ！」

刹那がどんなに懇願しても、その願いが聞き入れられることはなく、足首から引き抜かれた下着は、視界に入らないところに放られてしまう。

そして、再び脚を大きく割り開かれると、その中心はこれまでの蒼真の強引な愛撫に感じてしまっていたことを物語るように、とろりと卑猥な蜜を溢れさせてしまっていた。

膝を折りたたまれ、蒼真に秘処を曝け出しているこの格好は刹那には耐えがたく、激甚な羞恥に涙が零れる。

しかし、蒼真はさらに追い打ちをかけるように秘処に顔を寄せる。

「わかりますか、刹那殿。あなたが私の愛撫に快楽を感じて、此処《ここ》をしとどに濡らしているのが」

ふっ、と秘処に息を吹きかけられ、びくりと腰が震える。

「感じてなんか……な、ゃあぁっ！」

蒼真の指が蜜を絡め取るように、濡れた秘裂をぐちゅぐちゅと擦り上げる。

「可愛らしい嘘をつくのですね。では、この指を濡らしている液体はどう説明するのですか？」

蜜を纏い、厭らしく光る指を突きつけられ、刹那はさらに顔が熱くなって目眩すら感じるほどだった。

そして、蒼真は刹那を見つめたまま、蜜を纏った指をその口の中に含む。

指を纏っていた蜜を舐め取った蒼真は、恍惚とした表情で「美味《おい》しい」と呟いた。

その予想外の行動を、刹那は信じられない思いで見つめていた。

それと同時に、なぜか下肢の奥がずくりと疼く。

「ふふ、この味、やはりたまりませんね。私に、もっとあなたの蜜を、あなたの全てを堪能させてください」

蒼真は刹那の脚の間に顔を埋《うず》めると、溢れ出す蜜を唇と舌を使って一心不乱にじゅるじゅると舐め啜っていく。

「ぃやぁああっ！」

粘膜同士が直接擦れ合う感触に、刹那は悶《もだ》えるように腰をうねらせる。頭の中が真っ白になりそうな感覚から逃れようとしても、蒼真が脚を押さえつけている力には勝つことはできない。

刹那は自分でもよく見たことのない大切な部分を視姦《しかん》され、口淫される羞恥に翻弄されながら、ただ嬌声をあげ続けることしかできなかった。

丹念な愛撫で刹那の秘処は蜜が滴るほどに濡れていたが、さらに包皮を剝かれた花芯を舌でグリグリと嬲られ、終《しま》いには甘噛みされる。

「っ……あぁあっ！」

下腹部で蟠っていた熱が弾けたような強い感覚に、刹那はついに頭の中が真っ白になり、背中を反らせて陸に打ち上げられた魚のようにびくびくと震える。

秘処からは止め処なく蜜が溢れ出し、褥をぐっしょりと濡らしてしまっていた。

「あなたの感じ入った声は本当に耳に心地好い……。ずっと啼《な》かせていたくなってしまいますね」

喋りながら花芯を口の中で転がされ、ぼんやりと意識を取り戻しかけていた刹那は、再び強引に高みへと引き上げられてしまう。

しかし、この感覚すらも初めて体験したものではないことを、刹那は頭の片隅で自覚していた。

まだ絶頂の余韻に浸っている刹那のことなど歯牙にもかけず、蒼真はひくつく蜜口に舌を捻り込んでくる。

溢れ出す蜜の源泉に舌を埋め込まれて蜜を啜り上げられる感覚も、熱く濡れた媚肉を舐め回される感覚も、全て刹那の身体は知っていた。

舌の代わりに挿入された指で蜜壺の中を掻き回され、花芯の裏側を抉《えぐ》るように弱点を集中的に擦り上げられれば、もう刹那はがくがくと震えながら嬌声を零すだけの人形になってしまう。

そして――長く妄執的な愛撫の末、羞恥心が薄らいできた刹那は、口では嫌だと言いながらも、蒼真の愛撫に快楽を見出し、こんなに乱れてしまうほど身体は悦《よろこ》んでいるのだということに気づいていた。

しかし、身体が悦んで蜜を溢れさせる度に、心は悲鳴をあげて泣いていた。

初めて自分の能力のことを打ち明けた時も、そのあとも何度も刹那に触れた蒼真の手は、いつだって慈愛に満ちていた。

だから刹那は、ここでは手袋を外し、望んで得たわけではない能力《ちから》に怯えずに自分らしく生きることができたのだ。

刹那の能力を知りながらも何の躊躇いもなく触れてくれた蒼真の手のぬくもりに、あんなにも心満たされて幸せを感じていたはずなのに、刹那が望まない愛撫を与えるその手は、今は苦痛の対象でしかなかった。

「んぁ、ひゃっ……あぁぁっ！」

もう何度目かも分からない絶頂を迎えた刹那の蜜壺から、蒼真はようやくぬちゅりと指を引き抜く。

指一本から始められた手淫は、長い時間をかけて最終的に三本にまで増やされ、狭い粘膜の道を解すかのように掻き回された。

それと同時に、刹那は耳元で卑猥な言葉を囁かれながら、何度もその指を締めつけて達してしまっていた。

断続的な絶頂に、快感に犯された刹那の身体は全身が性感帯のようになり、肌を掠める蒼真の吐息にさえ感じて蜜を滴らせてしまう。

身体は弛緩し、大きく開かれた脚を閉じることもままならない。

呼吸をするのも億劫で、喘ぎ続けた喉がひりひりと痛む。

「桃色秘薬を吸い込んだ時よりも達しておりましたね。あの時は、もっともっとと強請られましたが、私の舌や指は気に入っていただけましたか？」

その言葉を否定しようと首を横に振ろうとしたものの、弛緩しきった刹那の身体は全く思い通りに動いてくれない。

「そんなに蕩けきった表情《かお》をして私を誘うなんて、本当にあなたはいけない方だ。今も蜜をたらしながらこんなにも物欲しそうにひくひくさせて……。刹那殿は、私を煽るのが相当お上手なようですね」

未だに蜜を溢れさせ、淫靡《いんび》な香りを放つそこを色情を孕んだ瞳で見下ろされ、刹那の目尻に溜まっていた涙がぽろりと零れ落ちる。

「……ん……て、き……いっ……」

わずかに開いた刹那の唇から、吐息のような声が洩れる。

「なにか、おっしゃいましたか？」

蒼真が震える口元に耳を寄せると、掠れていても、その言葉ははっきりと耳に届く。

「神官さま、なんて……きらい。……だいっ……きらい……っ」

そう呟きながら、刹那の瞳からは快感から来る生理的なものとは別の涙が溢れていた。

――嫌いなんて本当は嘘だ。

こんな無体なことをされ、いくら淫らだと嘲笑《あざわら》われても、刹那は蒼真のことを嫌いになることなどできなかった。

羞恥心を煽るようなことを言い、どんなに懇願しても愛撫をやめることはなかったその手も唇も、刹那へ肉体的な苦痛を与えることは一切なかった。

息が止まるほどの快感だけを生み出すように絶妙に加減された力で触れられ、刹那はいつの間にか蒼真に愛《め》でられているような錯覚に陥ってしまいそうになっていた。

だから、こうして嘘をついてでも自分の心と身体を切り離していなければ、全てを蒼真に捧げてしまいたいと望んでしまうような気がして、刹那は怯えていた。

奴隷でも何でもいいからそばに置いてほしいと、すがりついてしまいそうな気がしたのだ。

「こんなっ、ひどいことする……神官さまなんて……きらい」

自分の心に嘘をついているからなのだろうか。

嫌いと口にする度に、刹那の心は抉られるように痛む。

相反する気持ちがせめぎ合って、苦しくて涙が止まらない。

「きらい……きらい……っ！　神官さまなんて、だいきら……っん！」

偽りの言葉を紡ぎ続ける刹那の唇を、蒼真の唇が声ごと奪ってしまう。

それは、刹那にとって生まれて初めての口づけだった。

驚きに固まった刹那の唇が何度か啄まれたかと思うと、わずかに開いていた唇の隙間から、ぬるりと蒼真の熱い舌が差し込まれてくる。

それは、奥に逃げようとする刹那の舌を強引に絡め取り、貪るように吸い上げてしまう。

「んぅっ……ふぁ……んんっ！」

上顎《うわあご》や歯列の間まで、咥内をくまなく舌で愛撫され、刹那は上手く呼吸ができず、頭がくらくらしてくる。

どちらのものか分からないほど混ざり合った唾液が刹那の口に流し込まれ、嚥下《えんげ》しきれなかったものが唇の端から零れていく。

すると、口づけの合間に蒼真がそっと囁いてくる。

「舌を、私の舌に絡ませてください。……そう、同じように」

まるで催眠術にでもかかってしまったかのように、刹那は朦朧とした意識のまま、拙いながらも蒼真の舌に自分の舌を絡めようとする。

蒼真は桃色に上気した刹那の頬を、まるで壊れ物を扱うようにそっと両手で包み込むと、さらに深く刹那を求め始める。

刹那が持っていた色恋の知識はそう多くないが、それでも口づけの意味は知っていた。

愛する男女が、互いを愛する想いを交わす為の行為だという。

——どうしてだろう。

この手で蒼真に触れているわけではないのに、利那の中には包み込まれるような温かい感情が波紋のように広がっていた。

これも、この行為から連想される感情を勝手に錯覚しているだけなのだろうか——。

この胸の中に広がる感情が現実のものであれば、どんなに幸せなのだろうかと思いながら、利那は口づけに没頭していく。

そして、蒼真は惜しむように唇を離すと、嚥下しきれずに利那の口端から零れた唾液を舌で舐め取る。

荒い呼吸を繰り返し、口づけの余韻に浸っている利那の下肢に、熱く脈打つ塊が押しつけられる。

再び両膝で胸を押し潰すように脚を開かされると、それは未だにとろとろに蕩けていた秘裂を滑るように擦り上げてくる。

「あぅっ……ひ、ゃぁっ……あっ！」

指や舌とは違った質量のある硬くて熱い感覚に、利那は無意識に下半身の方に目を向ける。

そして自分の秘裂を擦り上げているものを目の当たりにした利那は、一気に身体を強張らせた。

それは蒼真の乱れた着物の裾の間から突き出た、下腹部についてしまいそうなほど大きく反り返る赤黒い肉茎だった。

それが、利那の蜜を全体に纏わりつかせるように、秘裂を行き来している。

初めて見た男性器の生々しさに、利那は言葉を失う。

初潮を迎えた際、利那は義母にその意味を少しだけ教えてもらっていた。

月経が来たということは、利那の身体が子どもを産む準備ができたということ。

そして子作りをするには、経血が出てくる女性器の中に男性器を受け入れて子種を授かることが必要なのだと義母は言っていた。

男性に身体を売るということが、子作りと同じく男性器を自分の身体に受け入れることだということは分かっていたが、そのあまりの大きさに恐怖が募る。

「利那殿は私の指を三本も美味しそうに此処で咥えておりましたから、きっとこれもすぐに気に入ってくださるでしょうね」

十分に蜜を纏った肉茎を秘裂から離すと、厭らしく伸びる銀糸がふたりの性器を繋ぐ。

「やっ、いやっ……！　そんな……おっきいの……っ、むりっ」

逃れようにも身体に全く力が入らないことに、利那はさらに恐怖心を募らせる。

「それでは、その可愛らしい小さな口で、私のこれを慰めてくださるのですか？」

「……くち……で？」

「そうです。私が利那殿の陰部を舌で愛撫したように、これを利那殿の口に咥えて私が満足するようにしゃぶっていただけるのであれば、それでも構わないのですが」

「……っ⁉」

あまりにも露骨な蒼真の表現に、利那は青ざめる。

あれを口に咥えるなんて、想像するだけで恐ろしかった。

「いやっ……いやぁ……っ」

震えながら拒否する刹那の姿に、少しだけ面白くなさそうな顔をしながら、蒼真は肉茎の切っ先の照準を合わせる。

「それではやはり、こちらの物欲しそうにしている口で慰めていただくしかありませんね」

硬く膨れ上がった亀頭で、赤く充血した花芯をぬちゅぬちゅとこね回され、再び刹那の呼吸が乱れ始める。

「もうやめっ……あぁ……んっ、いやぁ……っ」

「大丈夫です、痛くはしませんよ。むしろ私でなければ満足できなくなるくらい、破瓜《はか》の痛みすら快感に変えてしまうほど、気持ち良く抱いて差し上げます。刹那殿が、私以外の男などその目に映す気さえ失せてしまうように」

そして、再開された蒼真の巧みな愛撫により、刹那は無理やり高みへと押し上げられたかと思うと、硬い切っ先を蜜口にぐちゅりと咥え込まされる。

「いくら刹那殿が私のことを嫌っていらっしゃるとしても、私は、此処の再奥に私の証を刻みつけます。――あなたが二度と、この夜を忘れないように」

蒼真がゆっくり腰を押し進めると、長い時間をかけてじっくりと解された刹那の濡襞は、戦慄きながらも怒張した肉茎を奥へと誘《いざな》うように絡みついてくる。

狭い蜜口に対してあまりにも大きすぎるものを呑み込まされているというのに、痛みは全く感じず、むしろ濡襞を引き伸ばされる感覚に、利那は甘い痺れを覚える。

「ひっ……いやっ、待っ……あああぁっ！」

身体の中の何かが押し破られるような衝撃に、利那は身体を大きく仰け反らせる。

そして、根元まで挿入された灼熱の形がはっきりと分かってしまうほど、ぎゅうぎゅうとそれを締めつけてしまう。

「っは……、やっと、手に入れた……」

剛直を受け入れる為に同じ大きさに引き伸ばされた蜜口を、蒼真はなぜか愛おしそうに指でなぞる。

そして、蜜と共に滲み出した赤い液体に気づくと儚《はかな》げな微笑みを浮かべた。

利那の呼吸の様子を見計らいながら、蒼真は濡襞に己の形を教え込ませるように、ゆるゆると肉棒を抽送させる。

「は、あ……んっ、抜いてぇ……っ」

性器同士が擦れ合う度に、下腹部がきゅんきゅんと切なく疼く。

こんな緩慢な動きでも理性が壊されそうなほど感じてしまっているのに、これ以上強い刺激を受けるようなことがあれば、利那はとても理性を保てるとは思えなかった。

「こんなに美味しそうに奥まで私のものを咥え込んで離そうとしないのに、抜いてほしい？　利那殿は素直ではないですね。本当はもっと激しくしてほしいのでしょう？　こんな風に――」

緩慢な動きをしていた肉棒が、雁首《かりくび》を残して引きずり出され、そのままの勢いで利那の最奥まで挿入される。

「ひぁあああっ！」

脚を蒼真の肩に載せられ、上から勢い良く貫かれる体勢は、自分と蒼真の結合部が丸見えになり、刹那はあまりの恥ずかしさに気を失いそうになる。

剛直が激しく抽送される度に、白く泡立った蜜が結合部の周りに飛び散り、卑猥な水音が奏でられる。

「あ、あっ……神官さまぁ……、そんな……おくまで……きゃあっ！」

体重をかけて子宮口を突き上げられ、硬い亀頭をゴリゴリと擦りつけられる。

その刺激に刹那の濡襞は激しく収縮し、強すぎる快感から逃れようと腰を引こうとする。

「逃がしませんよ」

それを見越した蒼真は、縛られたままの刹那の腕を被るようにして自分の首に抱きつくように回して身体を密着させ、さらに深く繋がろうとする。

そして、蒼真は亀頭で刹那の弱点を攻め立てながら、腰を使ってぐちゅぐちゅと蜜洞《みつどう》の柔襞を掻き回す。

「……んぁっ……んんっ、それっ……だめぇっ……！」

がんがんと突き上げられる振動に耐えるように、刹那は無意識に蒼真にしがみつこうとする。

しかし、手首が拘束されている為、蒼真の首にしがみつくことはできず、腕を上げている状態でただ抽送の勢いのままに揺さぶられてしまう。

「先程から、襞が小刻みに締めつけてきますね。そろそろ達してしまいそうですか？」

「あっ、ああっ……、もぅ……それ、やっ……やぁっ」

「強情な方ですね。私に合わせてそんなに腰をうねらせているのに」

気づけば、刹那は蒼真の抽送する律動に合わせて、まるで快感を貪るように腰を揺らしてしまっていた。

蒼真の切っ先がわざと刹那の弱点をずらすような動きをすると、そのもどかしさに、思わず自分から腰を振って擦りつけたくなるような衝動に駆られてしまう。

「でも、あなたのそんな強情なところも嫌いではありませんよ。嫌だと言いながら快感に染まるその顔もその身体も……もっと、私の色に染めてしまいたくなりますから――」

故意にずらされていた硬く張り詰めた切っ先の動きを再び弱点に戻され、その部分を執拗《しつよう》に突き回される。

「いゃっ……あっ、あっ……いっ……あぁあぁぁっ！」

刹那の身体が、一際大きくびくんっと波打つ。

背筋を駆け上がった強烈な快感に、刹那は脳髄が甘く痺れて蕩けてしまいそうな感覚に支配される。

快感の余韻に身体はがくがくと痙攣《けいれん》し、肉茎を咥えたままの濡襞は、何かを搾り取るようにぎゅうぎゅうと絡みついている。

しかし、刹那の絶頂の最中《さなか》もなお、蒼真は腰の動きを止めずに過敏になりすぎている襞をさらに大きく膨張した屹立《きつりつ》でヌチュヌチュと擦り続ける。

「はぁっ……待っ……ひっ、もぅ……だ、めぇっ……」

断続的な絶頂にびくびくと腰を跳ねさせながら、刹那は息も絶え絶えに懇願する。

「それは無理なご相談ですね、刹那殿。まだ、私はあなたの身体を堪能しきっておりませんから」

蒼真は溢れ続ける刹那の涙を唇で吸い取ると、そのまま刹那の上半身を抱き起こして下から激しく突き上げてくる。

胡座《あぐら》をかいた蒼真の上に跨《また》がるようなこの体勢は、快感に下がってきた子宮口をがつがつと刺激されてしまい、刹那は細い喉を仰け反らせながら濡れた嬌声をあげ続けることしかできなくなる。

「……やぁぁっ！　……あ、あっ……はげしっ……んぁあっ！」

向かい合っている為、突き上げられる度に浅ましく尖った乳首が蒼真の着物に擦れて、ひとりでに愉悦を生んでしまう。

自分が受け入れている肉棒のあまりの熱さに、刹那は結合部から自分の身体が溶かされてしまうのではないかと思うほどだった。

その暴力的なまでに強すぎる快感に、刹那はただ揺さぶられて喘ぎ続けることしかできない。

激しい突き上げに耐えるように、刹那は無意識に自分の脚を蒼真の腰に巻きつける。

そして、もう疾《と》うに理性を保つことができなくなっていた刹那は、蒼真に抱きつくように身体を擦り寄せた。

すると、刹那の蜜壺の中を暴れ回る肉茎がさらに大きさを増したような気がした。

「……あなたは本当にひどい人だ。私の気持ちを知りながら、私の目の前から去ろうとするなんて……。あなたの身体だって、こんなにも私を求めているのに」

耳元で何かを囁かれ、朦朧とした意識のままがるように視線を向けると、苦しげに表情を歪めた蒼真と視線がぶつかる。

「あなたのその表情《かお》も、声も零れる涙も全て、私のものです。他の誰にも、絶対に譲りはしない……っ！」

刹那の後頭部に蒼真の手が添えられたかと思うと、そのまま噛みつくように唇を奪われる。

まるで、刹那の嬌声をも全て飲み込んでしまうような濃厚な口づけが、さらに身体を火照らせる。

そして、蒼真の切っ先が刹那の弱点を抉るように突き上げると、再び強烈な快感の波に攫われてしまう。

「――――っ！」

蒼真に唇を奪われたまま、声を出すこともできずに刹那は激しく身体を引き攣らせて絶頂に達する。

そして、蒼真はぎゅうぎゅうと締めつける濡襞の最奥に己の肉棒を突き立てると、そこから熱い飛沫《しぶき》を迸《ほとばし》らせた。

熱い液体がビュクビュクと子宮口に浴びせかけられる感覚に、刹那は腰をうねらせて悶える。

最後の一滴まで子種を搾り取ろうと肉棒に絡みつく刹那の柔襞は、まるで子種を受けたことの歓喜に戦慄いているようだった。

「……っあ……はぁっ、はぁっ……」

ようやく唇を解放された刹那は、荒い呼吸を繰り返しながら、蒼真の胸に傾《なだ》れかかる。

まともに言葉を発することのできない刹那を胸に抱きながら、蒼真は優しい手つきで刹那の長い髪を梳いてくる。

「……たとえ、あなたに望まれることはないとしても、あなたを手放すことなどできるわけがない」

耳元で零れた懊悩《おうのう》の色を滲ませた蒼真の呟きも、朦朧とした刹那の意識の中に留まることはなく、その胸に微かな痛みだけを残して消えてしまう。

額や頬、耳朶などに触れるだけの雨のような口づけを降らせる蒼真の切なげな眼差しに気づく余裕もなく、刹那はその心地好い愉悦の余韻に引きずられるように意識を手放した。

＊＊＊

規則正しく繰り返されるようになった呼吸を胸元に感じながら、蒼真は自分の腕の中で気を失うように眠りについた刹那の中から剛直を引き抜く。

刹那の中から溢れ出す己の欲望の残滓《ざんし》を目の当たりにし、蒼真は悦びにも後悔にも似た仄暗《ほのぐら》い感情に支配される。

行為の凄絶さを物語るように、処女の証も曖昧になってしまうほど刹那の下肢は蜜や蒼真の放った白濁にまみれてしまっていた。

華奢な手首をきつく縛《いまし》めていた拘束を解けば、皮膚が擦りむけて所々《ところどころ》血が滲んでしまっている。今は気を失い、一見すると穏やかな表情にも見えるその頬にも、幾筋もの涙の跡が残っていた。まだ目尻に溜まっていた涙が零れてしまわないように唇で拭いながら、蒼真はそっと刹那の身体をその胸に抱き寄せる。

蒼真が刹那を氷姫に紹介した際に口にした、鏡に映った刹那に一目惚れをしたというのは、氷姫に諦めてもらうための嘘や偽りではなく、紛れもない事実だった。

蒼真が初めて刹那の存在を認識したのはまだ刹那が女童と呼ばれるような頃で、夜明け前の時間に村はずれの祠を訪れるなど、おかしな子どももいるものだと思っていた程度だった。

しかし、その年から毎年同じような時間に祠の前に現れる女童に、いつしか蒼真は興味を抱くようになっていた。

手に宿る能力までは知らなかったものの、蒼真が刹那の瞳の色が琥珀色であることを知っていたのは、村の情報を報告してくれる精霊からそれとなく情報を聞き出していたからだ。

薄く凹凸の乏しかった女童の身体は年を重ねるごとに女性らしい丸みを帯び、見紛うほどに雰囲気が変わっていく。

もともと可愛らしい女童だったので、美しい女人になるだろうと思ってはいたが、これほどまでにその一挙一動に惹きつけられてしまうほど魅力的に成長するとは思いもよらなかった。

日に日に高まっていく刹那への感情は、一年に一度だけしかその姿を見ることができないという特殊な状況が作り出した幻想に過ぎないと、蒼真は何度も己に言い聞かせてきた。

しかし、いざ鏡越しではなく直接その姿を目にしてしまえば、やはり蒼真の胸に燻《くすぶ》っていた感情は幻想などではなかったということをまざまざと思い知らされただけだった。

実際にその声を聞き、その身体に触れてぬくもりを感じられるこの上ない幸せは、とても一時的な感情などでは済まされそうにない。

偽りではあるが、婚約者であることにかこつけて刹那に触れる度に、このままずっと腕の中に閉じ込めてしまえたらと何度思ったことだろう。

図らずも刹那が長年抱えていたあまりにも深い心の闇にも触れ、なぜいつも祠の前で悲しそうな顔をしていたのか、その理由も察することができた。

村人たちに惨《むご》い仕打ちを受けていたというのに、それでも役に立てるのであれば命も惜しまないと口にする刹那の姿は、痛ましくもあり、それ以上に途方もなく愛おしくてたまらなかった。

できることならば、その傷ついた心に抱えた苦しみも痛みも全て取り払って、刹那を笑顔にするものだけを与え、その笑顔をずっと隣で見ていられたら、もう蒼真に望むことは何もない。

不謹慎ではあるが、蒼真はその瞳の色や手に宿る能力のおかげで刹那がまだ誰のものにもなっていなかったという状況に、感謝せずにはいられなかった。

人間たちの土地に大きな実害が出ている為、氷姫の件はなるべく早く決着をつけなければならない。

それでも、刹那に対しては急《せ》かさずに根気強く、あわよくば氷姫の件に決着がついたあともこの場所に留まりたいと思ってもらえるように、蒼真はあれこれ手を尽くした。

この場所に留まるということは、年齢を重ねることもなく、永遠に生き続けるということだ。

これまでごく当たり前のように感じていた四季の風景に心を躍らせることもなくなれば、新たな人や物と出会う機会をも全て奪ってしまうことになる。

そして、何よりも心苦しいのは、刹那がこの場にいる限り、普通の年頃の女性たちが経験するような日常のささやかな楽しみや、子を成して母親としての歓びを味わわせることができないということだ。

刹那はまだ若く、今は見出すことができていない未来の可能性も、この場所にいては潰すことになってしまいかねない。

それを知りながら、己の身勝手な想いで刹那をここに留めることが、どれほど酷なことであるのかは十分に理解している。

その為、蒼真は刹那が自らの意志でこの場に留まることを選択してくれるまでは、いくら口にはできないもどかしさに胸を苛まれたとしても、この想いを伝えるべきではないと考えていた。

幸い、雪音とも気が合うようで、その仲の良さは傍から見ればまるで姉妹のようだ。

あれから毎朝続けている刹那との朝の散歩では、最初は足元が危ないからと半ば強引に繋いでいた手に籠もっていた刹那の緊張も、最近では徐々に薄らいできているように思う。

自分に向けられるどんどん豊かになっていくその表情にも、蒼真なりの手応えは感じていた。

ただ、文字を教えていた際に、途中で寝入ってしまうほど警戒心を抱かれていないということに関しては、さすがに男としてどう受け取るべきか悩んだが——。

そんな矢先に起こった桃色秘薬の一件では、いくら冷静を装っていた蒼真でも、媚薬に性感を煽られて淫らに悶える刹那を目にし、一思いに抱いてしまえたらどんなに楽かと思わずにはいられなかった。

会いたくて身を焦がしていた女性《ひと》の肌に触れ、溢れ出る蜜に指を濡らし、快楽に喘ぐ声を聞きながらも、望まない形で処女を散らすことも、唇を奪うこともできず、あの時初めて蒼真は己の運命を呪った。

蒼真の愛撫にあんなにも敏感に淫猥な反応を示す刹那に劣情をそそられながらも、その瞳に自分は映っていないのだと思えば皮肉でしかない。

本当はもっと刹那の体力を消耗させずに快楽だけを与えることもできたのだが、まるで自身の昂《たかぶ》りをぶつけるかのごとく、容赦なく喘がせてしまった。

理性が焼き切れそうになるほどの刹那の媚態を前に、一線を越えなかったことは蒼真にとって奇跡に近かった。

幸か不幸か、あの夜の記憶は刹那には残っていないようだったが、氷姫が謝罪に訪れたあとから、どこか刹那の様子がおかしいことには気づいていた。

そんな胸騒ぎに不安を覚え、宴を抜け出して屋敷に戻ってみれば、部屋の中でひとり刹那は涙を流していた。

今、冷静になって思い返せば、なぜあの時刹那が泣いていたのか、その理由をちゃんと聞くべきだったと思う。

しかし、触れることを拒まれた挙句、ここを出て行くという刹那の言葉に、あの時の蒼真はとても冷静にその理由を聞き出せるほどの余裕は持ち合わせていなかった。

外界との接触が極端に少なかった刹那は、この世には村人たちとは比べものにならないほど醜く汚れた心を持っている人間が溢れていることを知らない。

この場所を去れば、決して恵まれた境遇で生きてはいけないことは理解しているだろうが、そんな覚悟だけでは足りないほど、刹那のように異端の印を持って生まれた者に対してこの世界はひどく残酷だ。

あまり刹那の耳に入れたい話ではないが、思い留まってくれるように無情な現実を脅すように告げれば、明らかに刹那の表情は青ざめ、躊躇いの色が浮かんでいた。

それでも、刹那は決して蒼真が望む言葉を口にはしてくれなかった。

むしろ、どこか蒼真を突き放すように逸らされた瞳は、これ以上の会話を拒むような刹那の意志さえ窺わせた。

極めつけには、生きる為であれば見ず知らずの男に身体を捧げることも厭《いと》わないという刹那の言葉に、蒼真がこれまで必死に抑えつけていた理性の箍《たが》は呆気なく外れてしまった。

絶対に手放したくない。いや、もう手放せるはずがない。

自分以外の男が刹那に触れるなど、想像するだけで気がおかしくなりそうだった。

愉悦を含んだあえかな声も、玉のように美しくなめらかで快楽に上気した肌も、その官能にしなった背中に零れる絹糸のような黒髪の一本ですら、独占するのは自分以外赦せない。

そんな胸の中に生じた煮え滾るような醜い感情を刹那に読み取られてしまうことを恐れ、思わず手首を縛ってしまった。

自身の身勝手な行動に罪悪感を抱きながらも、まだ固く閉じた蕾だった刹那の身体が蒼真の愛撫によってどんどん淫らに咲き乱れていく様子に心奪われ、ただただ溺れてしまう。

舐め啜れば止め処なく零れ落ちる蜜は芳醇《ほうじゅん》な美酒のように蒼真を酔わせ、そんな身体の反応とは裏腹に涙を流しながら拒む刹那の表情にも、一層苛虐心を煽られる。

これが刹那の心を踏みにじる行為であると知りながらも、嫌いだと口にされれば、耐えきれずに唇を奪ってしまった。

夢にまで見た柔らかな刹那の身体を掻き抱き、己の欲望で最奥を暴いても飢えは治まらず、もっと深く繋がりたいと貪欲に求め続けた結果、刹那が完全に意識を失うまで抱き潰してしまった。

本当は、こんなはずではなかった。

これまで散々村人たちの悪意や中傷に曝され、傷ついた刹那の心を少しでも癒したい。

自分が生まれてきた意味も見出せず、蒼真の言葉に涙した刹那を抱きしめながら、決して自分は刹那を泣かせたりしないと心に決めたはずなのに――。

いつの間にか、また刹那の目尻に滲み出していた涙が一筋、情事の余韻で赤みを残す頬を伝っていく。

気を失ってもなお涙を流し続ける刹那の姿に、蒼真はようやく今になって己が犯した罪の重さを痛感する。

こんな無体なことをしてしまったのだ。

これからは、触れようとしただけで怯えられることは必至だろう。

もう二度と、刹那は蒼真へあの花のような可憐な笑みを見せてはくれないかもしれない。

しかし、刹那を無理やり抱いてしまったことに対する後悔よりも、心は伴わずとも、ようやくその身体を自分のものにできたことに対する歓びの方がはるかに上回る歪んだ胸中に、蒼真は自嘲気味な笑みを浮かべる。

望まない行為を強いてつけた刹那の心の傷は、蒼真が謝罪したところでそう簡単に癒えるものではないだろう。

それでも、真摯に謝罪して今夜の出来事を単なる過去の過ちとして葬り去られるくらいならば、もっと非道なことをしてでも刹那の中に居座り続けたいと思ってしまうこの想いは、やはり相当歪んでいるのかもしれない。

刹那の幸せを、誰よりも一番に願っているはずなのに。

「……私のことは、一生恨んでいただいて構いません。それでも、もう少しだけ……私があなたの幸せを心から願えるようになるまで、この場にあなたを縛りつけてしまうことを赦してください……」

抱き合う互いの身体は、触れ合ってぬくもりを分け与えられるほどこんなにも近くにあるのに、決して触れることはできない刹那の心中に思いを馳せれば、言葉とは裏腹に蒼真の煩悶は募るばかりだった。

＊＊＊

翌日、刹那は軋むような身体の痛みで目を覚ました。

動かすことができないとまでは言わないが、全身の節々が酷使されたように痛む。

痛みを訴えかけてくる身体に表情を歪めながら、刹那は上体を起こす。

身体には毛布や布団がしっかりと掛けられていたが、寝間着は纏っていなかった。

視線を自分の身体に巡らせると、所々に蒼真からの口づけの痕と思われる鬱血を見つける。

それは、上半身にも下半身にも、白い肌の上に赤い花弁のように散りばめられていた。

縛り上げられ、確実に擦り傷ができていると思われた手首は、すでに手当てがされており、白い包帯が巻かれていた。

疲労に微睡《まどろ》んだ意識の中で、蒼真が汗や体液にまみれた刹那の身体を清めてくれていたような気がしたのは本当だったようだ。

鬱血の痕や包帯がなければ、いつも通りの清潔な身体のように思えた。

しかし、何か衣服を纏おうと重い痛みに抗いながら腰を上げようとした瞬間、どろりとしたものが刹那の中から流れ出す。

「……っ！」

自分の太腿を伝って流れる白濁した液体の正体に気づき、刹那はその場に座り込んでしまう。

昨夜の激しい情事が夢などではなかったことは、この身体の痛みや肌に残った口づけの痕がはっきりと物語っていた。

最早《もはや》、理性を保っていることができなかった刹那は、どこまでが現実だったのか分からないほどに乱れていた。

刹那の身体を激しく揺さぶりながら、蒼真がどこか苦しげに何かを呟いていたような気がするが、その記憶はまるで夢の中での出来事のようにおぼろげで、はっきりとは思い出すことができない。

それでも、刹那の中から溢れ出した子種は間違いなく蒼真のもので、何度も飽きることなく突き上げられた蜜壺には、しっかりと蒼真の形が刻みつけられてしまっているような妙な感覚が残っている。

「どうして……？」

刹那は、なぜ蒼真が自分を抱いたのか、その理由が全く分からなかった。

言葉では蔑むようなことを言いながら、それでも最後まで蒼真は刹那に快感しか与えなかった。身体が溶けてしまうような愛撫を全身に施され、何度も何度も激しく求められ、まるで刹那は蒼真に愛されているような感覚に陥っていた気さえする。

それ故、最初は激しく抵抗していた刹那も、徐々にその求めに応じてしまったのだった。

しかし、子種を体内に放たれたということは、義母が言っていた通り子を孕んでしまう可能性があるということだ。

この地は記憶力や治癒力以外の時間は止まっていると聞いているので、子を孕む危険はないのかもしれないが、刹那は不安ばかりが募る。

だが、ここを出て行くと言った刹那に蒼真が何の理由もなしにそんな無責任なことをするとは到底思えなかった。

そして何より、氷姫の想いを受け入れた矢先に蒼真が刹那にこんなことをした理由も分からない。こんなことをしても、誰も得をする人はいないし、かえって氷姫の不興を買うだけだというのに。

ことの理解が追いつかず、刹那が放心したようにその場から動けずにいると、唐突に声をかけられることもなくスッと障子戸が開けられる。

「あぁ、目を覚まされたのですね」

その声に、無意識に刹那の肩がびくりと震える。

咄嗟に掛け布団で露わになっていた胸元を隠しながら、恐る恐る視線を上げると、そこには昨日までと何も変わらない様子の蒼真が佇んでいた。

「おはようございます、と言ってももう夕刻ではありますが、お加減はいかがですか？」

まるで何事もなかったかのように話をする蒼真を、刹那は何も言えずにただ茫然と見つめる。

蒼真は褥の横まで来て腰を下ろすと、刹那の耳元で囁くように顔を寄せる。

「そんなに見つめられてしまうと、また強請られているのかと勘違いしてしまいそうになるのですが……、昨夜の房事だけでは足りませんでしたか？」

「なっ、……っっ！」

蒼真の言葉に驚いて身じろいだ身体が伝えてきた下腹部の鈍痛に、思わず小さく呻いてしまう。

「昨夜は加減できず申し訳ありませんでした。あなたの身体が、あまりにも心地好く私のものを締めつけてくるものですから。刹那殿も、最後まで気持ち良さそうに喘いでおられましたね」

姿形は変わらないのに、昨日とは別人のような蒼真の言葉に、刹那は冷水を浴びせられたような気持ちになる。

「……どうして、ですか？　どうして、あんなことを……」

ようやく紡ぎ出すことができた言葉は、みっともないほどに震えていた。

躊躇いながらも、真実が知りたくて逸らしていた視線を合わせると、蒼真はどこか歪《いびつ》な笑みを浮かべる。

「どうして？　男が女性を抱くことに、大した理由などありませんよ。特に金で買ってでも女性を抱こうとする男にとっては、女性などただの性欲の捌《は》け口でしかありません」

その言葉に、客になると言った蒼真にとって、昨夜の自分は欲の捌け口でしかなかったのだと、刹那は胸が潰れそうになるほどの衝撃を受ける。

蒼真に求められ、愛されているのではないかと感じた瞬間も、所詮、全ては刹那が抱いていた恋心が見せた幻想でしかなかったのだ。

「身体を売って生きていくとは、あなたが望まないどんな無体な仕打ちにも耐えなければならないということなのです。刹那殿は、本当にこのようなことをして生きていくおつもりなのですか？」

きっと、そうやって刹那が生きていけないことなど、蒼真も分かっている上で言っているのだろう。

道理として、刹那を諭しているのだということも分かっている。

しかしそれは、今の刹那にとって死刑宣告も同然の惨い言葉でしかなかった。

「……では、一体どうしたら良いのですか？」

虚《うつ》ろな瞳で、刹那がぽつりと呟く。

「私には、そうやって生きる道しか残されていないのに……、普通に生きていくことすら叶わないのに……っ」

昂る感情に声が震え、込み上げてくる熱いものによってどんどん視界がぼやけてしまう。

「神官さまは……、それも諦めて、私にただのたれ死ねとおっしゃるのですか……？」

「……っ⁉」

刹那の言葉に、蒼真は愕然《がくぜん》としたように目を見開く。

そして、言葉と共に零れた刹那の涙を見て、強く奥歯を噛みしめたように見えた。

「なぜ、あなたは……っ！」

蒼真は喉の奥で唸るようにそう呟くと、刹那の肩を掴んで褥の上に押し倒し、そのまま覆い被さるようにして唇を奪う。

抵抗しようとした腕は片手のみで易々と拘束され、もう片方の手で頤《おとがい》を固定されながら、呼吸をする間も与えられないほど激しく咥内を貪られる。

捉えられた舌先を吸われる度にじんと甘く脳髄が痺れ、否応なしに浅ましく身体が火照っていく感覚に、刹那はやりきれなさで胸が潰れそうになる。

喉奥まで犯されるような蒼真の舌の動きに翻弄され、繰り返される愉悦の波に身体は弛緩し、思考は完全に停止してしまっていた。

執拗な口づけで淫らに色づいた刹那の唇を指でなぞりながら、蒼真は残酷な言葉を口にする。

「刹那殿がそこまでおっしゃるのであれば、男に身体を売って生きることに躊躇いなど感じなくなるほど、私が客としてあなたを抱いて差し上げます」

昨夜も見た激しい感情を湛えた蒼真の眼差しに、刹那の頭の中で警鐘が鳴り響く。

しかし、すでに弛緩している身体では抗うこともままならず、掛け布団をはぎ取られた刹那はすぐさま蒼真の前に裸体を曝すことになってしまう。

「おや、昨日私が放った子種が零れてきてしまっているようですね」

目敏《めざと》く刹那の太腿に子種が伝った跡を見つけた蒼真は、膝が胸につくように脚を折りたたみ、まじまじと秘処を見つめる。

口づけの愉悦によって新たに溢れた蜜が子種を押し出しているのか、今も蜜口から何かがとろりと零れ落ちる感覚に、刹那は羞恥のあまり涙を滲ませる。

「まだまだ零れてくるようですね。またこの中にはたっぷりと子種を注いで差し上げますが、一度全て掻き出して綺麗にしましょうか」

「えっ……？　っ、あ、いやぁっ！」

蒼真は自分の指をぺろりと舐めて湿らせると、そのまま白濁を零す刹那の蜜口に沈み込ませる。

すでに蜜と白濁によって潤っていた刹那の蜜壷は、難なく蒼真の指を根元まで呑み込んでしまう。

そして、蒼真は指を鉤状《かぎじょう》に曲げて、蜜孔に溜まったものを掻き出すように何度も抽送させる。

「あ、あぁ……っ、んっ……あ、やめっ……」

鉤状に曲げられた指先に媚肉を抉るように刺激され、たまらず蒼真の手を取って止めようと腕を伸ばすと、くるりと身体をうつ伏せに返されてしまう。

腰を引き寄せられ、四つん這いで臀部《でんぶ》を突き出すような体勢にさせられると、今度は蒼真の指が二本挿入される。

「ひ、あぁぁ……っ！」

「私に此処を弄《いじ》られているのが丸見えで、恥ずかしかったのでしょう？　本当は私に触れられる度に艶やかに色づいていく利那殿のお顔を見つめたままでいたかったのですが、そのように恥ずかしそうに瞳を潤められては敵いませんね。こうすれば、利那殿の此処が美味しそうにこの指をしゃぶっている様子は、私にしか見えませんのでご安心ください」

「や、あっ……、こんな格好……っ、いやぁ……っ」

指を二本に増やされたことによって大きくなった刺激と圧迫感に、内腿がふるふると震えてしまう。

「口ではそうおっしゃっていますが、利那殿の此処は先程よりも気持ち良さそうに私の指に吸いついておりますよ？　あぁ、こんなに締めつけられては、これ以上指では掻き出せそうにありませんね」

ずるりと指を引き抜かれ、尻臀《しりこぶた》を左右に開かれたと思うと、身に覚えのある熱くぬるりとした感触が秘裂を襲う。

「っあ、……それ、だめ……っ、や、あぁっ！」

蜜を舐め啜るだけではなく、ぬるりと蜜壺の中にまで侵入してきたのは、間違いなく蒼真の舌だった。

今の自分がどのように蒼真に秘処を弄られているのか想像しただけで、利那の身体は燃えるように熱くなってしまう。

蜜壺の中をその長い舌でたっぷりと掻き回した挙句、花芯を弾力のある舌先で弾くようにくすぐられ、思わず上ずったような甘い声を洩らしてしまう。

「雪音たちには、今日の刹那殿は体調不良で一日部屋で休んでいるのでそっとしておくように言いつけておりますが、まだ夕刻ですので、あまり大きな声を出すと気づかれてしまうかもしれませんね」

そんなことを言いながらも、蒼真はわざと音をたてるようにして蜜を吸い上げる。

「そんな……っ、ひど、いっ……っんん！」

刹那は声が洩れないよう褥に唇を押しつけ、両手できつく敷布を握りしめながら、込み上げてくる快感を懸命にやり過ごそうとする。

「こんなにも身体は快楽に震えていらっしゃるのに、そうやって必死に声を堪えておられる姿、たまらなくそそりますね……。ご褒美を差し上げますから、頑張ってそのまま声は堪えていてくださいね？」

「っ？　……っんぁ!!」

だらしなく蜜を滴らせていた蜜孔に、いきり勃った剛直を背後から一息に突き立てられ、凄まじい愉悦が刹那の背筋を駆け上がる。

「あぁ……っは、あ……ん……っ！」

唐突に与えられた絶頂に全身が痺れたように強張り、思うように呼吸することすらままならない。

蒼真は愉悦の余韻に震える背中に覆い被さるように身体を寄せてくると、いたずらに舌で耳朶を嬲りながら囁いてくる。

「あぁ、こんなに上手に奥まで咥え込んで……。とてもあなたが昨日まで生娘だったとは思えませんね」

己の屹立を刹那の蜜洞に馴染ませるような緩慢な腰使いだけではなく、熱い唇が首筋や背中を伝って新たな痕を刻んでいくささやかな刺激にも、ゾクゾクと肌が粟立つ。

まるでもっと強い律動を乞うように蜜口が切なく戦慄き、咥えているものの大きさをまざまざと刹那に伝えてくる。

「我慢できずにそんなにきゅうきゅうと私のものを締めつけて、本当に刹那殿は私をどれほど夢中にさせれば気が済むのでしょうね……。これ以上私の身も心も弄ぶような真似をするのであれば、どんなに無慈悲なことをされても文句は言えませんよ？」

ゆっくりと怒張を限界まで引きずり出されたかと思うと、今度は最奥まで勢い良くねじ込まれる。

「……っあ！　んっ……んん……っ！」

「ほら、ちゃんと声を抑えてくださらないとだめですよ。その声は、私だけのものなのですから」

獣の交尾を彷彿とさせるような後ろからの挿入は、刹那に経験したことのない愉悦を与えてくる。最奥までまんべんなく責め立てられるように強く穿《うが》たれ、密着した腰を気まぐれにゆるりと回されて硬く張り上がった亀頭に奥を抉られる度に、苦しいほどの快感に意識が遠のきそうになってしまう。

度重なる絶頂に、触れられずとも赤く尖ってしまっていた乳首を指先で捩るように転がされ、貫かれたまま蜜にまみれて張り詰めていた花芯を弄られてしまえば、あとはただ堕《お》とされた官能の深みをさまようだけだった。

心を占める虚無感などお構いなしに乱れる刹那の身体は、次第に蒼真の律動に合わせて腰を揺らし、蜜襞は熱杭《ねつくい》を引き絞るように淫らに絡みついてしまう。

「自ら腰を振って、あなたの此処がどれほど淫らに私のものを貪っているのか、おわかりになりますか？」

蒼真の冷たい指先で蜜にまみれた結合部をつぅっとなぞられ、蜜口が痺れるように甘く疼く。

「こんなに奥に誘い込むように締めつけられては、私もあまり我慢できそうにはありませんね……」

戦慄く隘路《あいろ》を掻き分けながら、さらにその硬度と質量を増していく感覚に、刹那は無意識に呟く。

「あ、あぁ……いゃあ……中は、だめ……っ。っあ……中にはっ……ださないで……っん！」

ずくずくと小刻みに奥を突かれながらも、刹那が懸命に振り返りながら涙を湛えた瞳で懇願すると、不意に蒼真の動きが止まる。

「……私の子など、孕みたくないと？」

吐き捨てるようにそう言い放った蒼真の表情は、これまでになく冷酷なものだった。

蒼真は、そのただならぬ雰囲気に怯えを隠すことができずに身体を震わせる刹那の背に覆い被さり、包み込むように抱きしめると、耳殻に舌を這わせながらそっと囁いてくる。

「時間が止まったこの場所では、いくら体内に子種を放たれたところで、孕むことなどありませんよ。ですから、安心してこの一番深いところで私の子種を味わってください」

「っあ、あぁっ！」

再開された律動の激しさのあまり、刹那は堪えきれずに白い喉を仰け反らせて大きな嬌声を零してしまう。

花芯が引き攣るほど荒々しく揺さぶられながらも、蒼真の淫らな造形や動きに慣らされた刹那の身体は、どんな刺激も全て快感として拾い上げてしまっていた。

結合部で奏でられている聞くに堪えない水音と共に、蒼真の熱く妖艶な吐息が刹那の耳を掠め、迫《せ》り上がってくる愉悦が目の前を真っ白に染めてしまう。

「あぁっ、あああ……っ！」

きつく敷布を握りしめながら、刹那は首をすくめるようにしてぶるりと大きく身体を震わせる。

絶頂に達し、痙攣して激しく収縮を繰り返す媚肉をなおも擦り立てられる刺激と、最奥に熱い飛沫を浴びせかけられる息が詰まるほどの快楽に陶酔しながら、逃れられない深淵《しんえん》に引きずり込まれるように刹那は意識を手放した。

意識を失い、ぐったりとした刹那の身体を抱きしめたまま、蒼真は己の拳を強く握りしめる。

「どうして……あなたは、この場に留まることを選んでくださらないのですか？」

思わず蒼真の口から零れ落ちた狂おしいほどの激情は行き場を失い、ただ宵闇の冷たく張り詰めた空気に儚く消えゆくだけだった。

＊＊＊

次に刹那が目を覚ましたのは、翌朝、太陽が全て顔を出して間もない時間帯だった。

差し込む朝日に目を細めながら辺りを見回すが、部屋の中に蒼真の姿はない。

それでもしっかりと肩まで布団を掛けられた身体は綺麗に拭き清められていて、手首の包帯まで新しいものに交換されていた。

結局、また蒼真に世話をされてしまったのだと思うと、情けなさで泣きそうになってしまう。

無茶をしようとしている刹那を諭そうとしてくれた蒼真に反論したことは、自分でも恐れ多いことをしたと反省している。

きっと、蒼真には浅はかな女だと軽蔑されてしまっただろう。

もう、嫌われてしまったに違いない。

しかし、実際に刹那に残されている道などなく、氷姫と身を固める決心をした蒼真のそばにいつまでも留まっているわけにはいかない。

それに、もし氷姫が今の刹那と蒼真の関係性を知ってしまうようなことがあれば、確実に心を痛めるだろう。

蒼真のような人であれば、そんな氷姫の気持ちくらい簡単に汲《く》んでいそうなものなのに、なぜ刹那に固執するような素振りを見せるのだろうか。

『……私の子など、孕みたくないと？』

そう言った蒼真の表情は、酷薄でありながらも、どこか傷ついているようにも見えた。

あの時の蒼真の表情を思い返す度に、胸の奥に燻っている恋心が締めつけられるように疼いてしまう。

昨日よりは幾分かまともに身体は動くようになったものの、下肢の倦怠《けんたい》感は健在だった。

このままの状態では、この屋敷を出て長い雪道を歩くことなど到底できはしないだろう。

自身の保身の為にまだこの屋敷に留まろうとすることに罪悪感を覚えながらも、身形《みなり》を整えた刹那は、そのまま台所へ顔を出した。

そこではすでに雪音が朝餉の準備をしていて、刹那の姿に気づくなり、心配そうに足元まで駆け寄ってくる。

「おはよう、刹那。昨日は布団から起き上がれそうにないって蒼真から聞いてたけど、もう動いて大丈夫なの？　まだ、あまり顔色良くないみたいだけど」

「う、うん……。昨日一日ゆっくり休んだから、もう平気だよ」

これ以上の心配をかけまいと何とか笑顔を浮かべるものの、雪音の表情は一向に晴れない。

「……それならいいけど。やっぱり、慣れない環境で慣れないことさせちゃったから、疲れが溜まっていたのかもしれないわね。朝餉の支度の手伝いはいいから、利那は居間でゆっくりしてて」

「そんな、本当にもう大丈夫だから。私にもなにか手伝わせて？」

切望するような利那の眼差しに、雪音はたまらずといった表情でこめかみを押さえる。

「……もう。颯太の生真面目すぎる要望ならいつも余裕で一蹴しちゃうけど、そんな可愛い顔でお願いされたらたまったもんじゃないわね。って、あれ？　利那、その手首どうしたの？」

不意に袖から見えていた手首に巻かれていた包帯を指摘され、利那の心臓が嫌な音をたてる。

「両手首に怪我なんて珍しいわね。なにかあったの？」

まさか蒼真に縛られた所為で傷ができたなどとは、口が裂けても言えるわけがない。

雪音もそこまで深く追及するつもりはなさそうだが、上手くかわす為の言い訳が見つからず、利那は答えに窮してしまう。

「あ、えっと……、これは……」

「それは、植物によるかぶれですよ」

突然、背後から聞こえた声に、利那の鼓動が大きく乱れる。

振り返ると、そこには以前と変わらない様子で穏やかに微笑む蒼真が立っていた。

「かぶれ？　どういうこと？」

無邪気に問い返す雪音に、蒼真は表情を崩すことなくこともなげに答える。

「先日、庭を散歩していた際に、どうやら刹那殿の肌に合わない植物に触れてしまったようで。幸い、悪化する前に処置することができましたので、あと二、三日すれば包帯も取れますよ」

何の違和感も抱きようのない蒼真の返答に、雪音は納得しつつ、気の毒そうに表情を曇らせる。

「知ってはいたけど、人間は植物に触れるだけで肌を傷めることがあるなんて大変よね。かぶれって、確かかゆくなるのよね？　もう、かゆみはないの？　大丈夫？」

「う、うん。そんなにひどくないから、もう大丈夫だよ」

刹那は動揺を気取られないように微笑みながら、何とかこの場をやり過ごせたことに安堵する。

雪音に嘘をついてしまったことは後ろめたいが、この時ばかりは蒼真の助け船に感謝するしかなかった。

それでも、まさか素直に感謝を伝えるわけにもいかずに視線をさまよわせていると、蒼真の手が優しく刹那の肩に触れる。

その感触に思わず肩が震えてしまったものの、それは決して嫌悪から来るものではなかった。

戸惑いながらも視線を上げれば、柔和な眼差しに受け止められる。

そんな些細な仕草のひとつひとつに未だに心を動かされてしまう自分はなんと愚かなのだろうと、刹那は消せずにいる蒼真への想いを悔いてしまう。

「刹那殿、朝餉の支度は私が手伝いますので、支度が整うまで居間でゆっくりなさってください」

「えっ？」

まさかの提案に、刹那は目を丸くする。

屋敷の主に食事の支度をさせるなど、あってはならないことだ。

現に、この屋敷でもこれまで蒼真が台所に立つ姿など見たことがない。

「遠慮しなくていいのよ、刹那。蒼真だって私と颯太がいない時は、自分で炊事洗濯全般なんでもやっちゃうんだから」

「で、でも、そんなわけには……」

急な申し出に戸惑う刹那の耳元で、蒼真がそっと囁く。

「昨日もその前も、気を失われてしまうほどでしたらかね。まだ、身体は本調子ではないのでしょう?」

雪音には聞こえていないだろうが、そのきわどい内容に、刹那は頬の紅潮を止めることができなかった。

まるで閨事《ねやごと》の最中のような艶を含んだ声音に、心臓の高鳴りまで支配されてしまう。

「……申し訳ありません。それでは、お言葉に甘えて。よろしくお願いいたします」

そう言って、赤くなった顔を隠すように、刹那は俯きながら足早に台所をあとにした。

実際に刹那の体調は本調子ではないらしく、結局、雪音が張り切って用意してくれた朝餉も随分と残すことになってしまった。

後片づけの手伝いもほどほどに、もう一日養生していた方が良いと促され、部屋への廊下をどこかぼんやりとしながら歩く。

朝、目が覚めた時は大丈夫だと思っていたのだが、身体を動かしてみると、思っていた以上の疲労を感じる。

途中、足元がふらついて転びそうになると、「危ないっ！」という声と共に、小さな身体に支えられる。

気づけば、刹那の肩を抱きとめるように支えてくれていたのは颯太だった。

「おい、大丈夫か？」

そう言って心配そうに見上げてくる颯太は刹那よりも小柄だが、支えてくれているその身体が揺らぐことはない。

そんな力強さに、やはり男の子は小さくても逞しいのだと実感する。

「……大丈夫。少し、足元がふらついただけだから」

どこか引き攣ったような笑顔を浮かべる刹那の様子に、颯太の目元が険しくなる。

「どう見ても大丈夫には見えないから聞いている。そんな蒼白《あおじろ》い顔でふらつきながら歩いていたくせに、お前は自分の体調すらまともに把握することができないのか？」

相変わらず容赦のない颯太の物言いに、刹那は少しばかり萎縮してしまう。

颯太が刹那を気遣って言ってくれていることは理解しているが、体調が優れない時は、強い言葉にはいつも以上に気持ちが脆《もろ》くなってしまうのだ。

自分でも少々強く言いすぎたと思ったのか、颯太はどこか慌てたようにまくし立てる。

「ゆ、雪音に散々他人のことに鈍いと言われている僕でも気づいたんだ。僕よりもそういうことに敏感なあいつは、明るく振る舞ってはいても、もっとお前のことを心配している。聡明な蒼真様だって絶対にそうだ。……だから、苦しい時は無理に笑おうとするな」

決まりが悪そうに視線を逸らしながらも、その言葉は確かに刹那へ対する思いやりで溢れていた。

飾らない言葉は真っ直ぐに刹那の胸に届き、ぬくもりだけを与えてくれる。

「……ありがとう。やっぱり、颯太くんは優しいね」

「べ、別に僕は事実を言ったまでで、お前に優しくなどしていない……って、なぜ泣く⁉　やっぱり、大丈夫じゃないじゃないか！　ど、どこか痛むのか⁉」

「違うの……。これは、違う涙だから」

堪えきれずに流れてしまった涙を拭いながら、同時に刹那の顔からは自然と笑顔が零れてしまう。

そんな表情に、颯太が顔を真っ赤にして釘づけになっているとは、刹那はこれっぽっちも想像もしていなかった。

「どうかなさったのですか？」

唐突に聞こえた声に、刹那は思わず息をのむ。

ぎこちなくも声に誘導されるように顔を上げると、こちらに向かって歩いて来る蒼真と視線が合う。

なぜか刹那の表情を捉えるなり、蒼真がわずかに目を瞠る。

「蒼真様、やはり刹那様はまだ体調が万全ではないようです。足元がふらついて転びそうだったところを支えたのですが、ご気分が優れないようで」

「そう、でしたか……」

颯太の報告への蒼真の返答に、刹那はどこか歯切れの悪さのようなものを感じていた。

しかし、そう感じたのはほんの一瞬で、颯太に温和な表情で話しかける蒼真の様子に、すぐにそんな考えはかき消されてしまう。

「刹那殿にお怪我がなかったようで、なによりです。これも、颯太がそばにいてくれたおかげですね。ありがとうございます」

「い、いえ、たまたま近くに居合わせただけですので。私には勿体《もったい》ないお言葉です」

そう言いながらも、蒼真に褒められた嬉しさを隠せずにいる颯太の様子はどこか微笑ましい。

そんな和やかな気持ちで颯太を見つめていると、不意に強く腰を引き寄せられる。

驚いて身をすくませながらも、気づけば刹那は腰に蒼真の腕を回され、その腕に身体を預けるような体勢になっていた。

咄嗟に身体が距離を取ろうとしたものの、ただ添えられているように見える腕には有無を言わせない力が籠もっていて、決して刹那を逃がそうとはしない。

「心配ですので、刹那殿のことは私が部屋まで送り届けてしばらく付き添いたいと思います。颯太には申し訳ないですが、昨夜、私が作成していた資料の続きに必要な書物を集めておいていただけないでしょうか？」

「はい！　かしこまりました。蒼真様がお戻りになるまで、完璧に取りそろえておきます」

蒼真に仕事を与えられ、喜々とした足取りで廊下を駆けていく颯太の背中が遠ざかっていくと、刹那はひどく心許《こころもと》ない気持ちになってしまう。

「なぜ、そのような瞳で颯太を見つめるのですか……？」

「……えっ？　っ！」

その独白めいた呟きの意味を考えるより早く、腰を抱かれるようにして利那は部屋のある方向ではない廊下へと連れ込まれる。

そして、逃げ道を塞がれるように壁と蒼真の身体に挟まれて身動きを封じられてしまうと、そのまま強引に唇を奪われる。

「んっ、んんっ！」

抗おうとした腕は容易く蒼真の手に押さえつけられ、ぐっとねじ込まれた舌が利那の舌を絡め取り口蓋や歯列をねっとりと擦りつける度に、呼吸が乱れ、身体が熱を帯びてしまう。

「……んっ、ふっ……んん……ッ」

溢れそうになる唾液を啜り上げられながら、角度を変えて余すところなく執拗に口腔を貪られたかと思うと、今度は蒼真の口腔の中へと舌を引きずり込まれ、いたずらに音をたてられながら何度も強弱をつけて吸い立てられる。

その度に利那は背筋を迫り上がる愉悦に身体を震わせながら、理性をどろどろに溶かしてしまう淫らな熱に溺れてしまう。

利那の意志を伴わない強引な口づけであるはずなのに、巧みに動く蒼真の舌は呼吸を忘れてしまうほどの快楽ばかりを与えてくる。

無意識に舌の表面をなぞるような動きに応えるように利那からも舌を絡めてしまうと、あとは互いの舌を味わうような動きばかりが繰り返される。

刹那の身体から完全に力が抜け、ようやく口づけが終わりを迎えてもなお、離れたことを惜しむようにふたりの唇を銀糸が繋ぐ。

荒い呼吸を繰り返しながら、虚ろな瞳で蒼真を見上げる刹那の瞳は、今にも零れそうな涙を湛えていた。

「……あなたの涙は私だけのものです。他の男の前で見せるなど、赦せるはずがありません。それに、あのような笑顔まで……」

焼けつくような眼差しを受けながらも、刹那はまだ何も考えることができない頭で聞き流すことしかできずにいると、首筋に顔を埋めてきた蒼真に強く肌を吸い上げられる。

着物の胸元を崩され、口づけだけで汗ばんでしまった肌に痕を刻まれながら、裾を割るように侵入してきた蒼真の膝頭を脚の付け根に押しつけられてぐりぐりと刺激される。

「やっ、あぁ……っ！」

口づけで昂揚《こうよう》していた刹那の身体は、そんな間接的な刺激にすら敏感に反応を示してしまう。

「口づけだけで此処をこんなに熱くさせて……。あなたの身体は淫乱ですから、直に触れればもう蜜で濡れそぼってしまっているのでしょうね」

自分に向けられた蒼真の冷笑のような微笑みに、刹那の胸が鈍く痛む。

「……そんなことっ……っあ！」

視線を逸らしながらも精一杯張った虚勢も、直接下着の中に滑り込んできた蒼真の手によって無意味なものにされてしまう。

蒼真の冷たい指先が刹那の秘裂をそっとなぞるように動くだけで、ぬるりと滑るような感触を伝えてくる。

「あわいをなぞっただけでこれほどとは。あぁ、こんなに蜜口をひくつかせて、触れただけで指が呑み込まれてしまいそうですね」

蜜を纏った蒼真の指先が与えてくる焦らすような愛撫に、快楽に従順な身体は切ない疼きを募らせていく。

「……っや、あ……っ、こんな、ところで……やめ……っあぁ！」

何の前触れもなく焦らされ続けた蜜口に一気に二本指を咥え込まされ、刹那は激しく腰をのたうたせる。

「そうですね。このような場所ですので、また声を抑えないと雪音や颯太に気づかれてしまうかもしれませんね。ふたりに私から身体を弄られている様子を見てもらいたいとおっしゃるのであれば、話は別ですが」

刹那の膝の力が抜けかけている所為なのか、自重でいつも以上に奥まで指を咥え込んでしまい、蜜洞の深いところまで指で掻き回されてしまう。

両手で口を塞ぎ、何とか嬌声を堪えることはできても、蒼真の指が抽送を繰り返す度に奏でられるぬちゅぬちゅとした卑猥な水音は、どうあがいてもかき消すことはできない。

その間にも乳房がまろび出るほど着物の胸元を崩され、揉みしだく蒼真の指の動きに合わせて自分の乳房が形を変えていく様子を目の当たりにしてしまった刹那は、激しい羞恥に苛まれていた。散々指先で根元から扱《しご》くように弄られ、舌でも嬲られて硬くしこった刹那の乳首は、唾液にまみれて淫らに赤く色づいている。

これまでのような薄暗い部屋の中ではなく、向こうの外廊下から差し込む陽光に全てを暴かれている為、これまで以上の途方もない恥ずかしさに、刹那はいっそこのまま消えてしまいたいとさえ思ってしまう。

刹那の乳房を堪能した蒼真は、その場に膝をついて刹那の着物の裾を大きく割り、すでにたっぷりと蜜を含んで意味をなしていない下着をずり下ろすと、躊躇いもなくしとどに濡れたその中心に顔を埋《うず》める。

「んぁ……、ん、んっ……あ、んんっ！」

未だに蜜壺の中を二本の指で擦り立てられながら舌で丁寧に陰唇を舐めしゃぶられ、甘く痺れるような愉悦が必死に口を塞いでいた手まで震えさせる。

触れられずともその存在を主張していた花芯を舌先で探り当てられ、熱く濡れた蒼真の咥内で存分に舐られれば、もう声を堪えようとする思考さえ奪われてしまう。

「もう、感じすぎて苦しいのでしょう？　私がちゃんと見ていてあげますから、恥ずかしがらずに達してしまってください」

「やぁっ……あ、あ、あぁぁっ！」

花芯を吸われながら、隘路に潜り込んだ指先で花芯の裏を抉るように刺激され、刹那は抗いきれずに蒼真の指を引き絞るように締めつけながら絶頂に達してしまう。

全身を突き抜けた凄絶な快楽に、がくがくと身体が打ち震える。

蒼真は刹那の太腿を伝い落ちた蜜の跡に舌を這わせながら、わざと余韻を長引かせるように蜜壺の浅いところでゆるやかな指の抽送を繰り返す。

ようやく蜜壺から指を引き抜いて立ち上がった蒼真は、苦しそうに喘ぎながらも恍惚とした表情を浮かべる刹那を見下ろしながら指に纏っていた蜜を丁寧に舐め取る。

そして、肌が隠れる程度に崩れた着物を整えられたかと思うと、刹那は力が全く入っていない膝裏を掬われて抱き上げられてしまう。

「や……っ、はなして……」

「このままここで抱かれたくなければ、大人しくしてください」

冷たく言い放たれた言葉は、刹那に生まれたささやかな抵抗の気力さえ簡単に削《そ》ぎ落してしまう。

そのまま刹那の部屋まで運ばれて褥の上に下ろされると、荒々しい手つきで帯に手をかけられる。

「……や、いやっ……、おねが……っ、もう、やめて……」

蒼真の纏った苛酷な雰囲気に身を強張らせた刹那の眦《まなじり》から、ぽろりと涙が零れ落ちる。

そんな刹那の表情を、蒼真はどこか苦々しげな顔で見つめ返す。

「あの時も、そのような表情で、颯太のことを誘惑しようとしたのですか?」

「……誘惑? ……私は、そんなこと、してな……っやぁ!」

帯を解かれて着物を全て剝かれてしまうと、解けかかってしまっていた包帯で手首を縛り上げられてしまう。

「刹那殿の身体はひどくふしだらなようですので、私ひとりだけでは足りませんでしたか？　世の中には複数人に責められることに快楽を得る人もいるようですが、残念ながら私にはそのような趣味はございません」

褥の上で仰向けに寝かされ、膝を掴まれ左右に大きく開脚させられると、すでに熱くぬかるんだ秘処に硬く反り返った肉棒を押しつけられる。

「刹那殿がここにいらっしゃる間にまた変な気を起こさないよう、私が責任を持ってこの身体を躾《しつ》けて差し上げます」

その獰猛な眼差しに怯える心とは裏腹に、蜜口は押しつけられた屹立に吸いつくようにひくついてしまう。

「そんなに強請らなくても大丈夫ですよ。焦らずとも、まだ時間はたっぷりとありますし、刹那殿の身体が満足されるまで、私は何度でも付き合います。……ですから、どうか私を受け入れてくださいー──」

有無を言わせない強さで言葉を紡ぎながらも、そのどこか危うさすら感じさせるほどの切なさを滲ませた蒼真の表情から、刹那は目を逸らせなくなってしまう。

しかし、そんな表情に心を奪われていたのも束の間、計り知れない激しい感情をぶつけるように最奥まで一気に挿入された蒼真の怒張によって、刹那は限界までその身を蹂躙《じゅうりん》され、喘ぎ続けることになった。

いつ眠りについたのかも定かではないが、隣で何かが動いたような感覚に、微かに刹那の意識が浮上する。

刹那がぼんやりと薄目を開くと、まだ仄暗い部屋の中で、蒼真が今隣で身を起こしたように褥の上に座っていた。

そして、そっと刹那の前髪を掻き上げると、その額に蒼真は触れるだけの優しい口づけを落とす。

「今日は無体な真似はいたしません。ですから、刹那、どうかこのままゆっくりと眠っていてください」

どこか祈るようなその声音に、刹那は胸が甘くときめくような感覚を味わう。

しかし、蒼真が刹那に対してこのような優しい言葉をかけるはずがない。

これはきっと、刹那の願望が見せた都合の良い幸せな夢なのだ。

そう思い込んだ刹那は、また鉛のように重くなっていく瞼に抗うことなく、再び深い眠りへと落ちていった。

そして、次に目を覚ました時には、この出来事は完全に夢の一部として忘れ去ってしまっていた。

＊＊＊

刹那の意識がはっきりと覚醒したのは、正午も過ぎてしまったような時間だった。

もちろん、部屋の中にいたのは刹那ひとりだけで、いつもこの瞬間はこれまでの出来事は全て悪い夢だったのではないかと思ってしまう。

それでも、自分の手首に巻かれた包帯が目に入ってしまえば、この現実からは逃れられないのだということを強く思い知らされる。

呻くような声を洩らしながら重く節々が軋む身体を起こすと、胸元だけではなく全身に散った無数の口づけの痕に気づき、刹那は言葉を失ってしまう。

明るい場所で見るその痕は、いつか刹那が見かけた雪の上で踏みにじられていた赤い寒椿《かんつばき》の花弁を彷彿とさせた。

閨事の際、いつも蒼真の纏う空気が一変する。

口では刹那を嘲るような冷淡な言葉をかけながらも、その眼差しや行為は焦がされてしまいそうなほど激しい熱を帯びていて、抱かれる度に蒼真のことが分からなくなってしまう。

「——いっそ、痛みしか感じないくらい手酷く抱いてくれれば……。こんな……、惨めな気持ちにはならなかったのに……」

昨日も夢と現《うつつ》をさまよっているような状況で揺さぶられ続けながらも、蒼真が苦しげに何度も刹那の名前を口にしていたような気がして、そんなことを思い返すだけで胸が疼いてしまう。

恋という感情は厄介だ。

こんな気持ちさえ知らなければ、蒼真のことを憎むこともできたかもしれないのに、悪態ひとつつくことができない。

なぜ、蒼真は刹那が颯太を誘惑しようとしたなどと口にしたのかは分からないが、そんな誤解をされてしまったことにさえ、刹那は深く傷ついていた。

これまでも、きっとこれからも、これほどまでに刹那の心を捕らえて放さないのは、蒼真しかいないだろう。

それほど、刹那の胸の中は今でも蒼真のことでいっぱいだというのに――。

刹那は悲鳴をあげる身体に鞭《むち》を打って、身支度を整える。

今日がこの地に残っていた冬の精霊たちの出立日であり、その見送りの為にこの屋敷が無人になることを刹那は忘れていなかった。

ここを出て行く時は手紙を残していこうと思っていたものの、今の刹那にそんな余裕はなかった。

優しくしてくれた雪音たちに、礼儀知らずだと思われることは少し胸が痛んだが、何よりも刹那はこの屋敷を早く離れてしまいたかった。

今、この瞬間にも蒼真が帰ってきて、再びその姿を目に映してしまえば、刹那はこの胸に燻る想いごと振り切ってこの地を去ることなどできなくなるような気がしたからだ。

やっとの思いでここに来た時の小袖と袴に着替え、久しぶりに絹の手袋をつけると、突然、どこかで窓硝子《ガラス》が割れるような大きな音が響く。

何事かと思い障子戸を開け放つと、刹那の部屋からは少し離れた台所や湯殿の方向から、もくもくと黒煙が上がっていることに気づく。

「嘘……っ。火事⁉　どうして……⁉」

信じられない思いで黒煙を見つめる刹那の耳に、吠えるような怒声が届く。

「報復だぁっ‼　神の名を語る化け物め、この手で葬り去ってくれるわ‼」

どこかで聞いたことのある声――。

刹那は履き物も履かずに雪の上に飛び出し、ふらつく脚を叱咤《しった》しながら屋敷の表側に回る。

すると、屋敷からは一定の距離を保ったところで、数十人の男たちが火のついた弓矢や武器を構えて威嚇するように立っていた。

男たちは口々に「報復だ！」と叫びながら、屋敷に向かって弓矢を放っていく。

それは紛れもなく、刹那が育った村の男たちだった。

――そういえば、嫁入りを行うよりも、冬の神を退治した方がいいと言う人もいた。

刹那など当てにできないと、武力行使に踏み切ってしまったのだろうか。

刹那は考えるより早く、徐々に炎が燃え広がっていく屋敷の前に両手を広げて立ちはだかる。

「や、やめてくださいっ！」

遠目から見ても分かる異形な琥珀色の瞳の娘――刹那の登場に、村人たちは弓を引く手を止める。

「お、お前、生きていたのか⁉」

一瞬にして村人たちの顔と声色が、恐怖に染まる。

「ここは冬の神――いいえ、冬の神官さまが住まうところです。そんなところに火を放つなんて、皆様正気なのですか⁉」

いつも大人しく家の中に引き籠もっていた刹那が大声で叫ぶ姿に、村人たちは驚きに打たれる。

「こんなことをしても、村に春が訪れるわけではありません。お引き取りください！」

しかし、その場に静けさが訪れたのはほんの束の間で、再び男たちの怒号が響き渡る。

「じゃあ、その神官とやらはどこにいる！　そいつが俺たちを苦しめた元凶だ！　血祭りにしてやる！」

槍《やり》や斧《おの》を持った男たちが、屋敷の方に向かって歩みを進めてくる。

「この異常気象は神官さまの所為ではありません！　神官さまも村に春が訪れるように動いてくださいました。そして、問題の原因は解消されて、間もなく村にはちゃんと春が訪れます」

刹那が必死に訴えるも、完全に頭に血が上っている村人たちは、その声を全く聞き入れようとしない。

「お前……、俺たちに復讐《ふくしゅう》しようとしているんだろう」

「えっ？」

思いもよらぬ言葉に、刹那は目を瞠る。

「村での待遇が悪かったから、それを恨んでその神官とやらとつるんで、冬を長引かせていたんじゃないのか⁉」

「そうだ！　きっと、その気味の悪い目と力で、冬の神を籠絡したに違いない！」

「そんなヤツまで操るとは、なんて恐ろしい女だ」

「ちっ、違います！　私は、神官さまたちと一緒に冬を終わらせようと……」

「うるせぇ！　お前みたいな化け物の言うことなんか誰が聞くか！」

「今まで村長夫妻の厚意で生かされてきたっていうのに、恩を仇で返すのが化け物のやり方なのかよ！」

村人たちの言葉は、鋭い刃となって刹那の胸を抉る。

止むことのない罵声を浴びせかけられ、刹那は耳を塞いでその場に力なく座り込む。

そう思われていたことは知っていた。

仕方のないことだと理解していた。

それでも、言葉にされて感情のままにぶつけられてしまえば、脆い刹那の心など容易く壊れてしまいそうだった。

「あいつも冬の神の仲間同然だ。一緒に血祭りにしてやらないと気が済まねぇ。捕らえろっ！」

座り込んだ刹那を取り囲み、村人たちは乱暴に腕を引いて無理やり立たせようとする。

その拍子に小袖を強く引っ張られて衿《えり》元が乱れてしまい、赤い花弁が散った胸元が露わになってしまう。

「うわっ！　こいつ、本当に冬の神に抱かれてやがる！」

刹那が露わになった胸元を隠そうとしても、左右の腕を強く拘束されている所為でそれは叶わない。

逆に、まるで見せしめるように衿をさらに大きく左右に開かれ、胸元だけではなく乳房までもが男たちの視線に曝されてしまう。

「やめてっ……放してっ！」

「本当だ！　すげぇ痕の数だな」

「大人しそうな顔しやがって、身体を使って神すら籠絡するなんて、とんだ女狐《めぎつね》だぜ」

上半身を露出され、涙を堪えて羞恥に耐える刹那を男たちはせせら笑う。

「それにしても、こいつ、案外いい身体してんじゃねぇか」

刹那の腕を押さえていた男が、寒さに尖った乳首をいたずらに摘み上げる。

「――っ！」

加減など知らない力で摘み上げられ、刹那は痛みに声を洩らしてしまう。

「おい、やめろよ。お前までこいつに操られちまうぞ」

「なぁに、ちょっと味見するくらいいいだろ。どうせ殺《や》っちまうんだ。その前に、ちょっとばかし可愛がってやるだけさ」

「確かに、ただ殺っちまうには勿体ねぇ身体だな」

正直なところ、今まで村の男たちは家に隠《こも》りがちだった刹那の存在を、噂以外ではほとんど知ることはなかった。

幼い刹那が同年代の子どもたちが遊ぶ姿を物陰からこっそりと窺っていた姿を見た者はいたが、最近では滅多なことでは人前に姿を現していない。

禍々《まがまが》しい力と瞳を持った娘として悪名高い刹那ではあったが、まさかここまで美しい少女に成長していたとは、村人たちは誰も想像していなかった。

そして、その少女の清純な美しい身体は男に愛でられる悦びを覚え、今、大輪の花のごとく豊潤な色香を放っている。

恐怖に潤む琥珀色の瞳は、男たちの苛虐心を一層強く煽った。

舌なめずりをした男たちの手が、次々に刹那の身体に伸ばされる。

乱暴に乳房を摑まれ、袴の前紐を千切るように解かれて引きずり下ろされる。

「やぁっ！　いやぁっ、やめてっ！」

自分の身体を這い回る無数の手の感覚に、刹那は悪寒が止まらなかった。

男たちの手は乳房を潰すように揉みしだき、突起を虐げる。

「こいつ、吸いつくような肌だな」

「ただの気味の悪い娘だと思っていたが、これほど上玉とはな」

「こんなに大勢の男に触ってもらえて嬉しいだろ、淫乱女」

ひとりの男が刹那の胸にむしゃぶりつくと、ゾッとするような悪寒が背筋を駆け上がり、全身に鳥肌が立つ。

緋袴を脱がされ、白い小袖の裾を割って入ってきた手が、下着の上から刹那の秘処を無遠慮に撫で上げる。

「なんだよ、こいつ全然濡れてねぇじゃねぇか」

「なにぃ？　そこにぶっといの突っ込まれて悦んでる女が、そんなはずねぇだろ」

下着をずらされ、直接秘裂を擦り上げるようになぞられる。

そのあまりの嫌悪感に、刹那の目から涙が零れた。

「本当だ。全然濡れてねぇや」

「そんなもん、適当に舐めて唾で濡らして突っ込めばいいんだよ。じきに俺たちの液でぐっちゃぐちゃに濡れるさ」

その言葉に、男たちが下卑た笑い声をあげる。

これ以上の辱めに耐えられなかった刹那は、刹那の秘処に顔を埋《うず》めようとしゃがみ込んだ男の顎を、咄嗟に震える膝で蹴り飛ばした。

刹那の思わぬ反撃は村人たちの虚を突いたが、羽交い締めにされている腕からは逃れることはできなかった。

「こいつ、調子にのりやがって！」

振り上げられた男の手に、刹那が「殴られる！」と思った瞬間、突然、無数の氷の飛礫《つぶて》が村人たちを襲う。

その飛礫は、なぜか刹那を避けるように村人たちのみを攻撃し、村人たちは全身に受けた痛みに思わずその場にうずくまる。

「そんな汚い手で刹那さんに触るんじゃないですわよ、この下衆《げす》野郎どもっ！」

よく通る声と共に、雪を巻き上げるような突風が吹き、うずくまっていた村人たちが無様に雪の上を転がっていく。

その状況を茫然と見ていた刹那は、無意識に乱れた小袖の胸元を掻き合わせ、自分の身体を抱きしめるようにしゃがみ込んで震えていた。

「刹那さんっ、大丈夫ですの⁉」

その声に顔を上げると、そこには心配そうに刹那を見つめる氷姫の顔があった。

「ひょう、き……さん。ど、して……ここに」

恐怖で唇が震え、刹那はまるで片言のような言葉しか発することができなかった。

氷姫はそんな刹那を落ち着かせるように、優しく手を握る。

「無理に喋ろうとなさらなくてもよろしいですわ。あんなことをされて、大丈夫であるわけがありませんもの……。あなたにどうしても伝えたいことがあって、もう姿を見せる資格すらないことを承知で来ましたけれど、本当に来て良かったですわ」

氷姫の瞳は、今までにないほど怒りの色に燃えていた。

「雪女だぁ！」

「ほっ、本物だぞ！」

氷姫は数歩足を進めると、未だに雪の上に転がっている村人たちに絶対零度の心臓が凍てつくような視線を向ける。

「か弱い女子を寄ってたかって手籠めにしようとするなんて、男の風上にもおけませんわ――。あなた方、絶対に許しませんわよ！」

氷姫の纏う見るだに恐ろしい空気は、見る者全てに絶対的な恐怖を与えていた。

開いた氷姫の手のひらに、いくつもの尖った氷柱状の氷の塊が浮かび上がる。

それがじわじわと獲物を追い詰めるように、村人たちの足元や身体のそばにドスドスと突き刺さっていく。

村人たちは、必死の形相で雪に足を取られて転びながら逃げ回る。

「ひ、ひぃいっ！　助けてくれぇ！」

「村に妻と娘がいるんだ！　いっ、命だけは勘弁を！」

「だまらっしゃい！　この罪、死して償いなさい！」

氷姫が、村人たちの身体に狙いを定めて氷の塊を放とうとする――。

「氷姫さん、やめてぇっ！　その人たちに危害を加えないで！」

刹那の声に、氷姫の動きが止まる。

「どうしてですの⁉　この者たちはあなたを手籠めにしようとした連中ですのよ？　庇《かば》う必要などありませんわ。殺されて当然ですのよ！」

確かに、心を抉る罵声を浴びせ、嫌がる刹那を辱めた彼らを到底許すことはできない。

「それでも、殺すなんてだめです！　もう、十分ですから……。私は大丈夫ですから……っ」

今にも泣き出しそうな刹那の表情に、氷姫は眉根を寄せる。

そして、ため息を吐きながら忌々しそうに村人たちを睨みつけると、手のひらに浮いていた氷の塊を握り潰す。

「……ありがとうございます、氷姫さん」

「わたくしはあなたの代わりにあいつらを懲らしめてやっただけですもの。あなたがもう良いとおっしゃるのであれば、わたくしもこれ以上手出しはいたしませんわ」

少し不服そうに唇を尖らせてそう言う氷姫を見て、ようやく刹那は安堵したように微笑む。

しかし、次の瞬間、紫色に発光した不思議な光の帯が氷姫の身体に巻きつき、そのまま身体をきつく締め上げてしまう。

「きゃあぁっ！」

紫色の光に捕らわれた氷姫は、力が抜けたように膝からその場に崩れ落ちる。

すると、見る見るうちに銀色に輝いていた髪は灰色にくすみ、顔は青ざめ、苦悶の表情に変わっていく。

「氷姫さんっ！」

刹那は雪に足を取られながら氷姫のもとに駆け寄り、身体に巻きつく光の帯を外そうとする。

近くで見ると、それは経典のような文字の羅列が帯状に連なって紫色に発光していて、氷姫の身体に巻きついて離れようとしなかった。

「無駄だ。それは妖怪を封じる為の術のひとつだ。こんなこともあろうかと、呪術を使えるやつも連れてきたんだよ」

いつの間にか、また村人たちが刹那の周りを取り囲もうとしていた。

「妖怪も味方につけていたなんて、やっぱりこいつはとんでもねぇ女だ」

「少しは可愛がってやろうと思ったが、やめだ。この雪女と一緒に、今すぐ殺っちまえ！」

村人たちが武器を構えると、刹那は力なく倒れる氷姫を庇うように抱きしめた。

危機を救ってくれた氷姫とは違い、誰ひとり守ることのできない自分の無力さに、刹那はただ悔しさだけが込み上げてくる。

「逃げて……。わたくしは……大丈夫です……から」

色を失った氷姫の唇が、何とか言葉を紡ぐ。

それでも刹那は、氷姫から離れようとはしなかった。

「いやですっ、絶対にいや！」

迫り来る死の恐怖と闘いながら叫ぶ刹那を、村人たちは鼻で笑った。

「それじゃあ、仲良くふたりであの世に行っちまいな！」

ひとりの男が動き、刹那に向かってその手に握った斧を振り下ろそうとした瞬間――。

視界を真っ白に埋めるほどの雪と共に、息ができないくらいの突風が吹き荒れた。

「うぁああああああっ！」

雪を伴った竜巻のような突風に煽られ、村人たちの身体は紙切れのようにいとも簡単に吹き飛ばされる。

所々で男たちの悲鳴があがる一方で、刹那は自分たちの周りだけは温かい空気に包まれていることに気づく。

「ちょっとアンタたち、黙って聞いてれば勝手なことばかり言ってたけど、もう言い足りたかしら？」

「これだから下等な生き物は嫌いなんだ」

どこからか、頭の中に直接響き渡るような声が聞こえる。

その口調や声音は、紛れもなく雪音と颯太のものだった。

その声につられるように視線を上げようとすると、刹那の肩を優しい熱が包み込む。

「刹那殿はいつだってあなた方の役に立てるようにと考えておりました。それなのに――そんな彼女を傷つけるなんて、許さない……！」

刹那は焦点が定まらないまま、自分を包む声の主を見上げる。

「神官さま――……？」

もう見慣れた端麗な横顔は、間違いなく蒼真のものだった。

その表情にどことなく漂う殺気は、暴風雪にもがき苦しむ村人たちへ逸らされることなく向けられている。

蒼真は自分が羽織っていたであろう毛皮で、刹那の身体をすっぽりと覆い隠す。

そして、力なく倒れる氷姫を戒める光の帯に手で触れ、聞き慣れない言葉を紡ぐと、光の帯は硝子のように粉々に砕け散って消えてしまった。

戒めが解け、苦痛の色が氷姫の顔から消えると、ようやく刹那はほっと胸を撫で下ろす。

しかしそんな刹那の隣で、いつもは穏やかな蒼真の青灰色の瞳が蒼玉《サファイア》のような輝きを放ち、悪魔のような形相で村人たちを睨みつけていた。

ようやく周囲の風雪が止んだかと思うと、村人たちはあっと言う間に腰まで雪の中に埋まり、全く身動きが取れなくなっていた。

「脚が抜けねぇぞ！　どうなってんだ⁉」

「た、助けてくれぇ！」

武器を全て先程の突風でどこかに飛ばされ、逃げようにも逃げることのできない村人たちは、とっくに戦意を喪失していた。

蒼真は、一瞬にしてこの場の空気を変えてしまったのだ。

その様子を、刹那は信じられない思いで見ていた。

精霊たちを使役する――これが、神官の力なのだ。

「な、なんなんだ。あの禍々しい瞳をした男は……！」

「殺さないでくれぇ！　い、命だけは……」

恐怖に塗り込められた表情で怯える村人たちに対して、蒼真が口を開く。

「手荒な真似をして申し訳ありません。しかし、私はこの地を統べる冬の神官として、どうしてもあなた方に聞いていただきたいことがあるのです」

その声は雪原の空気に溶けるように響き、離れたところにいる村人たちの耳にもはっきりと届く。

「季節が止まり、あなた方の村を飢えさせてしまった原因は全て私にあります。精霊と人間の平和な共存の律を崩しかねない事態を招いてしまいましたこと、本当に申し訳ありませんでした」

そう言って深く頭を下げる蒼真を、村人たちは魂が抜けたように茫然と見つめる。

「今後、このようなことは二度と起こさないと約束いたします。お詫びにもならないかもしれませんが、あなた方の村が、これからの芽吹きの春、新緑の夏、実りの秋と、この世界で最も豊かになるように取り計らいましょう」

ですが、と蒼真は刹那の肩を抱く腕に力を込める。

「刹那殿は、ご自分の命を捨ててでも村を守ろうとこの地を訪れ、私に力を貸してくださいました。そんな彼女を侮辱し、辱めたあなた方を、私は許すことができません……」

蒼真の纏う空気が、高温の炎のように蒼く揺らめく。

その様子を目の当たりにした村人たちは、ひぃっと息をのむ。

村人たちに向けられた残忍なまでの鋭い視線や雰囲気は、刹那が知っているどの蒼真のものでもなかった。

「神官さま、も、もうやめてください！　私は大丈夫です……、大丈夫ですからっ！」

自分を抱きしめている蒼真が別の存在になってしまったよう気がして、怖くなった刹那はその胸にしがみつくようにして制止を乞う。

すると、蒼真がこれまでになく優しい微笑みを浮かべる。

「大丈夫です。彼らにひどいことはいたしません」

優しく細められた瞳の色はいつもと違うけれど、刹那は魅せられたように視線を外すことができなくなる。

蒼真は再び村人たちに視線を戻す。

「今後一切、この地に近づこうと考えないでください。あなた方が村に戻る頃には、すでに村には春が訪れているでしょう。それが刹那殿のおかげであるということを、絶対に忘れないでください」

蒼真が指を鳴らすと、村人たちの身動きを奪っていた雪が瞬く間に消えてしまう。

そして村人たちは、残った雪に足を取られながら、一目散に来た道を戻っていった。

＊＊＊

村人たちが去った雪原は、再びいつもの静寂を取り戻していた。

いつの間にか、黒煙を上げて燃えていた屋敷の火も消えている。

先程までの状況とのあまりの変貌ぶりに、刹那が我を忘れてただ茫然とその場に立ち尽くしていると、不意に強くその身体を抱きしめられる。

息が詰まるほどの力強い抱擁に思わず身体をすくませた刹那の耳を、熱い吐息が掠めた。

「――っ、無事で良かった」

その胸に迫るような声音に、刹那は全身が甘く痺れるような感覚を味わう。

衣服越しに伝わる蒼真のぬくもりが、恐怖で強張っていた刹那の身体の緊張を優しく解いていく。

そっと頬を撫でるように添えられた手に促されて顔を上げれば、鼻の先同士が触れてしまうような距離で、青灰色に戻っていた蒼真の瞳と視線が交わる。

「結界の力が緩んでいたようです。村人たちの侵入に気づくのが遅れ、申し訳ありませんでした」

痛みを堪えるように歪んだ蒼真の表情に、刹那は視線を逸らすことなく首を横に振る。

この胸に溢れる気持ちを伝える為の言葉を見つけられずに、何度も何度も首を横に振ることで気持ちを伝えようとする刹那を、蒼真はもう一度強く抱きしめる。

その温かい腕の中で、刹那は誤魔化しきれないほど強い胸の疼きを感じていた。

蒼真の顔を見る前にこの地を去ろうと思っていたのに、あろうことか去る以前に助けられてしまった。

こうしている今も、刹那を落ち着かせるように大きな手のひらで頭を撫でるように髪を梳かれ、その心地好い感覚が生み出す安堵に、もうこの地を去ることなど考えられなくなってしまう。

それでも抱きしめ返すことだけはできずに、蒼真の着物の胸元をぎゅっと握りしめながら零れそうになる感情を必死に抑え込んでいると、雪上に伏していた氷姫がもぞりと動く。

刹那は名残惜しそうに抱擁を解いてくれた蒼真の腕の中から離れると、しゃがみ込んでまだ上手く身体に力が入らない様子の氷姫に手を貸し、雪の上に座らせる。

「氷姫さん、大丈夫ですか⁉」

「……ええ、もう大丈夫ですわ。あんな下級な術に捕らわれるなんて、わたくしもまだまだですわね……。ちょっと、頭に血が上りすぎていたようですわ」

そう言って、氷姫は気まずげに笑う。

「助けるつもりでしたのに、逆に助けられてしまうなんて、わたくしったらなんて情けないのでしょう……」

意気消沈する氷姫に、刹那は何度も頭《かぶり》を振る。

「いえ、そんなことはありません！　私はなにもできませんでした。それに、氷姫さんが来てくださらなければ、私は今頃……」

そう言いかけて、蘇ってきたとてつもない恐怖と不快感に刹那は身をすくませてしまう。

今後、自分があのようなことに耐えて生きなければならないかもしれないと覚悟しておきながらも、今回のことは刹那には予想以上に堪えていた。

「もう、そのことは思い出さない方がよろしいですわ。忘れた方がいいなんて、同じ女として軽々しくは申し上げられませんけれども……。それでも、愛する殿方のそばに居れば、きっとすぐにその傷も癒えますわ」

「えっ……?」

氷姫の言葉の意味が分からず、刹那は首を傾げる。

「蒼真様に聞きましたわよ。あなた方、本当は婚約などなさっていらっしゃらなかったのですわね」

少し拗《す》ねたような氷姫の物言いに、刹那は言葉を詰まらせる。

氷姫はすでに、今まで刹那が彼女に隠してきたことを知っている。

それは、蒼真が氷姫に話したに他ならなかった。

でも、蒼真と氷姫は結婚するのだ。

蒼真が今回の一件の全貌を全て氷姫に打ち明けていたとしても、別に何もおかしいことではない。

「あなた方の振る舞いには、わたくし、すっかり騙されてしまいましたわ」

「……すみませんでした」

「いいえ。あなたが謝ることはありませんわ。正直、あんな下衆野郎どもが生きようが死のうが興味はありませんけれど、わたくしがこうしてここに長く居座った所為で、あなたの身体と心に傷をつけてしまったことは事実ですもの……。わたくし、知りませんでしたの。まさか人間の土地にそんな影響が出ていたなんて……」

氷姫は悔しそうに唇を噛みしめる。

「知らなかったでは済まされませんわよね。本当に、わたくしったらあなたに頭の上がらないことばかりですわ……」

心から反省している様子の氷姫に、刹那はそんなことはないと首を横に振って訴える。

「でも、恋心とは時に国ひとつ滅ぼしてしまうこともあるものだと、そんなお話を聞いたことがあります。己の感情に身を任せることで、他者までをも傷つけてしまうのであれば、それは決して正しいとは言えないと思います。だから、時には自分の気持ち以上に大切にしなければならないものがあるということを、これからは忘れないようにしなければなりませんね」

その言葉は、刹那が自分自身に言い聞かせているようなものだった。

刹那はここに来るまで、恋という感情がどんなものなのか分からなかった。

自分は他人にとって嫌悪の対象でしかなく、他人に好かれることもなければ、自分も誰かを好きになることなどないと思っていたのだ。

——それでも、刹那は蒼真に恋をしてしまった。

そして、誰かを好きになるということが、こんなにも苦しいものなのだということも知った。

こんな思いをするくらいなら、刹那はもう二度と恋などしたくないとさえ思ってしまうほどに。

だから、これ以上氷姫の心を傷つけるような行為を続けるわけにはいかない——。

「それでも、もっと早くわたくしに本当のことをおっしゃっていれば、わたくしもずっとあなたにあんな敵対心剝き出しな態度はとりませんでしたのに」

説明をしたところで、実際にあの頃の氷姫が聞き入れてくれたのかは、今となっては謎だ。

しかし、もしそれが事実だったのであれば、氷姫が目の下にクマを作るほど札合わせの勝負に躍起になることはなかったのかと思うと、単純に申し訳ない気持ちでいっぱいになってしまう。

と、氷姫はなぜか急にそわそわしながら、何かを取り繕うように一気にまくし立てる。

「わたくし、本当はあそこまで嫌な女ではありませんのよ？　どうしても、負けず嫌いな性格の所為であんな態度をとってしまいましたけれど、本当は、もっと女らしくしおらしい一面もありますの。とりわけ、女子には特に優しいですし、気遣いも忘れませんわ。だから、わたくしは侍女たちからも、とっても好かれておりますの」

突然なぜか必死にそんなことを言う氷姫の様子がおかしくて、刹那はくすくすと声を出して笑う。

「そんなことをおっしゃらなくても、氷姫さんがとても優しい方だということは、私も十分知っているつもりですよ」

そう言って笑う刹那を見て、氷姫は意を決したように刹那の手を握る。

「それでですわね……、えぇと……。あぁ！　もう、どう申し上げればいいのかわかりませんから、単刀直入に言いますわ。――わたくし、あなたとお友達になりたいんですの！」

出会って初めて敵意をぶつけられた時のような勢いで放たれた言葉に、刹那は目を丸くした。

氷姫の白雪のような頰が薔薇色に紅潮し、その表情はまるで意中の異性に想いを告げた乙女のようだった。

「本当は、こんなことを言えるような立場ではないことくらい、重々承知しておりますのよ？　でも先日、蒼真様にご相談した時も、きっと大丈夫だと言ってくださいましたし、あなたに伝えなければ、絶対に後悔するのではないかと思いまして……。――やっぱり、あなたに散々迷惑をかけたわたくしではだめですの？」

氷姫が何も言わない刹那をどこか寂しげな瞳で見ていることに気づき、刹那は慌ててしまう。

「い、いえ、そういうことではなくて！　あの、氷姫さんの言葉はちゃんと聞いていたのですが、聞き間違いじゃないかと思って……」

友達になりたい――刹那がそんなことを言われたのは、生まれて初めてだった。

まさか自分がそんなことを言われる日が来るなんて考えたこともなかった為、刹那は少し混乱していたのだ。

そんな刹那を見て、今度は氷姫がくすくすと笑う。

「あら、では何度でも申し上げますわ。だってわたくし、今日はこれを言う為にここに来たのですもの。――わたくしと、お友達になってくださらない？」

聞き間違いではなかったことに、今度は混乱ではなく素直に嬉しいという感情で心の中が溢れんばかりに満たされる。

「氷姫さんが助けに来てくださった時に、私を名前で呼んでくださったこと、すごく嬉しかったです」

「そうなんですの？　では、これからはずっと名前でお呼びしますわ、刹那さん」

視線が合い、なぜかおかしくてお互い笑い声が零れる。

「私も、氷姫さんとお友達になりたいです」

そう答えると、氷姫に突撃されるような勢いで抱きしめられた。

冷たいはずの氷姫の身体が今はとても温かく感じて、刹那もその身体を抱きしめ返す。

「お友達になったわたくしたちには、これでもう隠し事は一切なしですわよ」

「……はい」

もうすぐこの地を去ることを、刹那はまだ氷姫に言っていない。

それでも氷姫と蒼真が結婚する以上、必要以上に刹那がここに留まることはできないし、せっかくできた友人とすぐに離れなければならないことは、強く後ろ髪を引かれる思いだった。

そのことを告げようとすると、氷姫は名残惜しそうに刹那との抱擁を解く。

「また来年この地を訪れた時には、あなた方の馴れ初めからそれまでのことを全部聞かせていただきますから、覚悟していらっしゃい」

「えっ？」

またもや氷姫の言葉の意味が分からず、刹那は首を傾げる。

「すっとぼけるんじゃありませんわよ。先程見えた胸元の口づけの痕を見たら、毎晩、刹那さんがどんなに熱烈に蒼真様に愛されているのか、誰でも容易に想像できますわ」

「……っ!?　あ、あれは……！」

「いいんですのよ。人間はどうかは知りませんけれど、わたくしたち精霊は婚儀の前に結ばれることはそう珍しいことではありませんもの。あなた方の想いが通じ合ったのであれば、わたくしもこの上なく幸せですわ」

ふふふ、と笑って氷姫は立ち上がる。

「さて、これ以上ここにいると名残惜しくてまたしばらく居座ってしまいそうですわ。お父様たちもわたくしのことを待ちわびているでしょうし、そろそろお別れの時間ですわね」

「氷姫さん……?」

「せっかくお友達になれましたのに、すぐにお別れなんて残念ですわね。でもまたこの地に冬が訪れるまでの短い別れですわ。それまで、お身体に気をつけて蒼真様とお幸せにね、利那さん」

——そう言って、氷姫は今まで利那が見た中で一番美しい微笑みを浮かべて吹き上がった風雪と共に姿を消してしまった。

氷姫の姿が消えても、彼女が言い残した言葉の意味が理解できず、利那はその場を動けずにいた。

利那の解釈が間違っていなければ、氷姫は冬将軍たちと一緒にこの地を去ってしまった——らしい。

『らしい』というのは、まだ確証がないからであって、それでも先程の氷姫の言葉からは、そうとしか今の状況を解釈することができなかった。

氷姫は蒼真と結婚するはずなのに、なぜ——?

利那の頭の中は今、疑問符でいっぱいだった。

「まだ、この地を去ることを諦めていらっしゃらなかったのですね……」

ずっとふたりのやりとりを見ていた蒼真が、静寂を破るように刹那に問いかける。

いつも屋敷の中で着ていた着物とは違い、ここに来た時の衣装を身につけていた刹那を見て、そう思ったのだろう。

しかし、それも今では緋袴は脱がされ、乱れた白い小袖を隠すように毛皮を被っているという、何とも惨めな格好になっていた。

「そうであれば、見返りはちゃんとお支払いすると、最初の夜に申していたはずですが」

見返り——その言葉に、刹那は胸がぎゅっと締めつけられる。

「……見返りなんて、いりません」

「金品ほど、これからのあなたに必要になるものはないと思いますが」

「それでも、私はなにもいりません」

見返りが欲しくてずっと蒼真に抱かれたわけではない。

断固拒否の姿勢を貫く刹那に、蒼真は困ったようにため息を吐く。

「それでは、あなたに家を用意しましょう。春の神官殿が治める土地は、気候も人の気性も比較的穏やかだと聞いています。彼に頼んで、あまり人気のないところに家を」

「やめてくださいっ！」

悲鳴のような刹那の声に、思わず蒼真は口を噤む。

もう、刹那はこれ以上蒼真の言葉を聞いていられなかった。

どうしてなのだろう。蒼真は刹那を突き放すようなことを言っているはずなのに、そこからですら彼の優しさを感じ取ってしまう。

それは、未だに蒼真に恋心を抱いている刹那の妄想に過ぎないのかもしれない。

しかし、それならなおさら、もう刹那には関わってほしくなかった。

「私は、あなたにとってもう用済みなのでしょう？　私はなにも見返りなんて求めません。だからもう、私のことはほっといてくださいっ！」

込み上げてくる感情のままに放った声は、最後の方は情けないくらい掠れてしまっていた。

そんなことも制御できないほどに、刹那は自分の感情を抑えられなくなっていた。

しかし、蒼真はそんな刹那の言葉など全く聞いていなかったかのように、ふたりの間の距離を詰める。

「――では、なぜ泣いているのですか？　……あなたは、あの夜もそうやってひとりで泣いていらっしゃいました」

「えっ？」

瞬きをした瞬間、刹那の瞳からぼろっと大粒の涙が零れ落ちる。

「嘘っ……、なんで、こんな……」

いくら手のひらで拭っても、それは止め処なく刹那の瞳から零れ落ちる。

これではまるで、本当は離れたくないと泣いているようではないか。

止まらない涙を隠そうと蒼真に背を向けると、強い力で腕を引かれる。

そして、刹那はそのまま蒼真の熱い腕の中に閉じ込められる。

「いやっ！　放して……！」

「それならば、どうして泣くのですか？」

必死に腕の中から逃れようとする刹那の耳元で、蒼真は苦しげに囁く。

「私に関わってほしくないのであれば、泣かないでください。私は、あなたが泣いている姿を見ると、抱きしめずにはいられなくなる……っ！」

その言葉に、不謹慎にも刹那は胸を高鳴らせてしまう。

しかし、すぐにまたそうやって蒼真の優しさを都合の良いように解釈しそうになる自分に刹那は呆れてしまう。

「……やめて。もう、私に優しくしないで……」

涙で声が震え、情けなくなるような声しか出なかったが、それでも刹那は訴える。

「どうして氷姫さんの想いを受け入れたのに……、私にこんなことをするのですか？　こんな貞節をわきまえないことをして、氷姫さんに恥ずかしくないのですか？」

こんな触れ合いは、氷姫に対する裏切り行為でしかない。

涙で潤んだ視界はぼやけてはっきりしなかったが、それでも刹那は振り返って精一杯蒼真を睨みつけた。

しかし、睨みつけられた蒼真は、刹那の言葉の意味を計りかねるように眉をひそめる。

「刹那殿、なぜそのようなことをおっしゃるのですか？」

「……だって私、見たんです。宴があった夜、ふたりが庭で抱き合っているところを……」

利那の言葉に、蒼真はわずかに目を見開く。

「私には、立ち去ろうとする氷姫さんを、蒼真さんが強引に抱きしめていたように見えました。氷姫さんの顔も、とても幸せそうで……」

思い出すだけで、また胸が締めつけられる。

何も言わない蒼真の様子に、利那はやはり自分の考えが間違いではないのだと確信した。

しかし、逆に今度は利那が問われる。

「……だから、私が氷姫殿の気持ちを受け入れたのだとお思いになったのですか？」

「えっ……、はい。そうです」

蒼真の強い瞳に射抜かれて、利那は言葉に詰まってしまう。

そしてその返答を聞いた蒼真は、唇を噛みしめながらうなだれる。

蒼真の額が利那の肩に押しつけられ、再び強く抱きしめられて利那は慌てる。

「いやっ、ちょっ……」

「誤解です」

「…………え？」

「確かに私は、あの夜庭で氷姫殿を抱きしめました。――しかし、それは別れの挨拶として抱擁してほしいと氷姫殿に言われてそうしたまでで、それ以外にはなんの意味もありません」

はっきりと耳元で告げられた真実に、利那の思考回路が停止する。

「氷姫殿にとっては、あの抱擁に私とは違う意味が込められていたかもしれません。それでも、刹那殿が考えておられた意味ではなかったということは、彼女がこの地を去ったことで証明されているはずです」

何の躊躇いもなく語られる抱擁の経緯《いきさつ》に、刹那の顔は色を失っていく。

「じゃあ、蒼真さんが氷姫さんの思いを受け入れたと思ったのは……、私の……勘違い？」

「そのようですね」

きっぱりと自分の勘違いを肯定され、今度は刹那が激しくうなだれる番だった。

「嘘っ、そんな……っ！」

恥ずかしさと情けなさで、色を失っていた刹那の顔が見る見るうちに真っ赤に染まっていく。

誰にも真実を確かめずに、早とちりをして泣きながら蒼真を責めたという事実に、穴があったら入って、そのまま二度と出てこられないように埋めてほしいくらいだ。

蒼真は、真っ赤に染まった顔を隠すように手で覆う刹那を抱きしめる腕を緩めて、その肩に手を置く。

「これは単なる私の憶測ですが、もしやあの夜、刹那殿が急にここを出て行くとおっしゃられたのは、その勘違いの所為なのですか？」

半分以上正解を言い当てられたものの、とても素直にそうだとは言えない刹那は、首を横に振って根本的な理由を口にする。

「もう、全ての問題は解決されました。それなのに、私がここに留まる理由はありません。だから私はこの地を去る、それだけです」

「——では、私がずっとそばにいてほしいと願えば、刹那殿はずっとここに居てくださるのですか？」

「……え？」

反射的に見上げたその先にあった蒼真の蒼い瞳に、刹那は吸い込まれそうになる。

「この身勝手な想いが刹那殿から様々な希望を奪うことになったとしても、私にはもう、あなたがいない未来など考えられません」

熱い瞳で見つめられ、刹那は今度こそ胸の高鳴りを抑えることができなかった。

「……わ、私には、神官さまがおっしゃっていることの意味がわかりません……」

こんな瞳で見つめられてしまうと、また勘違いをしてしまいそうで、刹那は無理やり視線を外す。

それでも頬に手を添えられ、蒼真は刹那の心に直接訴えかけるように、刹那の瞳に自分を映そうとする。

「そのままの意味です。それほどまでに、私はあなたのことを心から愛しているのです」

蒼真の眼差しに囚われ、まるで身体が蕩けてしまいそうなほどの熱に浮かされそうになりながら、刹那は琥珀色の瞳が零れそうなほど目を瞠る。

「刹那殿のぬくもりを知ってしまった私は、もう、あなたと離れて生きることなどできそうにありません」

言葉を紡ぐこともできないほど混乱している頭の中は信じられない思いでいっぱいなのに、蒼真の言葉のひとつひとつが、じわじわと刹那の心を甘く痺れさせていく。

「刹那殿が私の顔など見ずにこの地を去りたいとお考えになった理由は、十分理解しているつもりです。あなたにそのような行動を取らせることを、何度も私はしたのですから――」

その蒼真の発言に、刹那は今自分に触れている温かい手が、これまで散々刹那の恥ずかしい部分を弄っていたことを嫌でも思い出してしまう。

しかし、それを罵ることもできない刹那は、何も言えずにただ羞恥に頬を染める。

「私が、氷姫殿に話した私たちの馴れ初めの話を覚えておりますか？」

「……はい」

村の外れにある祠に通っていた刹那に、蒼真が一目惚れしたというような内容だった気がする。

「私たちが本当の婚約者同士ではなかったということ以外、私はなにひとつ嘘は申し上げておりません。ですので、私が刹那殿がここへいらっしゃるよりも前にあなたに一目惚れし、すでに心を奪われていたことも事実です」

真面目な顔でそんなことを言われ、刹那は呼吸をすることすら忘れそうになる。

「う、嘘……」

「嘘などではありません」

「だって、そんなこと……有り得ない……」

「一年に一度、刹那殿の姿をこの目に映すことができる日を、私がどれほど心待ちにしていたことか、言葉などでは語り尽くすことができません」

鏡に映る刹那はいつだって途方に暮れたような顔をして、迷子の子どものようにきょろきょろと不安そうに辺りを見回していた。

そして、いつもどこか諦めたような顔をして来た道を戻っていくのだ。

「まるで涙を堪えるような顔でなにかを待ち続けていたあなたを、私はこの腕で抱きしめたくて仕方がありませんでした。それでも私は冬の神官としての役割がある以上、滅多なことではこの地を離れるわけにはいきません。ですので、鏡に映るあなたを見るだけで私は十分満足していたのです」

しかし――決して会うことはできないと思っていた刹那が目の前に現れた。

「あなたの声を聞き、村人たちを思いやる温かい心や可愛らしい笑顔を知った私は、もうあなたを手放すことはできないと思いました。それほどまでに、刹那殿の存在は私にとってかけがえのないものになっていたのです。ですからあの夜、刹那殿がここを出て行くとおっしゃった時、私は頭の中が真っ白になってしまったのです――」

なぜか泣いていた刹那に触れられることを拒まれ、思いもよらず告げられた別れの言葉に、蒼真の中でずっと抑制されていたものが弾け飛んでしまったのだという。

「正直、私は刹那殿に帰る場所がなくなったということを、心の底では喜んでいたのだと思います」

急にそんな残酷なことを言われ、刹那の心がずきりと痛む。

しかし、その言葉の意味は刹那が想像していたものとは違っていた。

「帰る場所がないのであれば、氷姫殿との繋がりが切れたあとも、もしかしたら刹那殿がこの地に留まってくれるのではないかと淡い期待を抱いたからです」

この地に暮らしているのは蒼真だけではないが、雪音は最初から刹那のことを気に入っていたし、最初こそ何だかんだと言っていた颯太も、今は満更でもなさそうだ。

「それが叶わなかったからと言って、刹那殿にあんな無体なことをしてもいい理由にはなりません。自分でも、とても最低な真似をしたと思っています……。それでも、生きる為には身体を売ることも厭わないと言うあなたが、他の男に抱かれていることを想像するだけで、私は腑《はらわた》が煮えくり返るような強い怒りと恐怖を覚えました。金で女性を買うような男に奪われるくらいなら、私が刹那殿の初めてを奪ってしまおうと――。それでも、私は自分が刹那殿にしたことを赦してほしいとは言うつもりはありませんでした」

蒼真は少しだけ目元を和らげて、自虐的な笑みを浮かべる。

「赦されて全てを過去の出来事にされるくらいなら、この先ずっと恨まれていた方が良い――。刹那殿の記憶の中から、私が忘れ去られてしまわないように」

その苦しそうな蒼真の笑顔に、刹那の視界が潤み始める。

「――どうして?」

ぽつりと刹那が呟く。

「どうして、そう言ってくださらなかったのですか……?」

刹那が勘違いをしていたということもあったが、お互いがもう少し自分の気持ちに素直になっていれば、あんなことにはなっていなかった気がする。

しかし、蒼真はさらに苦しげに表情を歪めながら顔を横に振る。

「ここに留まっていただけるように私がお願いすれば、優しい利那殿はそうしてくださったかもしれません。しかし、この地では永遠に時間が止まっています。ここに留まるということは、不老になり、私と人の一生以上の時間を共に過ごすということ――。あなたはまだ若く、無限の可能性を秘めています。そんな可能性を、私の欲の為に放棄させるようなことを、あなたに言えるはずがありませんでした。あのような行為を何度も強いておきながら、本当に私は矛盾している……」

狂おしさすら感じる眼差しで苦笑する蒼真の様子に、刹那は込み上げてくる熱い感情で喉の奥が苦しくなる。

「それならどうして……。どうして、あんなに優しく私を抱いたのですか……？」

震える唇で、絞り出すように刹那は言葉を紡ぐ。

「私をここに留めるつもりがなかったのであれば……、どうしてここにはなんの未練も残らないように……あなたのことを……嫌いにさせてくれなかったのですか？」

刹那の言葉に、蒼真がわずかに目を瞠る。

「……もっと、手酷く扱ってくれたらよかったのに。そうしたら、あなたを恨むこともできたのに……」

見つめる蒼真の瞳には、懸命に涙を堪える自分の姿が映っていた。

自分を映す真っ直ぐな蒼い瞳が、たまらなく刹那の胸を熱くさせる。

「私だって……、あなたの優しさで心が温かくなる度に、もう他になにも望まないから、このまま永遠に時間が止まってしまえばいいのに……、ずっとこうして、あなたの隣にいられたらいいのにって……、何度も、何度も心の中で願ってしまったほど……、あなたのことをすきになってしまったのに」

隠していた感情をそのまま口にすることに、すでに刹那には何の躊躇いもなくなっていた。

感情のままに零れ落ちた刹那の言葉に、蒼真は瞬きもせずに立ちすくんでいた。

束の間の静寂に居たたまれなくなった刹那は、くるりと踵を返してその場から逃げ出そうとする。

しかし、すぐにその腕を捕まえられてしまう。

掴まれた手のひらから伝わる蒼真の体温が、じわじわと刹那の体温を侵食していく。

「――今の言葉は、本当なのですか？」

蒼真の気配を背中に感じ、刹那は自分の肩がびくりと震えるのを感じた。

「刹那殿……」

そのまま手を引かれてふたりの間の空間を全て埋められそうになり、刹那は慌てる。

「だ、だめです！」

刹那は両手で突っぱねるようにして、わずかに蒼真と距離を取る。

「だめとは？　……やはり、先程の言葉は誤りだったのですか？」

「それは……！　その、そうではなくて……。……だって、まだ、信じられなくて……」

「信じられないとは？」

「……神官さまが、私のことを好きだなんて。そんなこと、とても信じられない……」

「私の言葉をお疑いですか？」

「いえ！　疑ってなど……。それでも、だって……私には、なんの価値もありませんし……」

そうやって自分を知らぬうちに貶めることを言う刹那に、蒼真は眉根を寄せる。

本当に価値のない人間など、この世には存在しない。

きっと、そのことを誰も刹那に教えてくれなかったのだろう。

そんな当然すぎる世の理《ことわり》すらを知らない刹那のことが、蒼真は腹立たしくもあり、たまらなく愛おしかった。

蒼真は自分と距離を取るように突っぱねられた刹那の手から、絹の手袋を外してしまう。

そして、冷気に曝された真っ白なその手を自分の両手でそっと包み込む。

そこから伝わるぬくもり――まるで全身を羽毛で包み込まれ、守られているような感覚はどこまでも優しく、その心地好さに意識が攫われてしまいそうだった。

しかし、そのぬくもりは全身に広がっていく過程で、所々にくらくらするような甘く切ない痺れを残す熱へと変わる。

その甘い誘惑に身を任せれば、きっと自分はもうそこから逃れることはできない――ふと、そんな考えが刹那の頭の中をよぎった。

きっとそれが、誰かに『求められる』という感覚なのだと、刹那は本能的に理解する。

「私は、胸中の平穏を保って感情を隠すことはできます。それでも、感情を偽ることはできません。これが、今の私の偽りのない感情です。――それでもまだ、信じていただくことはできませんか？」

誰であろうが、自分の気持ちに嘘をつけないことは、刹那が一番よく知っていた。

「それでも……、怖いのです……」

俯きながらそう呟く刹那の手を、蒼真はそっと放す。

「私のことが怖いのですか？」

その言葉に、刹那ははっとしたように顔を上げて首を横に振る。

「ち、違うんです！」

「いえ、そう思われても仕方がありません。自分を襲った男のことを怖いと思うのは当然です」

「それは……、怖くなかったと言えば嘘になります……。でも、怖いというのはそういう意味ではなくて……」

「では、どういう意味なのですか？」

顔を赤くして否定する刹那に、蒼真は不安げに問いかける。

その不安そうな蒼真の表情を目の当たりにし、刹那は観念したようにわずかに視線を上げて口を開いた。

「その……、私は今でも神官さまのことがどうしようもないくらいすきで、こんなにも胸が苦しいのに……。だから、これ以上神官さまのことをすきになってしまったら、いつかこの胸が壊れてしまうのではないかと思って、怖い――」

その言葉を言い終える前に、刹那は蒼真の腕の中に捕らわれていた。

「――躊躇わないでください。もっと……もっと、私のことを好きになってください」

熱い吐息が直接耳をくすぐるような距離で囁かれる。

「でも、私、こんな気持ちになるのは初めてで……。どうしたらいいのかわからなくて、神官さまを困らせてしまうかもしれないです……」

「いくらでも困らせてください。むしろ、あなたはもっと我が儘になってもいいくらいです」

「……本当ですか？　そんな私を、煩わしく思いませんか？」

心配そうに見上げてくる刹那に、蒼真は柔らかな笑みを零す。

「私にとっては、どんな刹那殿でも等しく愛しいのです。こうやってあなたを抱きしめて自分の想いを口にできる日が来るなんて、私は今、本当に幸せです」

自分に向けられる慈愛に満ちた眼差しに、刹那は心を埋め尽くしていた不安が払拭されていくような気がした。

身じろぎするのも億劫に思えるほど心地好い腕の中で、刹那はそっと蒼真に自分の身体を預ける。

優しく頰に添えられた手に導かれるようにわずかに顔を上げると、求めるような、それでいて請うような瞳と視線がぶつかる。

そして、それを受け入れるように刹那が瞳を閉じると、痺れるほど甘い口づけが降ってきた。

最初は触れ合って、軽く啄むような優しい口づけは、すれ違っていた心の距離を埋めるように熱く濃厚になっていく。

未だに口づけに慣れず、蕩けるような表情で小さく喘ぐ刹那の姿に、蒼真はさらに愛しさを募らせていく。

「もう、私のことを嫌いになって、ここを出て行きたいとおっしゃっても遅いですよ。絶対に離しませんから――」

少し虚ろな目で口づけの余韻に浸っている刹那を、蒼真はきつく抱きしめる。

それに応えるように、刹那もどこかぎこちなく蒼真の背中に手を回し、その胸に頬を寄せる。

「ずっと……ずっと、離さないでください」

またぽろりと零れた刹那の涙を、蒼真の唇が拭う。

刹那はその行為に驚きながらも、蒼真の嬉しそうな笑顔につられて笑ってしまう。

すると、上空をさまよっていたふたつの紫色の光が、刹那たちの方に近づいてくる。

「なんですか、この光……？」

「あぁ、これは……」

蒼真がその光に触れると、ぽんっという破裂音と共に、雪音と颯太が姿を現す。

「蒼真っ！　刹那っ！　おめでとーっ！」

雪音は短い腕をめいっぱい広げて、刹那と蒼真に抱きつく。

信じられないものを見るように固まったままの颯太を余所に、雪音は嬉しそうに刹那に頬ずりする。

「もう、蒼真がいつまでもちゃんと『ずっと前から好きだった』って言わないから、見てるこっちがめちゃくちゃヤキモキしたわよ！」

「えっ、雪音ちゃん知ってたの⁉」

そういえば、刹那が婚約者役を引き受けた時、雪音はやたらと嬉しそうにしていた気がする――。

「直接言ったことはないのですが、雪音は勘が鋭いですからね」

「ふふふ、女の勘をなめんじゃないわよ。つか、颯太！　アンタいつまでそんなところで固まってんのよ」

雪音の声に、颯太はハッと意識を取り戻す。

「そ、蒼真様、この度は大変おめでたきことで、その、おめでたきことすぎて、私の頭の中での処理がまだ……」

すぐに現状を受け入れることができず、混乱している颯太の様子に、刹那はくすくすと笑ってしまう。

刹那だって、まだどこか信じられないような気持ちで、まるで地に足がついていないような感覚だった。

もしかして、これはとても幸せな夢なのではないかと不安になるが、抱擁を解いても離れないように繋がれたままの蒼真の手のひらから伝わってくるぬくもりと止め処ない愛情が、これは現実なのだと教えてくれる。

自分を大切に思ってくれる人がいて、その人と共に笑顔でいられること——それが、当たり前のようで最も尊い幸せなのかもしれない。

今まで誰とも繋がれることのなかったこの手から幸せを感じ取ることができる——そんな幸せを、この先も決して手放すことのないように——。

そんな願いを込めて、刹那は蒼真の手を優しく握り返した。

＊＊＊

「神官さま……、あの、ひとりで歩けますから」

自分の身体や脚に回された逞しい腕の感触を感じながら、刹那はうろたえていた。

「いえ、遠慮なさらず」

優しく微笑む蒼真の眉目秀麗な面を間近に捉え、刹那はさらに落ち着かない気持ちになる。

この屋敷を出るつもりでいた刹那は、突然聞こえた村人たちの怒声に、履き物も履かずに雪原に飛び出していた。

それに気づいた蒼真に、足が霜焼けになってはいけないからと抱き上げられ、刹那は今の状況に至る。

村人たちの襲撃によって被害を受けた屋敷の一部は、雪音が従えている小さな雪だるま集団の働きによって、ほんの数分でものの見事に修復されていた。

それは、まるで村人たちの襲撃など悪い夢だったのではないかと思ってしまうほど、何の跡形も残されていなかった。

玄関をくぐり、ようやくこの密着した緊張から解放されると思った刹那だったが、蒼真は下ろす素振りなど全く見せずにそのまま廊下を突き進んでいく。

「神官さま、あの、どちらに行くのですか？　もうお家の中ですし、本当に、私は大丈夫ですから

「……！」

「……利那殿は、私に抱き上げられるのは嫌なのですか？」

あまりにも必死に下ろしてほしいと懇願する利那に、蒼真は表情を曇らせる。

わずかに切なさの滲む声でそんなことを言われ、誤解を与えてしまったのだと気づいた利那は慌ててそれを否定する。

「いえ！　そういうことではありません。だって、その、私……、重いですし……」

それに加え、この高鳴りすぎている心臓の音が蒼真に聞こえてしまったら恥ずかしいからだという理由もあるのだが、以前の失態も踏まえ、それは決して口にはできない。

しかし、その理由は言わずとも、蒼真は安心したように顔を綻ばせ、そっと利那のこめかみに口づける。

「そんなことを心配される必要はまったくございませんよ。利那殿は、まるで羽根でも生えているのではないかと思うほど軽いですから」

慈しみの籠もった青灰色の瞳に見つめられ、利那は驚いたように目を見開いたあとに、その頰を真っ赤に染めた。

そして、湯殿の脱衣所の前までやって来ると、利那はようやく蒼真の腕の中から解放される。

「お湯はもう準備されておりますから、冷えた身体をしっかりと温めてください。着替えはすぐに雪音が持って参りますので」

そう言われ、利那は初めて自分の身体が震えるほど冷たくなっていることに気づく。

「はい。ありがとうございます……」

立ち去る蒼真の後ろ姿を見て、利那はそのぬくもりが離れていくような感覚に、どこか心許ない気持ちになった。

脱衣所に入り、乱れた白い小袖を脱ぎ落とすと、利那は目の前にあった鏡に映る自分の身体を見て息をのむ。

昨夜、蒼真がつけた口づけの痕が全身に散っていることには気づいていた。

しかし、それとはまた別に引っ掻いたような真新しい傷痕が首筋や胸元、太腿にできていることにも気づく。

――これって……!

村人たちに力ずくで拘束された腕は青痣《あざ》になっており、所々、抵抗した際にできたと思われる内出血の痕もあった。

そして、力の加減などなく虐げられた胸の突起は、痛々しいほどに赤く腫れてしまっている。

一瞬にして蘇った生々しい恐怖に、込み上げてくる吐きそうなほどの不快感を何とか押し込めながら、利那は震える脚で湯殿に向かう。

「早く……。早く、きれいにしなくちゃ――」

＊＊＊

「ちょっと、蒼真！　大変よ！」

居間で颯太と共に書き物をしていた蒼真のもとに、珍しく雪音が慌てた様子で転がり込んでくる。

「雪音、騒々しいぞ。蒼真様はお仕事中なのだ。少しは気を遣って静かにしろ」

そう言って呆れたようにため息を吐く颯太などお構いなしに、雪音は泣きそうな表情で蒼真の着物の袖を強く引いた。

その尋常ではない雪音の様子に、蒼真は嫌な予感に胸がざわめく。

「雪音、どうしたのですか？」

「蒼真、早く来て！　刹那が、刹那が……っ！」

雪音から話を聞いた蒼真は、すぐに湯殿に向かった。

そして、無礼を承知で声をかける余裕もなく湯殿の扉を開ける。

「刹那殿！」

湯殿の中は湯気が籠もり白く霞んでいたが、蒼真はすぐに洗い場に座り込む刹那の姿を見つけた。

しかし、刹那は蒼真の存在に気づく気配もなく、一心不乱に海綿を掴んだ手を動かしている。

「……っ！」

蒼真はそのまま洗い場に足を踏み入れると、忙しなく動く刹那の手を掴み、そのまま自分の懐に抱き寄せる。

「……いやぁっ！　だめっ、触らないでぇっ！」

突然、暴れるように細い身体を捩って腕の中から逃れようとする刹那を、蒼真は必死に押さえ込む。

濡れて身体に貼りついた黒髪の間からのぞく刹那の胸元は、何度も何度も海綿で擦られた所為なのか、皮膚が擦りむけて血が滲んでしまっていた。

刹那の白い肌には、その色は視覚から痛みを訴えるほど鮮明で、腕や太腿にも同様にいたるところに血が滲んでいる。

その傷を目の当たりにし、蒼真は苦しげに表情を歪ませる。

「あなたは……、なにをなさっているのですか！」

力では敵わないと知っているはずなのに、一向に抵抗をやめようとしない刹那に、蒼真はわずかに声を荒らげる。

これ以上強い力で押さえ込もうとすると、衣服を纏っていない刹那の身体に傷をつけかねない。

「放してっ……まだ、よごれたところ……っ、きれいになってない……！　もっと、きれいにするのっ！　放しっ、んっ――」

蒼真は刹那の両手を自分のそれで絡め取ると、そのまま刹那の身体を湯殿の壁と自分の身体で挟み込むように押しつけて唇を塞ぐ。

突然の口づけに驚いて奥の方に隠れようとする刹那の舌を強引に絡め取り、呼吸すら奪うほどに深く貪る。

刹那は首を振って蒼真の唇から逃れようとするが、深く絡み合わせられる熱い舌の感覚に、徐々に抵抗もままならなくなっていく。

「……んっ……ふっ、んぅ……」

舌をきつく吸い上げられ、上顎をぬるぬると撫でられると、次第に刹那の口から甘い声が洩れ始める。

「……大丈夫です。あなたは、汚れてなどいません」

口づけのわずかな合間にそう囁かれながら咥内を思うままに蹂躙され、呼吸をする暇《いとま》も満足に与えられない刹那は、絡め合わされる熱にどんどん翻弄されていく。

その強引な口づけとは裏腹に、捕らわれた手のひらから流れ込んでくる、まるで眠りを誘うような優しく包み込まれる心地好い感覚に、刹那は身体も思考も支配されていった。

そして、最後は優しく啄まれる感覚を唇に感じながら、刹那は眠るように意識を手放したのだった。

＊＊＊

意識を失い、完全に力の抜けてしまった刹那の身体を柔らかい厚手の綿布で包み込んで抱き上げると、蒼真はそのまま刹那の部屋へ向かう。

雪音は着替えを持って行った際に、湯殿の中にいる刹那に声をかけたものの、全く反応がないことに違和感を覚え、湯殿の中をのぞいたらしい。

しかし、その時にはすでに刹那は狂ったように何度も自分の肌を海綿で擦っていて、雪音が止めても全く言葉を聞き入れてくれなかったのだという。

利那の部屋に着くと、状況を先読みしていた雪音が、着替えや傷薬などの準備をして待っていてくれた。

「刹那のバカ……。なんで自分の身体を傷つけるようなことするのよ……」

濡れた刹那の髪を綿布で拭いて乾かしながら、寝間着の胸元からわずかにのぞく摩擦で真っ赤に傷ついた肌を見て、雪音は瞳に涙を滲ませる。

蒼真は、涙は零すまいと懸命に歯を食いしばって堪えている雪音の頭を優しく撫でた。

「雪音、いろいろと準備をしてくださってありがとうございます。あとは私がやりますので、下がっても大丈夫ですよ」

雪音は、こくんと一度だけ頷くと、足早に部屋をあとにした。

蒼真は傷の手当てをする為に褥に横になった刹那の寝間着の胸元を寛《くつろ》げると、その惨状に再び顔を歪ませる。

「なぜ、こんなになるまで……」

傷のあまりの痛々しさに思わずそんな言葉が零れたものの、蒼真にはどうして刹那がこのような行為に及んだのか、その理由に察しはついていた。

村人たちの襲撃を知り、蒼真たちが刹那のもとに駆けつけた時には、その身体に纏う衣装は激しく乱れていた。

刹那はここにやって来た時と同じ格好をしていたのだろうが、緋袴は引き千切られたように雪の上に打ち捨てられ、白い小袖は身体を隠すというにはあまりにも頼りない有り様だった。

村人たちに取り囲まれ、術式に捕らわれた氷姫を庇うようにうずくまる刹那を見た瞬間、蒼真は暴走しそうになる力を抑えることができなくなった。

あの状況を見て、彼らが刹那を辱めたのだということは一目瞭然だった。

震える刹那の肩を抱くように自分が纏っていた毛皮で華奢な身体を覆い、そのぬくもりを実感してようやく理性を取り戻したものの、もう少し遅ければ蒼真は村人たちを全員殺《あや》めてしまっていたかもしれない。

傷薬を指先で掬ってそっと刹那の傷口に這わせると、眠ったままの刹那がわずかに眉根を寄せる。血が滲むほどの傷なのだ。意識がなくても痛みを感じているのかもしれない。

できることなら痛みなど与えたくはないが、刹那の真っ白な美しい肌に傷を残したくない一心で、蒼真は傷口に指を滑らせていく。

胸元に薬を塗り終えると、袖や裾をめくって腕や脚にも手当てを施していく。

一通り傷口に処置を施したあと、迷いながらも蒼真は刹那の両膝を優しく摑んで立たせると、そっと割り開いてその中心を見やる。

そして、昨夜酷使した以上に秘処が赤く腫れ上がっていることに気づき、思わず握っていた拳に力が籠もる。

それが胸元や腕などと同様に刹那が自らを清める為にやったことなのか、または村人たちにそうなるようなことをされたのか――。

後者であることを想像するだけで、蒼真はどうしようもない底知れぬ怒りが込み上げてくるのを感じていた。

しかし、蒼真はその一方で自分は村人たちのことをとやかく言える立場ではないことも理解している。

嫌がる刹那を力で押さえつけ、無理やりその純潔を散らしたのは紛れもない自分なのだ。

なぜ、刹那があんなに何度も暴挙を働いた蒼真のもとに留まることを選んでくれたのかは分からない。

それがもし刹那の優しさに付け込んでしまった結果だとして、いつか刹那が蒼真のことを赦してくれたとしても、それは決して簡単になかったことにできるような過去ではないのだ。

自分の行いを棚に上げ、村人たちを責める権利などないのだと、蒼真は自嘲的な笑みを浮かべる。

蒼真は再び薬を指で掬うと、赤く腫れ上がった秘処にも手当てをしていく。

秘裂を優しく撫で上げるように薬を塗り込んでいくと、無意識なのか刹那の口から悩ましげな吐息が洩れる。

その声にはっとした蒼真は、すぐに乱した寝間着を元通りに直すと、肩までしっかり布団を掛けてやる。

このまま刹那の目が覚めるまでそばで見守っていたいと思っていたが、湯殿で取り乱していた刹那のことを思い出すと、蒼真は複雑な気持ちになる。

あの時の刹那は正気ではなかったにせよ、再び触れることを拒絶されたという事実は蒼真にはとても耐えがたい苦痛だった。

もし、刹那が目を覚ました時に自分の顔を見て怯えたような表情をしたらと思うと、蒼真は不安でたまらなかった。

その不安から逃れるように刹那の部屋をあとにしようと踵を返すと、どこか苦しそうな刹那の声が耳に届く。

振り返ると、苦悶の表情を浮かべて小さく喘ぐ刹那の姿に、蒼真はすぐに駆け寄ってその身体を抱き起こす。

「刹那殿、どうなさったのですか⁉」

しかし、蒼真が声をかけても刹那が瞼を開けることはなく、苦しそうな声をあげて小さく身体を捩らせるだけだった。

──魘《うな》されている……？

刹那は何か良くない夢を見ているようだった。

白い面はさらに蒼白し、その額には珠《たま》のような汗をかいている。

「……いやっ……やだぁっ！　た……たすけてぇ……っ」

悪夢に苛まれながら、そう言って涙を流す刹那を、蒼真は強くその腕の中に抱きすくめる。

「大丈夫……、もう大丈夫ですよ。もう、なにも怖がる必要はありません」

指で優しく刹那の髪を梳きながら、蒼真はその耳元で何度も大丈夫だと繰り返す。

蒼真の声が届いたのかは分からないが、徐々に強張っていた刹那の身体から力が抜け、苦しそうだった呼吸も規則正しいものに変わっていく。

そして、刹那はぬくもりを求めるように、蒼真の胸にすがりついてくる。

無意識とはいえ、刹那に求められているような感覚に、蒼真は胸を熱くさせた。

刹那を深く抱き寄せてその髪に顔を埋《うず》め、柔らかい香りを堪能する。

そして、今夜だけは誰も自分が犯した罪を咎めないでくれと祈りながら、蒼真は刹那をその胸に抱き寄せたまま、褥の中に身体を滑り込ませた。

＊＊＊

真っ暗な空間に、刹那はひとりぽつんと佇んでいた。

何も見えない暗闇の中で、狭い空間にこだまするように刹那を蔑むような言葉がわんわんと頭の中に響く。

耳を塞いでもその罵声から逃れることはできず、暗闇の中にひとりという孤独感が、刹那の不安を一層強く掻き立てる。

そして、突然闇の中から現れた無数の手に身体を拘束され、素肌を弄《まさぐ》られる。

いくら『やめて』と叫んでも、その手は刹那を解放することはなく、どこからか必死に抵抗する刹那の姿を嘲笑うかのような声が聞こえた。

身体を強く拘束される肉体的苦痛と、心が引き裂かれるような精神的な苦痛を感じながら、刹那は何度も助けを求めて泣いていた。

死に物狂いで叫んだその声が届いたのか、急に無数の手が刹那の身体から離れ、代わりに温かなぬくもりに包まれる。

――大丈夫。もう、大丈夫ですよ。

優しく頭を撫でられるような感覚に安心感を覚え、一気に身体の力が抜けた刹那は素直にそのぬくもりに身を委ねていく。

そのあまりの心地好さに、刹那は思わず頬を擦り寄せてしまうほどだった。

そして、きっとこのぬくもりに包まれている間は危険に曝されることはなく、安心していられるのだと、どこかで本能的に察している自分がいるのだった。

＊＊＊

翌朝、刹那は日の出の光で目を覚ました。

何度か瞬きを繰り返しながら、褥の中から出ようと上半身を起こすと、寝間着に擦れた胸元の皮膚が引き攣るように痛む。

「つっ……！」

なぜか全身がひりひりと痛むような気がして寝間着の袖をめくると、そこにあった傷痕に昨日の記憶が鮮明に蘇る。

村人たちに無理やり触れられた感触を消し去ろうと、刹那は湯浴みの時に何度も自分の肌を海綿で強く擦ったのだ。

男たちの手が身体を這い回る感覚を思い出す度に悪寒がして、それを振り払うように必要以上に肌を擦りすぎてしまったような気がする。

自ら自分の身体に傷をつけるなんて、愚かなことをしてしまったものだと、刹那は深くため息を吐いた。

傷ついた胸元からはほんのりと薬のにおいがして、そのにおいに刹那は誰かが傷の手当てをしてくれたのだということに気づく。

「そういえば……」

現実の出来事の影響なのか、刹那は夢の中でも無数の手に襲われていた。

しかし、その悪夢から刹那を救い、大丈夫だと囁き続けてくれたぬくもりがあったことを思い出す。

夢か現かあやふやになるほど鮮明な感覚で、そのぬくもりに身を委ねるようにして眠っていたような気がする。

心なしか、自分の隣に誰かが一緒に眠ってくれていたような気がしたのだが、目覚めた時、確かにこの寝床の中には刹那しかいなかった。

きっとあれは、幸せな夢だったのだと考え直し、刹那は痛みに顔を歪めながら寝床から抜け出す。

刹那が身支度を済ませて台所に顔を出すと、朝餉の準備をしていた雪音に開口一番に怒られた。

「なんで自分の身体を傷つけるようなことするのよ！　刹那が傷ついて苦しい思いをするのは、周りにいるあたしたちだって一緒なんだよ⁉　もっと自分のこと大切にしなきゃだめでしょうが！」

それが全身にできていた傷のことを言われているのだと、刹那はすぐに気づいた。

――もしかすると、傷の手当てをしてくれたのは雪音なのかもしれない。

そう思うと、刹那はさらに申し訳ない気持ちでいっぱいになる。

「ごめんね、雪音ちゃん。……また、心配かけちゃったね」

素直に心配させたことを謝る刹那に、雪音は思いきり抱きつきながら鼻を啜る。

「どんな理由があったとしても、あんなこと、二度とやっちゃだめだからね！　またやったら、あたし本気で泣き喚いてやるんだから！　だから……、あたしの為にも、もう自分のことを傷つけるようなことはしないって約束して」

すでに泣きそうになっている雪音をそっと抱きしめ返しながら、刹那はしっかりと頷いた。

「うん、約束する。もう、絶対にあんなことしないから」

どんなに身体に残る感触を消そうとしても、その事実まで消し去ることなどできない。

こんなことをしても、全く無意味でしかないのだ。

しかし、それからというもの、雪音はあまりにも過保護すぎるほど刹那にべったりと貼りついていた。

もう、自分を傷つけないと言った言葉が信用されていないわけではないと思うが、就寝している時間以外、食事や散歩、刺繍をしている時も終始一緒にいた。

それは湯浴みの時間も例外ではなく、雪音は雪の精霊なのであまり熱には強くないはずなのだが、それを我慢してまで刹那と湯船に浸かってくれている。

雪音に他の用事がある時は、代わりに颯太がいつも刹那のそばにいた。

そんなに見張るような真似をしなくても大丈夫だと言いたいものの、未だに暗い感情が胸をよぎることを完全に否定することはできなかった。

そしてそれは、今の刹那と蒼真の微妙な距離感がそう思わせているのかもしれなかった。

冬の精霊たちがこの地を旅立ち、お互いが想いを告げたあの日から、刹那と蒼真はろくに話ができていない。

まともに顔を合わせることができるのも食事の時間くらいで、それ以外はその姿すら見かけないような状況だった。

以前から蒼真が忙しい立場にあることは知っていたが、氷姫がいた頃は少なくとも札合わせをしている間は同じ空間にいて、その優しい眼差しを感じていることができた。

そして、ことあるごとに刹那のことを気にかけ、見知らぬ土地でも不便のないように尽力してくれたことも知っている。

しかし、今では顔を合わせてもあまり笑顔を向けてはくれず、話しかけようとしてもすぐに目の前から姿を消してしまう蒼真に、刹那は徐々に寂しさを感じ始めていた。

避けられているのだろうか――?

刹那は、そんな不安があの悪夢を助長させている気がしてならなかった。

「なんか最近、蒼真の様子がおかしいのよね」

一緒に手巾に椿の花を刺繍していた雪音が、何気なしに呟く。

「お、おかしいって、なにが……？」

刺繍をしていても蒼真のことばかり考えていた刹那は、その言葉に過剰に反応を示してしまう。

「春の精霊って、基本的には穏やかな性格で、揉め事を嫌う性質の精霊ばかりなの。だから滅多に問題なんて起こらないし、あたしたちとしては、春の精霊がここにいる今が一番のんびりしていられる時期なわけ。それなのに、最近の蒼真ったらやたら自分の部屋に籠もって調べ物したり、毎晩のように外出してるじゃない？　どこかで問題が起こってるなんて話も聞かないし、なぁんかおかしいなと思って」

確かにこのところ、夕餉後にいつも蒼真が外出していることには刹那も気がついていた。

以前は夕餉後に居間で談笑したり、双六《すごろく》遊びに興じたりすることもあったが、まるで刹那との必要以上の接触を避けるように、すぐに部屋から出て行ってしまう。

そして、雪音たちにもただ出かけるとだけ告げて外出し、屋敷に戻るのはいつも夜明け間近になっているらしい。

「まぁ、蒼真のことだから、どこかの女のところに転がり込んでるってことはないだろうし、だからなおさら気になるのよねぇ」

雪音としては冗談のつもりで口にしたようだったが、それを耳にした刹那は、急に言いようのない不安に襲われる。

「……それって、本当に有り得ないことなのかな？」

「え？　なにが？」

「その、神官さまが女性のところに通ってるんじゃないかっていう話……」

今まで全くそんなことを考えていなかった刹那だが、考えてみると、有り得ない話でもないような気がしてしまう。

現に、蒼真は氷姫から熱烈な求愛を受けていたし、春の精霊の中にもそのように蒼真に好意を抱いている精霊がいないとも限らない。

蒼真の心変わりを疑うわけではないが、果たしてそんなことが絶対に有り得ないと断言できるものなのだろうか——。

それに、直接話はしていないものの、村人たちの襲撃の際に刹那が彼らに身体を弄られたことは、あの時の無残な格好で蒼真も察しているだろう。

いくら村人たちに触れられようと快楽を感じることはなかったが、大勢の男に弄られた刹那の身体を、蒼真は穢《けが》らわしいと思っているかもしれない。

もし、それが刹那を避けている理由なのだとしたら、決して洗い流すことなどできないこの穢れは、一体どうしたら良いのだろうかと、底知れない闇の中に突き落とされた気分になってしまう。

しかし、そんな不安に囚われた顔をしている刹那とは裏腹に、雪音はけろっとした顔できっぱりと断言する。

「それは天地がひっくり返っても絶対に有り得ないわね」

疑う余地など全くないという風にはっきりと言われ、そのあまりの潔さに利那は拍子抜けする。

「……どうして、そんなにはっきり有り得ないって言えるの？」

「そんなの、ずぅっと蒼真のこと見てたんだから、嫌でもわかるわよ。まぁ、事実こうやって刹那を不安な気持ちにさせてる時点で、ちょっと愛情表現が下手だなぁとは思うけど……。それでも、蒼真が刹那を想ってる気持ちは本物よ。っていうか、蒼真も刹那も口下手なのがいけないのよ！一度、ふたりだけでゆっくり話し合ってみたらいいんじゃない？」

「……うん」

雪音にそう言われ、ほっとした部分もあったものの、やはりそれだけでは全ての不安要素が払拭されたわけではなかった。

きっとこの不安をどうにかできるのは、この世でただひとり——蒼真しかいないのだろう。

蒼真が何を考えているのかも知らずに、ただひとり悶々と考え込んでいても何も解決しない。

刹那はその日も夕餉後に早々《はやばや》と外出してしまった蒼真が戻ったら少し話をしてみようと、眠らずに待っていることにした。

心が落ち着かない所為か、どんどん夜が更けていっても寝床の中で瞼を閉じている刹那に眠気が訪れることはなかった。

特に最近は寝つきが悪く、眠りに落ちたとしてもあの得体の知れない無数の手に襲われる夢を見てしまう為、刹那は眠ることに対して若干の抵抗が生まれていた。

それでもその夢の最後には、必ず優しいぬくもりが刹那を無数の手から救い、いつまでもそこにいたいと思うような心地好い感覚を残していってくれる。

いつもそのぬくもりが隣に居てくれるような気がするのに、目が覚めると部屋の中にひとりぼっちであるという現実に、刹那は何度虚しい気持ちになったことだろう。

その夢が悪夢だけではないおかげで何とか睡眠を取ることができているが、いつかあのぬくもりが訪れない日が来たらと思うと、刹那は怖くて仕方なかった。

そして、刹那はそのぬくもりを心のどこかで蒼真に重ねる度に、幸せを知ってしまったことを後悔してしまいそうになるのだ。

不安に苛まれ、閉じられた刹那の瞼の隙間から滑り落ちるように、一筋の涙が零れる。

すると、廊下の方から足音を忍ばせて歩く人の気配を感じ、刹那ははっとして瞼を開く。

蒼真が帰ってきたのかもしれない――。

そう思い、刹那は身体を起こそうとすると、この部屋の障子戸の向こう側で人の気配が立ち止まったことに気づく。

部屋の前で鉢合わせになるのも気まずいような気がして、刹那はその気配が通り過ぎるまでそのまま褥に横になっていようと決める。

しかし、その気配が部屋の前を通り過ぎることはなく、予想外にも刹那の部屋の障子戸がゆっくりと開かれた。

驚いて咄嗟に目を閉じて眠っているふりをしてしまったものの、目を閉じる前に捉えたのは間違いなく蒼真の姿だった。

そっと障子戸を閉めた蒼真は、足音を忍ばせて刹那のそばまで来ると、褥の横に腰を下ろす。

そして、何かに気づいたように刹那の頬に片手を添える。

突然頬に感じたぬくもりに、刹那は身体が震えそうになるのを必死に堪える。

「……また、魘されていたのですね」

そう呟いて何かを拭うように優しく触れる蒼真の指先を目元に感じながら、刹那は微かな違和感を覚える。

――『また』って、どうして私が悪夢を見ていることを知っているの？

これ以上心配させてはいけないと、刹那は雪音たちには夢の話は内緒にしている。

睡眠不足で目の下にクマができているようなこともなかったはずだ。

それなのに、どうして毎晩屋敷を空けていたはずの蒼真が、刹那が悪夢に魘されていることを知っているのだろうか。

「……すみません。本当に、申し訳ありません……」

どうして蒼真が謝罪の言葉を口にするのだろうと考えていると、ふと、瞼の向こうに感じていたわずかな月の光が陰る。

そして、眠っているふりがばれないように力を抜いていた唇に、柔らかな熱が押しつけられる。

まるでぬくもりを分け合うようにぴったりと利那の唇に重なったのは、紛れもなく蒼真の唇だった。

あまりにも不意を突かれた口づけに、声をあげてしまいそうになった刹那だったが、何とかそれを喉元で堪えた。

蒼真に抱かれた時にされた貪るような口づけとは異なり、ただ唇を重ね合わせ、お互いの熱を共有して確かめ合うような口づけに、利那の胸が甘く打ち震える。

そして次第に重ね合わされた蒼真の唇が、利那の下唇を優しく食《は》むように意志を持って動き出す。

蒼真の唇によって与えられる微弱な刺激に、利那は重なった部分から甘く溶かされていくような気がした。

——しかし、そんな甘い時間も唐突に終わりを迎える。

穏やかな口づけに酔い、上手く呼吸ができなくなった利那が微かに苦しげな吐息を洩らすと、蒼真はすぐに身を引いて口づけをやめてしまったのだ。

利那が声を洩らしてしまったことに動揺しているうちに、蒼真はどこか名残惜しそうに口づけの余韻で赤く濡れた利那の唇を指でなぞると、立ち上がって部屋を出て行こうとしてしまう。

その遠ざかっていく後ろ姿に、利那は眠っているふりをしていたことも忘れて声を発していた。

「……待って！」

その夜陰に溶けてしまいそうな小さな利那の声に、障子戸に手をかけようとしていた蒼真の動きが止まる。

「いっ……行かないでください……っ」

情けなくなるくらい弱々しく震えた声で、利那は必死に蒼真を呼び止めた。

そして、その声に反応して振り返った蒼真は、上半身を起こした利那の姿を見て目を瞠る。

「……申し訳ありません。起こしてしまいましたか？」

少し気まずげに微笑む蒼真に、刹那は首を横に振る。

「いいえ。あの、私、神官さまとお話したいことがあって……！」

逸《はや》る気持ちから、そう言って寝床から出ようとする刹那を、傍らに来た蒼真がやんわりと押し留める。

「今はまだ真夜中です。今夜も冷えますし、風邪でも召されたら大変ですので、お話は明日お聞きします。ですから、今夜はもうお休みになってください」

蒼真の言うことは正しい。

それでも、本当に明日、また蒼真と話をすることができるのだろうか――？

ただ、刹那と話をするのが嫌で、そんなことを言っているのではないだろうか――。

尽きることのない不安は、胸の奥から濁流のごとく溢れ出してくる。

ずっと蒼真の気持ちを確かめることばかり考えていた刹那は、もうわずかな時間ですら待つことができなかった。

「……嫌いに、なってしまったのですか？」

ぽつりと呟いた刹那の言葉に、蒼真は眉をひそめる。

「刹那殿？　なにをおっしゃっているのですか？」

蒼真に怪訝《けげん》そうに尋ねられ、刹那は溢れ出しそうになる感情をぐっと堪えて顔を上げる。

「神官さまは……、私のことが嫌いになってしまったのですか？」

瞳に涙を湛えてそんなことを言う刹那に、蒼真は驚いたように目を見開く。

「まさか、嫌ってなど……！　なぜ、突然そのようなことをおっしゃるのですか？」

どこか困惑したような表情を浮かべる蒼真に、刹那は声を震わせながら必死に言葉を紡ぐ。

「最近の神官さまは……、私のことを見る度に辛そうなお顔をされています……。私がお話をしたいと思っても、近づくとすぐにどこかへ行ってしまわれます……。それは、どうしてですか……？」

「それは……」

視線を逸らして口籠もる蒼真の様子に、刹那の不安が一層強く煽られる。

「私が刹那殿になにか誤解を与えるような行動を取ってしまったのだとしても、私があなたを嫌いになることなど有り得ません。今も、刹那殿に告げた想いになにひとつ変わりはございません」

真摯な青灰色の瞳を受け止めながら、その言葉に偽りはないのだとしても、刹那はそれだけで安心することはできなかった。

「では、どうして……、どうして私に触れてくださらないのですか……？」

「えっ？」

刹那が思い切って蒼真に抱きつくように広い背中に腕を回そうとすると、蒼真は咄嗟に刹那の肩を掴んで距離を取ってしまう。

その日の当たりにした現実に、ついに刹那の瞳から涙が零れ落ちる。

「やっぱり……嫌なのですね……」

刹那が涙を流していた時、いつも蒼真は抱きしめてその胸のぬくもりを与えてくれた。

しかし、今はそのぬくもりも遠く、涙がはらはらと零れ落ちるだけだった。

「私が、神官さま以外の男性に触れられたから……」

「……刹那殿？」

膝の上に置いた手を、刹那は手のひらに爪が食い込むほど強く握りしめる。

「私が汚れてしまったから……。だから神官さまは私に触れるのが嫌になってしまったのですね……」

すると突然、刹那は寝間着の衿を乱し、その裾で胸元を強く擦り始める。

「刹那殿!? なにをなさっているのですか！」

蒼真は素早く刹那の手首を摑み、その手を胸元から引き剝がす。

「放してくださいっ！　まだっ、まだ綺麗になってない……っ！」

ようやく治りかけていた胸元の皮膚が、また一部赤くなってしまっている。

「もうおやめなさい！　そんなことをしても、過去を変えることなどできません。あなたが無意味に傷つくだけです！」

腕に力を込めて拘束する手を振り払おうと身体を捩る刹那を、蒼真は力ずくで押さえ込む。

しかし、腕の中に抱き込んでしまおうとしても、刹那は簡単にその中に収まってくれない。

そして、しばらくしてようやく力では敵わないと悟ったのか、抵抗の弱まった刹那が乱れた呼吸で何かを口走る。

「もっと……、に……っ、き……するからぁ……っ」

涙に濡れた琥珀色の瞳に見つめられ、そこから放たれる危うげな色香に、蒼真は不謹慎にも鼓動が高鳴るのを感じる。

「もっと……きれいにするから……。だからっ……だから……、きらいにならないで……っ」

その心臓が揺さぶられるような悲痛な声に、蒼真は表情を大きく歪ませる。

そして、そのまま刹那を腕の中に閉じ込めるように掻き抱いた。

最初は強く抱きしめられたことに驚いていた刹那も、次第にしがみつくように蒼真の胸元に頬を寄せて泣きじゃくる。

「あなたは……、まったく汚れてなどいません。私が愛した、美しい刹那殿のままです」

温かい手のひらが、刹那をなだめるように頭を撫でてくれる。

「私は、あなたに触れたくないと思ったことなど一度だってありません。いつだって、こうして私の腕の中に留めておくことができたらどんなに幸せかと考えてしまうほどです。ただ――」

触れたくなかったのではなく、触れられなかったのだと、蒼真は刹那を抱く腕の力をさらに強めながらそう言った。

「あなたを手籠めにした私は、あの村人たちとなんら変わりはありません……。自らの身体に傷をつけるほど思い悩み、夢の中でも苦しんでいる刹那殿を見て、それが私の所為でもあるのではないかと考える度に、どうしようもない後悔の念に襲われました……」

毎晩、外出を終えて蒼真がこの部屋を訪れる度、刹那は苦悶の表情を浮かべて夢魔に侵されていた。

「確かに……あなたを避けるような素振りをとってしまったことは否めません。しかし、それはこうして触れてしまえば、私はまたあなたの気持ちなど考えずに、欲望のままこの腕の中に閉じ込めてしまうと思ったからです」

利那をこれ以上傷つけたくないと思いながらも、その無防備な笑顔を向けられると、蒼真は今まで鍛錬して保ってきた平常心が脆くも崩れ去ってしまいそうになるのを何度も経験していた。

「そんな私の行動が、逆に刹那殿を不安にさせていたことに気づかず、本当に申し訳ありませんでした」

蒼真の心からの謝罪に、刹那は大きく首を横に振った。

「私の方こそ……ごめんなさい。私があんなことをしたから……、その所為で神官さまがご自分を責められていたなんて……」

本当に自分はどこまで愚かなのだろうと、刹那は申し訳ない気持ちでいっぱいになる。

自分だけが不安を抱えているのだと思い込んでいたものの、それは蒼真だって同じだったのだ。

「でもっ、あれは神官さまの所為ではありません！　村の男の人たちに無理やり身体を触られて、私……っ、本当に怖くて……気持ち悪くて……。その感覚が今でも消えなくて、夢の中でもたくさんの手に襲われて……」

「それ以上、辛い記憶を呼び起こす必要はありません」

ガタガタと身体を震わせる刹那を落ち着かせるように、蒼真は優しくその背中をさすってくれる。

それでも、拙い刹那の言葉ではまだ蒼真に伝えきれていないことがたくさんあるような気がした。

「でも、私は……神官さまに手籠めにされたなんて一度も思ったことはありません……」

唐突にそんなことを口にする刹那に、蒼真は目を瞠る。

「確かに……無理やりだったかもしれません。それでも、心のどこかで神官さまに抱かれて悦んでいた自分がいたことも事実なのです……」

口ではやめてと言いながらも、初めて恋をした異性に全身を愛撫され、貫かれる狂うような快感は、確かに刹那の記憶に鮮明に刻み込まれていた。

「もし、神官さまの想いを知らないままこの地を去っていたとして、誤解が解けないままだったら悲しい記憶になっていたかもしれません。それでも、私は神官さまに抱かれている時、何度も愛されているような感覚に胸が疼いた瞬間がありました。だから、私がこのまま自分の身体を売るようなことをしなければ生きていけないのなら、初めてが神官さまで良かったって……」

必死に自分の気持ちを伝えようとする刹那に、蒼真はどこか困ったような表情を見せる。

「刹那殿……。無理にそんなことをおっしゃらなくてもいいのですよ」

「ちっ、違います！　私は、無理なんてしていません」

どんなに刹那がこれは本心なのだと訴えても、蒼真は切なげに微笑むだけだった。

「刹那殿は本当にお優しい……。それでも私は、自分の犯した罪を簡単に赦していただこうとは思っておりません」

刹那は自分がどんなに御託を並べても蒼真を安心させることができないことに、焦燥感にも似たもどかしさを覚える。

どうしても、この気持ちを伝えたい――。

そう思った刹那は、蒼真の着物の胸元を握りしめ、強く身体を引き寄せる。

そして刹那は、そのまま蒼真の唇に自分の唇を重ね合わせた。

その刹那の意表を突く行動に、蒼真がわずかに息をのんだのが分かった。

茫然と口づけを受けていた蒼真から唇を離すと、刹那は震える唇で何とか声を発する。

「神官さまが信じてくださらないのであれば……、信じてくださるまで、私っ、やめませんから……っ」

自ら口づけをしたことの羞恥心で頬を紅潮させた刹那が再び蒼真に口づけようとすると、力強い手のひらに後頭部を摑まれ、そのまま食らい尽くされるような熱い口づけを施される。

「んんっ……ふぁっ……、……んぅっ……」

いつもはその激しさに思わず舌を引いてしまう刹那だったが、今は何とかその口づけに応えようと、拙くも自らの小さな舌を蒼真の舌に絡めようとする。

それに気づき、歓喜した蒼真は、角度を変えながらさらに刹那を深く貪っていく。

そして、息も絶え絶えに蕩けたような表情で見つめてくる刹那の顔中に、蒼真は優しい口づけの雨を降らせる。

目眩を感じるほどの濃厚な口づけの余韻に浸りながら、刹那は痺れた唇を何とか動かす。

「……しんじて……くださいましたか？」

未だに心配そうに問う刹那に、蒼真は狂おしいほどの愛しさが込み上げてくる。

「はい……。とても……、とても嬉しいです」

色恋に免疫のない刹那にとって、自ら口づけをすることが、どんなに勇気が必要か――。

そうしてまで、自分に気持ちを伝えようとしてくれたことに、蒼真は泣きそうなほどの喜びに胸を締めつけられた。

その言葉にようやく安堵の表情を浮かべた刹那は、自分の頬を包む蒼真の手に自らの手を重ねる。

「もう……、私に触れることを躊躇わないでください」

刹那は蒼真の手を取り、それを自分の胸元に持っていく。

「刹那殿、なにを……」

思わず手を引こうとした蒼真に、刹那はそれを押し留めるように訴えかける。

「私は……、もう神官さま以外には触れられたくないのです」

強請るような熱を孕んだ琥珀色の瞳に射抜かれ、蒼真の中に眠る欲望がドクリと脈を打つ。

「――いいのですか?」

何をとは言わずに問うた言葉に、刹那は睫毛を震わせながらこくりと頷く。

そして、再開された口づけに体温を上げる刹那の身体を、蒼真は優しく褥に押し倒した。

＊＊＊

刹那の寝間着の胸元を寛げた蒼真は、赤くなっていた皮膚を労るように唇を這わす。

そして、ちろりと舌先で肌を舐められると、その刺激に思わず声が洩れる。

「すみません、痛かったでしょうか？」

心配そうに顔をのぞき込まれ、刹那は顔を赤くしてそれを否定する。

「痛くは……ないです」

濃厚な口づけによって十分感度を高められてしまっていた刹那の身体は、すでにわずかな刺激にも敏感に反応するようになってしまっていた。

「それでは、私以外の男に触れられたところを全て消毒させてください」

そう言って、蒼真は刹那の全身に残る消えかけた傷痕の全てに舌を這わせていく。

消毒というわりにその動きはひどく官能的で、刹那は口から零れそうになる嬌声を必死に堪える。

そして、村人たちに腫れ上がるほど虐げられた乳首にも、蒼真は包み込むようにして舌を這わせる。

「……んぁっ……ん、んぅ……」

優しく舌で舐め転がされるような動きに、刹那は鼻から抜けるような甘い吐息を洩らす。

ふくらみを下から掬い上げるようにやわやわと揉みしだかれ、蒼真の咥内に含まれていない方の突起は指でゆっくりとこね回される。

時折、ちゅっと軽く突起を吸い上げられると、言いようもない愉悦が刹那の背筋を駆け上がる。

敷布を強く握りしめ、声を我慢しようとする刹那の頬を、蒼真は力を抜くようにと優しく撫でる。

「声、我慢しないでください。もっと、私に刹那殿の声を聞かせてください」

声を促されるように、利那は指の腹で唇をなぞられる。

「で……でもっ、神官さまは……私の身体を消毒してくださっているのに……、私……っ、恥ずかしくなるような声しか、出なくて……」

羞恥に瞳を潤ませる利那にそんなことを言われ、蒼真はようやく利那が声を抑えていた理由に気づく。

そのあまりの刹那の純粋さは、今は押し殺そうとしている蒼真の苛虐心をもどかしくなるような動きでくすぐってくる。

「恥ずかしくなるような声でいいのですよ。――私が、そのような声しか出せないようにしているのですから」

そして、蒼真は閉じられたその愛らしい唇を自分の唇で抉《こ》じ開けてしまうと、片手で乳房を突起ごと撫でさすりながら、もう片方の手を刹那の太腿に這わせる。

びくりと跳ね上がった太腿を若干押さえつけるようにして撫で上げると、その中心に下着の上からそっと触れてくる。

蒼真の指に触れられ、下着がぬるりと秘裂を滑るような感覚に、利那は自分の秘処がすでにぐっしょりと濡れそぼってしまっていることに気づく。

下着の上から花芯を引っ掻くように擦り上げられ、そのもどかしくなるような刺激に、口づけの合間にたまらず嬌声が零れる。

擦り上げる指の動きに合わせて下着が秘裂を滑り、ぬちゅぬちゅと卑猥な音をたてる。

「……んんっ…、ひぁっ……、あ、んっ……んぁっ……」

直接触れず、その歯がゆさに腰が震えるような刺激でじわじわと理性を崩壊させていく愛撫に、刹那は激しく身悶える。

「……ここにも、触れられたのですか?」

すでに役割を果たさなくなるほど蜜にまみれた下着をずらし、蒼真はその隙間から淫らに濡れそぼった秘裂を指で直接撫で上げる。

「んっ……あぁぁっ!」

ようやく訪れた強い刺激に、痺れるような快感が刹那の身体を支配する。

下着の隙間からぐちゅぐちゅと秘裂を執拗に擦り上げられ、刹那はびくびくと身体を震わせながら、何とか言葉を紡ごうとする。

「んんっ……そこにも……触れられ……ました、けどっ……んあぁっ、こんなにっ……なったり、しな……っあぁ!」

蒼真の指先に花芯を捉えられ、呼吸が乱れた刹那はそれ以上言葉を紡げなくなってしまう。

「こんなにならなかったというのは、こんなに濡れたりしなかったということですか?」

卑猥な蒼真の問いかけに、刹那は昂った感情のまま素直に頷く。

「触れられても……ただ気持ち悪いだけで……全然こんな風にならないから……、あの人たちは……唾液で濡らせばいいって……」

「それで、ここを舐められたのですか?」

その問いかけには、刹那はすぐさま首を横に振って否定する。

「その前に……、氷姫さんが助けに来てくださいました」

「それでは、ここには触れられただけなのですね？」

「……はい」

そう言うと、蒼真は明らかに安堵の表情を浮かべた。

そして、すぐに薄く微笑む。

「それでも、ここにも触れられたのであれば、ちゃんと消毒しなければなりませんね」

蒼真は刹那の下着を引きずり下ろすと、膝を割り開いて、すでにたっぷりの蜜でまみれた中心へと顔を埋《うず》める。

そして、熱くぬるついた蒼真の舌先が、刹那の秘処をねっとりと舐め上げた。

「ひっ、あぁあぁあっ！」

溢れ出る蜜を舐め啜られる感覚に、刹那の腰がびくびくと跳ねる。

ぴちゃっ、くちゅっと蒼真の舌が秘処を舐め回す音に、身体のみならず脳髄まで溶かされそうになってしまう。

舌先で包皮を剝かれた花芯が蒼真の咥内に含まれ、嬲るように吸い上げられると、刹那の蜜口からはさらに新しい蜜が迸る。

「やはり、たまらないですね。刹那殿の蜜は、私にとってどんな美酒よりも甘美で酔わされてしまう……。──ずっと、こうして味わっていたいほどに」

快感に綻んだ蜜口に、蒼真はつぷりと指を一本挿入させる。

熱く蠢く蜜襞を異物に掻き分けられる感覚に、刹那はゾクゾクとした震えが止まらなくなってしまう。

その指を刹那の濡襞に馴染ませるようにゆるゆると蜜洞を掻き回していたかと思うと、急に中の蜜を掻き出すような抽送する動きに変わる。

「やっ……あんっ、あぁっ！」

抽送される指と共に掻き出された蜜を、蒼真は美味しそうにジュルジュルと舐め啜っていく。

「ここを私に舐められるのはお嫌いですか？」

唇を秘処に埋《うず》められながら囁かれ、恥ずかしいところに蒼真の熱い吐息を感じながら、刹那はさらに腰をうねらせる。

「あっ、ひぁあっ……やじゃ……なぁっ……。でもっ、そんなところで……しゃべっちゃ……あぁっ！」

いつの間にか抽送される指は二本に増やされ、すでに刹那の感じる場所を熟知した蒼真は、弱点ばかりを攻め立てていく。

「ひぁっ……、神官さまぁっ……、わたしっ……あ、あぅうっ……もう、んんっ！」

刹那の下肢ががくがくと引き攣り、もう絶頂が近いのだと悟った蒼真は、さらに高みへと押し上げるように蜜壺を掻き回しながら花芯を親指で押し潰し、硬く張り詰めていた乳首を舐めしゃぶる。

「やぁっ……、全部は……だめぇっ……っあ、あぁああぁ……っ！」

絶頂に上り詰めた刹那は、蒼真の指をぎゅうぎゅうときつく締めつけながら、大きく背中を仰け反らせる。

絶頂の余韻で喘ぐような呼吸を繰り返す刹那の頬には、生理的に溢れた涙が伝っていた。

蒼真はそれを優しく舐め取ると、喘ぐ刹那の唇に触れるだけの口づけを落とす。

「気持ち良かったですか？」

乱れて顔にかかった髪を払うように頭を撫でると、未だに蕩けたような表情をした刹那がはにかむように微笑む。

その理性を掻き乱す微笑みに、蒼真はまだ呼吸の整っていない刹那の赤く潤んだ唇をつい深く貪ってしまう。

そして、新たな刺激を求めて蠢く蜜口にも口づけしてやると、蒼真はそのままぬるりと舌を挿入させて、柔襞を硬くした舌先で存分に可愛がる。

「そんな……はぁっ、いまっ……舌いれちゃぁ……ゃあぁぁあっ！」

刹那は大きく開かされた太腿を引き攣らせながら、艶めいた嬌声をあげる。

なおも舌と入れ替わりに挿入された三本の指に、蜜を絡めるように蜜孔をぐちゅぐちゅと掻き回される。

気まぐれに埋め込まれた指で大きく蜜口を広げられると、ひんやりとした空気が蜜壺に入り込み、中の襞がふるりと震える。

それすらも快感となって、広げられた隙間からもトロトロと蜜が溢れ出してくる。

その後も、時間をかけて妄執的な愛撫を施された刹那の蜜壺は、三本の指を優に咥え込み、その抽送で掻き出された白く泡立った蜜が糸を引いて褥に零れ、ぐっしょりと濡らしてしまうほどになっていた。

「はぁっ……んっ……はぁっ……神官さまぁっ……んぅっ」

全身を支配する快楽に身悶え、琥珀色の瞳を蕩ける蜂蜜のように潤ませる刹那をもっと乱したくなる衝動を抑えながら、蒼真は口づけを繰り返す。

「神官さまではなく、名前で呼んでください」

耳朶を舐め上げられながら囁かれると、刹那はまだ蜜口に咥え込まされたままの蒼真の指をきつく締めつけてしまう。

「あ……はぁっ……蒼真……さん……っ」

「いい子ですね。これからは、ずっとそう呼んでください」

蒼真は満足げに青灰色の瞳を細めると、蜜壺の締めつけを楽しむように抽送を深めていく。

すでに濡襞の全てが性感帯になってしまったかのように熱を持ち、どこを擦られても微弱な電流のような快感が刹那の身体を駆け巡る。

「――だいぶ、解れたようですね」

蜜で少しふやけた指をようやく蜜壺から引き抜くと、熱くぬかるんだ刹那の蜜口に、蒼真は取り出した己の滾った欲望の塊を押しつける。

熱く脈打つ肉棒に蜜を絡めつけるように蒼真が軽く腰を揺らすと、否応なしに刹那の腰も震える。

「はぁっ……んぁあ……」

そして、十分に蜜を纏った肉棒の膨れ上がった亀頭が蜜口に咥え込まされると、その先の快楽を知った刹那の媚肉は歓喜に戦慄く。

そのまま蒼真がどこか焦らすようにゆっくり腰を進めると、熱く猛《たけ》った剛直が濡れそぼった襞肉の道をじわじわと押し開いていく。

「やぅっ……熱っ……あっ、はぁっ……ん」

すでに何度も蒼真の欲望に貫かれたはずの刹那の蜜襞は、まるで穢れを知らない純潔の乙女のようにぎゅうぎゅうと侵入してくる肉棒を締めつける。

質量のあるものに最奥まで貫かれて征服される快感に、刹那は咽喉を仰け反らせて身悶える。

「はぁ……っ、あ、あぁっ……！」

ゆっくりと挿入された所為か、絡みつくようにうねる刹那の媚肉は、蒼真の欲望の卑猥な造形を生々しく伝えてくる。

「……っく、刹那殿の中、熱くて溶かされてしまいそうですね……」

まるで絶頂に達したかのような濡襞の激しい締めつけに、蒼真は少し苦しげに呻く。

蒼真は最奥を責め立てるように激しく突き上げたくなる衝動を抑えながら、刹那の襞に自分の形を馴染ませるようにじわじわと腰を揺らす。

硬い亀頭の先端で奥をグリグリと擦り上げられる感覚に、知らず知らずのうちに刹那の敷布を握る手に力が籠もる。

「……ひ……っ、あっ、それっ……だめぇっ」

しかし、言葉とは裏腹に、刹那の襞肉は蒼真の肉棒を放すまいとみちみちと絡みつく。

それを理解した上で、蒼真はわざと困ったように首を傾げる。

「この動きはお気に召しませんか？　では、これはいかがでしょう」

突然、雁首まで一気に肉棒を引きずり出され、その喪失感に刹那は喉を震わせる。

しかし、その喪失感も束の間、熱い楔《くさび》が最奥を抉るように穿たれ、そのまま繰り返される激しい抽送の衝動のままに、刹那はがくがくと揺さぶられてしまう。

そして、刹那は身体を横抱きにされると、片足を抱えられ、蒼真の剛直をさらに蜜壺の奥深くまで咥え込まされる。

しなるように打ちつけられる蒼真の腰は、刹那の弱点ばかりを執拗なまでに突き回し、止め処なく溢れ出す蜜を粘着質な音をたてて掻き出していく。

室内に響くほどの卑猥な交わりの音は、媚薬のように刹那の脳を蝕《むしば》み、痺れさせていく。

「あ、あっ……やぁっ……やぁあっ！」

「こちらもお気に召しませんか？　とても気持ち良さそうな表情《かお》をされていますが……。ほら、刹那殿の中もこんなに嬉しそうに私を締めつけて」

身体を仰向けにされ、口づけができるほど顔を寄せられながら最奥を擦り立てるように腰を回されると、刹那は息も絶え絶えに嬌声を迸らせる。

「あぁあっ……ふぁ……っ、アッ、あぁっ」

お互いの陰部を擦り合わせるように密着させられ、利那は自分が本当に蒼真と繋がっているのだと実感させられた。

利那を激しく攻め立てた所為か、蒼真の着物の衿元が乱れ、しっとりと汗ばんだ胸元がのぞいていた。

その逞しい胸元に直に触れてみたい――利那の頭の中に無意識にそんな考えがよぎる。

「……っん、あ、蒼真さん……っ」

利那が精一杯言葉を紡ごうとしていることに気づき、蒼真は一時的に腰の動きを緩慢にする。

「どうなさいました?」

「はぁっ……蒼真さんも……っ、ぬいでください……。んっ、わたしも……蒼真さんに……はぁっ……ふれたい……っ」

快楽に支配された瞳ですがるようにそんなことを言われ、蒼真はその愛おしさに自分の余裕がなくなっていくのを感じる。

「……利那殿のお願いとあれば、聞き入れないわけにはいきませんね」

そう言って、蒼真は纏っていた着物を脱ぎ落とすと、そこに隠されていた均整のとれた美しい肉体を露わにする。

一見、着物を纏っていると男性の中では華奢なようにも見える蒼真だったが、今、利那の目の前にあるのは、しっかりと鍛えられてほどよく筋肉がついて締まった男らしい裸体だった。

その情欲を刺激するような色気を醸し出す蒼真の裸体に、利那は一瞬にして目を奪われ、魅せられてしまう。

「触れなくてよろしいのですか？」

どこか苦笑したように発された声に現実に引き戻され、蒼真の身体に見入ってしまっていたことに気づいた刹那は、さらに頬を赤く染める。

そんな刹那の初々しすぎる様子に、蒼真は思わず強引に腰を押し進めたくなるのを必死に我慢する。

「あの……っ、んぁ……、今日は……手をしばらないのですか……？」

一瞬、刹那の言葉の意味を履き違えそうになるが、見上げてくる琥珀色の瞳に不安の色を感じ、蒼真は過去の自分の行いに罪悪感を抱かずにはいられなくなる。

「そうですね……。刹那殿が私の腕の中から逃げ出そうとでもしない限り、もう縛めるようなことはいたしませんよ」

それでもなお、蒼真は完全に否定せずに含みを持たせるような言い方をするが、そこまで深く考えなかった刹那はほっと胸を撫で下ろす。

「よかった……」

刹那は固く握りしめていた敷布から手を離すと、どこか勇気を振り絞るようにおずおずと腕を伸ばし、蒼真の首にすがりつくように抱きつく。

「……ずっと……、こうしてみたかったんです」

手に宿る力の所為で人から触れることを恐れられていた刹那にとって、未だに自分から誰かに触れるという行為は、いつだって不安と隣り合わせだった。

蒼真に抱かれた時は、いつも手首を縛められるか嬌声が洩れないように手で口を塞いでいた為、自ら回すことのできなかった腕に勇気を振り絞って力を込める。

触れ合う部分から蒼真の素肌のぬくもりを直に自分の肌で感じ、刹那の胸は歓喜に打ち震えた。

「――っ」

蒼真がわずかに息をのむ音に、刹那は抱きつかれたのが嫌だったのかと、抱擁の力を緩めて離れようとする。

しかし、逆に逞しい腕に拘束され、苦しいほどにその温かな胸に掻き抱かれる。

「……無自覚かとは思いますが、あまり私のことを煽ってあとで後悔するのはあなたですからね」

「あお……る？　……っあぁ！」

激しく再開された蜜壺を撹拌《かくはん》されるような律動に、刹那は必死になって蒼真の首にしがみついて耐える。

心なしか、自分を貫く肉棒が先程より硬度と質量を増しているような気がしながらも、すぐにそんなことを考えられないほどに刹那の思考は乱されていった。

雁首まで引きずり出され、子宮口を抉るようにグチュズチュと突き上げられる肉棒の動きの激しさを物語るように、ふたりの下肢は蜜と先走りが混ざり合って白く泡立った卑猥な液でしとどに濡れていた。

「……ん、く……っ、あんまり……強くしちゃ……だめぇっ、あぁぁっ！」

限界まで膝を折りたたまれて開脚させられ、刹那は上から体重をかけられて熱い楔を打ち込まれるかのごとく腰を深く突き進められる。

「本当にだめなのでしょうか？　こうして奥を突き上げると、刹那殿の中は嬉しそうに私に吸いついてきますよ。――本当は、気持ち良いのではないのですか？」

耳元で情欲にまみれた掠れた声で囁かれ、ゾクゾクとした快感が刹那の背筋を這い上がってくる。

だめだと口では言いながら、刹那の腰は快楽を貪るように蒼真の律動に合わせて揺れ動いていた。

子宮口を硬い亀頭で擦り立てられる度に迫り上がる愉悦を感じながら、刹那は蒼真に与えられる淫靡な刺激によって、どんどん自分の身体が淫らに作り替えられていくような気がした。

「認めた方が、もっと気持ち良くなることができますよ――」

耳朶を食まれながら繰り返される淫らな悪魔の囁きに、ついに刹那のなけなしの理性が溶かされてしまう。

「……っ、いい……あ、あぁっ……蒼真さんの……おっきぃの……きもち、いいっ……きゃうっ！ゃあ……おかしく……なっちゃ、んんぅ！」

狭く収縮して絶頂の兆しを見せる刹那の濡襞を蹂躙するように、蒼真は腰を振りたくってさらに深く繋がろうとする。

「……っ、本当に、無自覚とは恐ろしいものですね……」

蒼真はどこか困ったように微笑む。

強く揺すり立てられる度に、胸の飾りが逞しい蒼真の胸板に擦りつけられ、深すぎる交わりは花芯を引き攣らせる。

突き破られるのではないかと思うほど激しく子宮口を攻め立てられ、その全ての刺激が刹那をより一層の高みへと誘《いざな》っていく。

呼吸も忘れてしまうほどの快楽に身体も思考も苛まれ、刹那の赤く熟れた唇は甘い喘ぎを抑えられなくなる。

「……はぁっ……んんっ、……すき……っ。蒼真さん……だいすき……ふぁっ、もっと……ちょうだ……んっ……」

すでに閉じることができなくなり、小さな舌をのぞかせる刹那の唇を、蒼真は欲望のままに奪う。まるで、お互いに足りないものを探り合い、補うような口づけに、ふたりは溶けるように深みに落ちていく――。

「……本当に、夢のようですね……」

恍惚とした表情で呟く蒼真の腕の中で、刹那は自分を支配している煮え滾るような情欲が一気に全身を駆け巡っていく感覚に、背中を引き攣らせて一際高い嬌声をあげる。

「ひゃあ、あっ、あぁあああ……んっ！」

蒼真は、絶頂に戦慄き、激しく収縮を繰り返す刹那の濡襞を熱り《いき》勃った肉棒で押し開き、その最奥にビュクビュクと大量の熱い飛沫を浴びせかけた。

熱い液体が子宮口や襞肉に叩きつけられる感覚に、刹那の身体がびくびくと苦しいほどに痙攣する。

蒼真は白濁の残滓まで全てを搾り取ろうとうねる刹那の濡襞に、己の放った精を塗り込めるように腰を揺らし続ける。

そして、絶頂の余韻に激しく呼吸を乱して頬を紅潮させ、くたりと弛緩した刹那の身体を蒼真は優しく抱きしめる。

身体の奥深くでお互いの熱が溶け合ってひとつになっていくような心地好い感覚に、刹那は瞼を閉じてうっとりと身を任せたのだった。

＊＊＊

未だに燻る熱を携えた身体を蒼真の手によって清められながら、刹那は泥に沈んでいくような微睡みの中にいた。

想いの通じ合った愛しい相手との交わりがこんなにも甘美で狂おしい快感を生み出すものなのだということを、刹那は初めて知った。

手で触れたところからだけではなく、お互いの肌が触れ合う全ての場所から、蒼真の嵐のように激しい愛情を感じ取った刹那の中には、すでに抱いていた不安の片鱗《へんりん》すら残っていなかった。

清め終わった刹那の身体の上に毛布を掛けると、蒼真はその隣に身体を滑り込ませ、柔らかな身体をその腕に抱き寄せる。

その温かな胸に頬を寄せながら幸せそうに微笑む刹那の表情に、蒼真の相好も崩れる。

そして、まだどこかぼんやりとしているものの、何か疑問を持ったような瞳で見上げてくる刹那に、蒼真は優しく問いかける。

「刹那殿、どうしました？」

「……あの……っ、今日は……その……。一度だけで、いいのですか……？」

「……っ⁉」

とろんとした瞳でそんなことを言われ、蒼真は神に自分の理性を試されているのではないかと頭を抱えたくなる。

決して刹那が強請ってそんなことを言っているわけではないことは百も承知だが、この瞳を前にすると、蒼真は長年の鍛錬で培ってきた忍耐力も全く取るに足らないものに感じてしまう。

「もう、まったく身体に力が入らないのでしょう？　これ以上、刹那殿に無理をさせるわけにはいきません」

「でも、あの……ちゃんと一度だけで……、蒼真さんも……気持ち良くなっていただけましたか……？」

自分だけが途方もない悦楽に浸ってしまっていたような気がして、刹那は蒼真の欲求も同じようにちゃんと満たされているのか心配になってしまう。

「……あなたは、またそんなことを言って……。本当に困った子ですね……」

「……えっ？」

低く唸るように呟かれた言葉をちゃんと聞き取ることができずに戸惑う刹那の唇に、蒼真は自らの唇で甘い罰を与える。

「とても気持ち良かったですよ。ずっとああして、刹那殿と繋がっていたいと思ってしまうほど」

蒼真はふたりの唇を繋ぐ銀糸を舌で舐め取り、小さな喘ぎを繰り返す刹那の耳元でそっと囁く。

その吐息のような言葉だけで、一度絶頂まで高められてしまった刹那の身体は簡単に疼き出しそうになってしまう。

「――そういえば、あの……、蒼真さんはどうして……毎晩外出されていたのですか?」

迫り上がる疼きを抑える為に、刹那は気持ちを紛らわすように話題を変える。

「雪音ちゃんが、春の精霊たちは争い事を嫌うのに、こんなに毎晩外出するのはおかしいって……」

もう、蒼真が誰かと逢引《あいびき》をしているなどと疑っているわけではない。

言いたくないのであれば、深く追及するつもりはないが、それでも寝る間を惜しんでまで蒼真が何をしているのか気にならないはずがなかった。

すると、蒼真は何かを思い出したようにくすくすと笑い出す。

「そういえば、私も雪音に聞きましたよ。私がどこぞの女性と毎晩逢引をしているのではないかと、刹那殿が疑っていると」

「――っ!?」

不安に駆られて口にしたこととはいえ、刹那はまさか蒼真にあの話が伝わっているなどと思いもしなかった。

居もしない相手に抱いていた嫉妬心を暴かれ、刹那は羞恥で顔を真っ赤に染める。

「……私……っ、その……、すみません……」

「いいのですよ。不安にさせてしまったことは申し訳ありませんが、利那殿に嫉妬していただけるなんて、私にはこの上ない喜びですから」

それに、と蒼真は言葉を続ける。

「私が毎晩外出していた用件も、言葉の表面だけを読み取れば、利那殿の考えていたことはあながち間違いではございませんから」

さらりと付け加えられた言葉に、利那は茫然と目を見開く。

逢引があながち間違いではないということは――。

「女性に……会いに行っていたということですか……？」

利那の声が震えていることに気づきながらも、蒼真はまだ本当のことを言わない。

「そうですね。会いに行くというより、探していたという言葉の方がふさわしいかもしれませんが」

どんどん不安に苛まれ、表情を暗くしていく利那に、少し意地悪の度が過ぎたと思い始めた蒼真は、ようやくありのままの事実を告げる。

「まぁ、女性と言っても老婆の姿をした妖《あやかし》ですがね」

「……えっ？」

――老婆の姿の妖……？

一瞬にしてきょとんとした表情に変わる利那に、蒼真は思わず小さく噴き出してしまう。

「私はここ最近、氷姫殿の侍女に桃色秘薬を渡した山姥《やまんば》をずっと探していたのです」

以前から、この最北の地に広がる森の中に山姥が棲んでいることは、この辺りの精霊たちにとっては有名な話だった。

山姥はひどく狡猾《こうかつ》で、好んで近づく者などとても居なかったが、氷姫の侍女のように、心に宿る黒い感情を抱えた者を唆しては問題を発生させる為、蒼真もその存在には頭を悩まされていた。

精霊には属さない為、四季の神官にも平気で楯突《たてつ》いてくるような相手だ。

桃色秘薬の一件で、刹那の存在を知ったであろう山姥が、また間接的に危害を加えてこないとも限らない。

それを危惧した蒼真は、精霊たちの間で取り引きが禁じられている桃色秘薬を精霊に与えた悪行を理由に、他の三神官の力も借りて山姥を封印することにしたのだ。

「封印する為の術式は早くに完成していたのですが、この広い森の中では肝心の山姥を見つけることは容易ではありませんでした」

山姥は気配を消すことには長《た》けているが、視力が弱いという欠点がある。

確実に山姥を仕留めるには、明るい昼間より陽が沈んでからの方が都合が良かった。

その為、蒼真は陽が沈むのを見計らって毎日外出していたのだ。

「それで、山姥は見つかったのですか？」

「ええ。今夜、ようやく仕留めました。術式の威力も予想以上に強力で、あの封印が解けることはまず有り得ないと思います」

「良かった……」

蒼真の苦労が報われたことに、利那はほっと胸を撫で下ろす。

そんな利那の頭に頬を寄せながら、蒼真は独白にも似た呟きを洩らす。

「——私は、山姥を封印することを最優先にするのだと自身に言い聞かせることで、利那殿と向き合うことから逃げていました……。利那殿の心の傷が癒えるまで待とうと思ったのは建前で、本当はあなたに拒絶されることがなによりも恐ろしかったのです……」

その証拠に、昼間は利那を避けるような行動を取っていたものの、蒼真は毎晩、眠る利那のもとを訪れていたのだと話す。

「それで、私が魘されていたことを知っていたのですね……」

「はい……。ただ利那殿の寝顔を見ているだけで、私は十分に満たされていました。それでも、魘されているあなたを放っておくことなど私には到底できず、勝手ながら落ち着くまでこの腕に抱きしめて……朝方まで添い寝をしたこともありました」

その蒼真の言葉に、あの無数の手に襲われる悪夢から利那を救い、いつも大丈夫だと言って優しく包んでくれるぬくもりを思い出す。

あのぬくもりは夢の中での出来事だと思っていたが、やはり夢などではなかったのかもしれない——。

「けれど、私はもう、利那殿に触れることを恐れたりしません」

そう言って蒼真は身を翻すと、利那に覆い被さるように体勢を変える。

「蒼真さん……？」

不思議そうに首を傾げる刹那に、蒼真はにっこりと柔和な笑みを浮かべる。

「嫉妬していただけることは大変嬉しいのですが、今後は刹那殿に不安や杞憂を与えることのないよう、しっかりと言動や行動であなたに対する愛しさを表現していきたいと思います。私のことしか、考えられなくなるくらいに――」

その妖艶な色を湛えた青灰色の瞳に射抜かれ、刹那は甘い戦慄を覚える。

「――それって、どういう……んぅっ⁉」

蒼真は情熱的な愛の言葉を囁くように、刹那の唇に目眩がするほど濃厚な口づけを施していく。

軽い戯れではなく、理性を蕩かされるような深く甘い刺激に、刹那の身体が再び火照り始めるのにそう時間はかからなかった。

そうして、蒼真は口にした言葉を違《たが》えることのないよう、全身全霊で刹那への溢れんばかりの愛しさを伝えるのだった。

＊＊＊

「なぁ、遅くないか？」

透き通る青い空に太陽がその全貌を明かして小一時間も経つ頃、日課の薪《まき》割りを終えた颯太が思案顔で雪音に尋ねる。

その言葉の意味を察しているにもかかわらず、雪音はわざとすっとぼけた返事をしてみる。

「は？　遅いって、なにが？」

「蒼真様のことに決まっているだろう！　いつもは太陽が昇る前には起床されている方なのに、こんなに陽が高くなるまでこちらに顔をお出しにならないなんて……。どこか、お身体の加減が良くないのだろうか？」

真面目に蒼真のことを気遣う颯太を余所に、蒼真も、そして刹那もまだ起きてこないことに心当たりのありすぎる雪音は、思わず口元が緩んでにやけそうになる。

昨日、わざと刹那に不安を煽るようなことを言って焚《た》きつけ、蒼真と話をするように言ったあと、雪音はすぐさま蒼真のもとへ向かった。

『私が、逢引をしている――？』

刹那に何か変わったことがあったらすぐに教えてほしいと言われていた雪音は、もちろん蒼真に先程の会話を上手く掻い摘んで報告した。

『そうよ。蒼真が刹那になにも言わないで毎晩外出するから、もしかしたらそうなんじゃないかって、刹那、すごく不安な顔してた』

『なぜ、そのようなことを……』

どこか焦った表情を浮かべる蒼真に、雪音は「この、鈍感男がぁっ！」と叫びたくなる気持ちを必死に抑え込んだ。

『あのねぇ……。女の子っていうのは、基本的に寂しがり屋だし、直接的な愛情表現をしてもらわないと、すぐに不安になっちゃう生き物なの！　ましてや、刹那みたいな境遇の子は、なおさらわかりやすく気持ちを伝えてあげなきゃ、蒼真がどんなに刹那のことを想っていても、その気持ちに気づけるわけないじゃない』

湯殿での一件があった翌日、蒼真は雪音と颯太に刹那の行動に細心の注意を払い、共に過ごすように命じた。

それは、万が一刹那が自傷行為に及んだ時にすぐに止められるようにという意味も込められていたが、多くは刹那の心の傷を少しでも癒してあげてほしいという蒼真のたっての希望だった。

刹那の心の傷を癒すことができるのは、蒼真だけなのに——雪音はそう思いながらも、刹那のことをどこか苦しそうに見つめる蒼真を目の前にすると、その思いを簡単に口にすることはできなかった。

きっと、雪音の知らないところでふたりの間に何か問題が起こっていたのだろう。

そこにまで口出しするほど配慮に欠けている雪音ではないが、ふたりの幸せを願っている者としては、今の状況に満足することなど到底できるわけがなかった。

『刹那が蒼真のことをどう想っているのかだって、刹那に聞いてみなきゃわからないじゃない。蒼真がなにを心配してるのかはわからないけど、いつまでもこんなこと続けて、刹那の気持ちが離れてから後悔したって遅いんだからね！』

主に対して暴言とも取れる発言も、雪音は口にすることに一切の躊躇いはなかった。

颯太が聞いたら卒倒しそうだが、こんな言葉も聞き入れてくれない情けない主では困るのだ。

そして、頬を紅潮させながら自分を睨みつけるように見上げてくる雪音に、蒼真は申し訳なさそうに苦笑した。

『――そうですね。刹那殿の御心が離れてしまうことは、とても耐えられそうにありませんね』

そう言って何かが吹っ切れたように笑った蒼真を見て、雪音はようやくずれていたふたりの歯車が噛み合う準備が整ったのだと、ほっと肩の力を抜いたのだった。

――本当に、世話の焼ける主に仕えると、いろいろと面倒でしょうがないわね。

昨日のやりとりを思い出し、心の中で不満を呟いてみるが、その内容とは打って変わって雪音の表情は満足げな色を湛えていた。

そして、万が一颯太が蒼真たちの様子を確認しに行くことがないよう、雪音はあからさまに話題を変える。

「あ、そうだ！　颯太、薪割りが終わったとこ悪いんだけど、その薪で湯殿のお湯沸かしてくれない？」

「湯殿のお湯？　お前、こんな朝っぱらから湯を使うのか？　そもそも、よくもまぁあんな熱いところにすき好んで入ろうと思えるものだ」

「……バカね。使うのはあたしじゃないわよ……」

「ん？　なにか言ったか？」

「ううん！　なんでもない！」

いずれは颯太にも分かる日は来るだろうが、雪音はあえて今日はその意味を言わないでおくことにした。

とりあえず、颯太が自分で気づくまでは、この優越感に浸っておこうと雪音は思う。

「とにかく、湯殿に水張っておくから、あとは頼んだわよ！」

颯太に有無を言わさず居間をあとにすると、雪音は湯殿までの廊下を踊るように歩く。

今はまだ、ふたりは幸せな夢の中にいるのだろうか――？

そう考えるだけで、雪音の足取りはさらに軽くなる。

でも、その幸せは、これからは夢の中で留まることはない。

きっと夢から覚めても、ふたりの幸せはこの先もずっと末永く続いていくものなのだから――。

今日も白い大地は陽光に照らされ、目が眩むほどキラキラと光り輝いている。

それはまるで、雪音にはこの大地に息づく全てがふたりの未来を心から祝福しているかのように見えた。

番外編　花の香りにつつまれて

そのきっかけとなった出来事は、昨日の朝に遡る。

冬の神官である蒼真が住むこの屋敷には、定期的に来訪者がやって来る。

それは、他の季節の神官や、移り変わる四季と共に世界各地を巡っている精霊たちからの書簡や荷物を届けてくれる風の精霊たちだ。

どんな季節に対しても高い順応性を持っている者が多い風の精霊たちは、そのような伝達役としての役割も担ってくれている。

運ばれて来る書簡や荷物の量もそこまで多くはないので、基本的に屋敷を訪れる精霊はひとりだけなのだが、なぜかその日は十人もの精霊たちがそれぞれ大きな包みを携えてやって来た。

一体何が送られてきたのかと包みを開けてみると、その中には見頃を迎えた色とりどりの花々の苗が一株ずつに分けられて丁寧に梱包されていた。

それは、今は西の大陸にいる氷姫から届いたもので、同封されていた手紙には、蒼真や刹那に迷惑をかけてしまったお礼にと書いてあったそうだ。

しかし、十人がかりで運んできた苗の量は尋常ではなく、その数は優に五十を超えていた。

風の精霊たちを見送ったあと、その苗の多さを改めて目の当たりにした雪音がため息交じりに呟く。

「確かに、前に刹那は花が好きだって話をした記憶はあるけど、限度って言葉を知らないのかしら……。まったく、あの世間知らずのお嬢サマには困ったものね……」

まるで室内が小さなお花畑になってしまったような状況に、さすがの蒼真も苦笑を浮かべていた。

この極寒の地で花を管理する為には、新たに庭の小島に温度調節の術式を施した上で土壌を作り、ひとつひとつ簡易鉢から苗を取り出して植え替えなければならない。

術式に関しては一日あれば準備は整えることは可能であるが、問題はその後である。

「まぁ、いつもなら私の小妖精たちにぱぱっとやらせちゃうところなんだけど、術式が完成したあとじゃ、暖かい空気でみんな溶かされちゃうだろうし……」

「確かに、こればかりは僕の能力でもどうにもならないな……」

どうしたものかと唸るように思い悩んでいる雪音と颯太に、その様子を見ていた刹那が躊躇いがちに口を開く。

「あの、私……、苗の植え替え、やってみたい」

その刹那の申し出に、雪音たちのみならず、蒼真も軽く目を瞠る。

普段から人一倍周囲への気遣いを忘れない刹那のことである。

どのような形であれ、今回のことでも何か自分に手伝えることはないかと考えているであろうことは、蒼真も予想していなかったわけではない。

しかし、口にした控えめな言葉とは裏腹に、その瞳には微かな好奇心が滲んでいた。

どちらかと言えば面倒だと思われがちな土いじりも、これまで行動に関する制限が多かった利那にとっては魅力的な機会なのだろう。

蒼真が滅多に自分の意見を主張しない利那からの申し出を却下するわけもなく、それならばと自らも提案する。

「では、私もお手伝いいたします」

「えっ？」

「さすがにこの量の苗の植え替えはかなりの重労働になるかと思いますので、手はひとりでも多い方が良いでしょう」

「で、でも……」

自分以外の手を煩わせてしまうことに躊躇う素振りを見せる利那に、蒼真は柔らかく微笑む。

「紫丁香花《むらさきはしどい》に菖蒲水仙《あやめすいせん》、勿忘草《わすれなぐさ》……、ここにあるのは、どれも花言葉が友情や絆《きずな》にまつわる花ばかりです。氷姫殿から利那殿への親愛の印が青空の下で色とりどりに輝く姿を、私も早く見てみたいと思いまして」

いつも人を頼ることに対して必要以上に悩んでしまう利那の心を少しでも軽くできればと、そう口にすれば、少し気後れした様子を見せながらも、はにかむような笑顔を浮かべてくれた。

「……ありがとうございます。それでは、お言葉に甘えて」

周囲の花々が霞んでしまうような利那の可憐な笑顔は、どんな場面であっても蒼真の心を捕らえて放そうとはしない。

「蒼真が手伝うなら、あたしも手伝う！　最近は利那と一緒に湯船に入っても平気なくらい熱いのには慣れてるから、軟弱な颯太と比べて多少の熱い空気の中での作業だってへっちゃらだし」

「な、なにっ⁉　僕だって熱い空気が得意ではないというだけで、それなりの順応性くらい持ち合わせている！　蒼真様、ぜひ私にもお手伝いさせてください！」

売り言葉に買い言葉のような状況ではあるが、苗の数からして少しでも手は多い方がありがたい。

そうして、翌日は朝から全員で苗の植え替えを行うことになった。

まずは庭の小島の雪を雪音の使役する小妖精たちの力で払いのけてもらい、鍬《くわ》で土を耕していく。耕して柔らかくなった土の中に、事前に蒼真が調合していた術式に必要な鉱物を細かく砕いたものや草花の抽出液を腐葉土と一緒に混ぜ込むようにして均《なら》し、最後に簡易な呪文を唱えると、その範囲だけが春のように暖かな空気に包まれる。

「すごい……。ほんの一瞬で、本当に暖かくなってる！」

そう言って子どものように瞳を輝かせながら驚く微笑ましい利那の姿を目にすることができただけで、昨夜遅くまで調合を行っていた疲れなど、蒼真の中から跡形もなく吹き飛んでしまった。

そこから一度昼食の休憩を挟み、全ての苗を植え終えたのは、すでに空が茜《あかね》色に染まり始めた頃だった。

やはり慣れない暖かい空気の中での作業に、颯太は体調を崩して途中で引き上げてしまったが、雪音は気温などお構いなしに、最後まで楽しそうに利那と世間話に花を咲かせながら手を動かし続けていた。

入浴によって熱さに耐性ができたというのは、あながち嘘ではないらしい。

誰かと共通の目標を持って作業をするという行為は、これまで何をするにもひとりぼっちだった刹那にとっては、蒼真たちが想像していた以上に意義深いものであったようだ。

その有意義さを物語るように、完成した花園を見つめる刹那の表情には、疲労よりもとても満足そうな色が滲んでいた。

「じゃあ、あたしは夕餉の支度をするから、道具の片づけは蒼真たちにお願いしてもいい？」

「ええ、構いませんよ」

「ありがとう、じゃあよろしくね。――あ、それと」

振り返った雪音が、何か含みのある笑顔を浮かべる。

「さっき少し屋敷に戻ったついでに湯殿のお湯沸かしといたんだけど、どうせなら、汗が冷えないうちにふたりで一緒に入っちゃえば？」

「……い、一緒にっ⁉」

雪音の明らかな冗談にも動揺を隠せずにいる刹那の様子は、毎回のことながら可愛くて仕方ない。

刹那は動揺した顔も困ったような顔もひどく魅力的なので、時々そのような表情も見たいという欲求に抗えず、意地悪なことを口にしてしまいたくなるのが、目下の蒼真の悩みでもあった。

すると、雪音が頬を紅潮させた刹那の着物の袖を引き、そっと何かを耳打ちする。

雪音が何を言ったのかは分からないが、相変わらず頬を赤らめたままの刹那の表情が、微かに変わったように見えた。

「じゃあ、あとは頼んだわよ」

そう言って屋敷に戻っていく雪音の後ろ姿を見送ると、蒼真は何か考え込んでいるような刹那の顔をのぞき込むように距離を詰め、頬についていた土の汚れをそっと指先で拭い落とす。

「確かに、今日はお互い随分と汗をかいてしまったと思いますので、雪音の言う通り、身体が冷える前に一緒に入浴してしまいましょうか?」

蒼真としては、刹那でも分かるようにわざと冗談めかして言ったつもりだった。

そんな蒼真の発言にも、いつも顔を真っ赤にして言い淀《よど》む刹那の表情がたまらなく愛おしいと思ってしまうのだが、今日の刹那の様子は少し違った。

頬を染めて視線をさまよわせながらも、蒼真の着物の袖をきゅっと握りしめる。

「……わかりました。その……っ、蒼真さんさえ、構わないのであれば……」

不意を突いた刹那の返答に、蒼真は思わず目を丸くしてしまう。

「あっ、あの……、で、でも、無理にとは言いませんので……」

「いえ、それはこちらの台詞です。本当に、私と一緒でよろしいのですか?」

蒼真自身もどこか戸惑ったまま問いかけると、刹那は上目遣いでこくりと一度だけ小さく頷く。

——その表情は、反則だ。

今、この場で押し倒してしまいたい衝動を必死で抑え込みながら、蒼真はこの心中を悟られまいと可能な限り柔和な笑みを浮かべる。

「わかりました。それでは、私は道具の片づけを行ってから参りますので、刹那殿は先に温まっていてください」

「い、いえ、私も最後までお手伝いします」

「大丈夫ですよ。道具の数も少ないですし、むしろ、お手伝いいただいたことで身体を冷やし、刹那殿が風邪でも召されたらと心配でなりませんので」

蒼真に笑顔でやんわりと押し留められ、刹那は渋々といった表情で先に屋敷へと戻っていった。

鍬や円匙《えんし》から土を落とし、蔵の所定の位置に戻しながら、蒼真は無意識に深く息を吐き出す。

まさか一緒に入浴することを許諾してくれるとは思いもよらなかったが、きっとあの時、雪音が何か余計なことを言って刹那を嗾《けしか》けたのだろうということは容易に想像できる。

蒼真としても刹那の意志は尊重したいが、無理をしているのであれば話は別だ。

すでに先程頷いてしまったことを後悔している可能性もあるので、思い直す猶予を与える為に先に屋敷に戻るように促したのだが、蒼真が脱衣所へ行くと、先程まで刹那が纏っていた着物が洗濯用の籠の中に綺麗に畳まれて入れられており、棚にはきちんと二人分の着替えが用意されていた。

思い切った刹那の行動に改めて驚きを隠すことはできないが、この状況を心のどこかで期待していた蒼真にとっては純粋に嬉しくないわけがない。

湯殿の扉を開けると、立ち込める湯気の向こう側で、湯船に浸かっていた刹那がこちらを振り返る。

乳白色の薬湯《くすりゆ》に浸かっていた刹那は、いつも背中に下ろしている髪をまとめて上げており、ほんのりと赤く色づいたなめらかな項《うなじ》の線が露わになっていた。

「今日の薬湯は甘い花の香りがしますね。湯加減はいかがですか？」

どこかぼんやりとした表情で蒼真を見つめていた刹那にそう問うと、はっとしたように視線を逸らされる。

「と、とても……、良い湯加減です」

「そうですか。今日は慣れない作業でお疲れかと思いますので、ゆっくり浸かって疲れを取ってくださいね」

「……はい」

その声や表情からも明らかな緊張が見て取れるが、そんな刹那の姿にでさえたまらなく欲情しそうになる自分は本当にどうかしていると、蒼真は内心苦笑せずにはいられない。

少し冷静にならなければと洗い場で身体を洗おうとすると、「あの……」と、湯船の中の刹那から躊躇いがちに声がかかる。

「……お、お背中……っ、お流ししてもよろしいですか？」

最後は消え入りそうなほどか細い声だったが、蒼真が刹那の言葉を聞き逃すわけがない。

蒼真が少し目を瞠って振り向くと、湯の所為なのか否か、刹那は耳まで赤くしている。

「ありがとうございます、とても嬉しいです。……ですが、刹那殿。一体、雪音になにを言われたのかはわかりませんが、少し無理をなさっていませんか？」

刹那は蒼真に抱かれる時も、灯《あか》りが灯ったままだと恥ずかしさに耐えかねて泣きそうな顔をする。

いくら湯気で多少視界が霞んでいるとはいえ、この状況にいるだけでも、本当は逃げ出したいほどの羞恥に苦しんでいるのではないかと心配してしまう。

しかし、そんな蒼真の心配とは裏腹に、刹那は大きく首を横に振る。

「私、無理なんてしていません！　……っ、だから、その……だめですか？」

そう言って真っ直ぐに向けられた刹那の瞳には、これまで蒼真が目にしたことのない感情が宿っているような気がした。

「……そうですか。それであれば、ぜひお願いいたします」

その眼差しに含まれた不安を払拭するように蒼真が微笑めば、ようやく刹那の表情がほっとしたように緩む。

そして、刹那は湯船から出て腕で胸元を隠すようにしながら洗い場まで来ると、蒼真の手から石《せっ》鹸《けん》で泡立った海綿を受け取る。

「あの、自分から言い出しておきながら申し訳ないのですが……、私、誰かの背中をお流しするのは初めてで……。もし、粗相があればすぐにおっしゃってくださいね？」

どこか自信なさげに耳元で囁かれた刹那の声は、蒼真の鼓膜だけではなく心まで震わせる。

海綿が触れているのか否かも曖昧に感じるような刹那の手つきは、恐る恐るといった表現がぴったりで、まるで背中を羽根にでも撫でられているような感覚だった。

そんなところも刹那らしいと、少しくすぐったさを感じるような心地好さに身を委ねていると、不意に刹那が口を開く。

「……蒼真さん、昨夜お休みになるのが遅かったのは、お花の為の術式の準備をしてくださっていたからだったんですね。雪音ちゃんに聞きました」

「あぁ、先程の話はその話でしたか」

「その、私、まったく気づかなくて……、今回のことだけではなく、これまで私が楽しいなとか、幸せだなって感じた数えきれないほどの出来事も、全てあとになって蒼真さんのお心遣いがあったことに気づいてばかりで……。本当に不甲斐なくて、申し訳ない気持ちでいっぱいです」

手の動きが止まった感覚にわずかに後ろを振り向くと、刹那は視線を床に落としてしょんぼりとうなだれてしまっていた。

このような刹那の表情を、蒼真はこれまでにも幾度となく目にしてきた。

与えられることに慣れていない刹那にとっては、どんなに幸せな瞬間にも必ず影のように不安がつきまとっているのだろう。

むしろ、これまでの刹那が過ごしてきた環境に鑑みて、本能的に与えられる環境に慣れてしまうことを恐れているのかもしれないと思えば、蒼真はどうしようもないもどかしさに胸を苛まれる。

それらはもう、全て過去の話だ。

すでに刹那はあらゆる制限から解放され、今はこうして蒼真の目の前にいるというのに――。

「そのような顔をなさらないでください」

蒼真は俯いた刹那と視線を合わせるように、そっと頬に手を添える。

「どんなに高価で貴重な宝石や黄金でも、私にとって刹那殿の笑顔以上に価値のあるものなど、この世に存在いたしません。あなたが微笑んでくれさえすれば、私はそれだけで幸せなのです」

「でも……っ」

それでは納得できないとばかりに紡ぐ言葉を探そうとする刹那の唇を、蒼真は掠め取るように自分の唇で塞いでしまう。

一度だけ軽く啄ばむようにして唇を離せば、不意を突かれた所為か、きょとんとした刹那の表情があまりにも可愛らしくて自然と笑みが零れる。

「そうですね。もし、刹那殿がご自身の笑顔だけでは納得できないとおっしゃるのであれば、笑顔と一緒に言葉もいただけないでしょうか？」

「言葉……？」

「はい。可能であれば、謝罪の言葉ではなく、感謝の言葉であれば嬉しいのですが」

これ以上は譲歩できないと言って茶目っ気を含んだ眼差しで見つめれば、徐々に刹那の表情が柔らかく綻んでいく。

「……ありがとうございます、蒼真さん」

頬に触れている手にそっと重ねられた小さな手のひらは、蒼真の胸に溢れる愛しさを言葉よりも雄弁に刹那に伝えてくれているだろう。

「あの、さっき蒼真さんは、私が無理をしているのではないかっておっしゃっていましたけど、……無理じゃなくて、努力ならしてもいいですか？」

蒼真が唐突な質問の意味を図りかねていると、どこかしどろもどろに刹那が言葉を続ける。

「その……っ、隣にいられるだけで幸せなはずなのに、私、どんどん欲張りになってしまっているみたいで、蒼真さんの為に少しでもなにかできないかなって、最近はそんなことばかり考えてしまって……。だから、お仕事以外の時間はもっと蒼真さんにくつろいでいただけるように、私も時々は頑張りたいなって思っているんですけど……、だめですか？」

どこか不安を帯びた刹那の眼差しに、蒼真の心の余裕などいとも容易く奪われてしまう。

基本的に、刹那が心配していることのほとんどは的を外してしまっているのだが、その可愛らしくてたまらない心配の内容に、いつも蒼真は別の意味で心穏やかではいられなくなる。

「……まったく、相変わらずあなたは私を困らせることに長けていらっしゃる」

「えっ……？」

蒼真は肩から湯をかけて石鹼の泡を洗い流すと、刹那の手から海綿を奪って放り投げ、そのまま膝を掬って抱き上げてしまう。

「えっ、あ、あの……っ、蒼真さん⁉」

慌てふためく刹那を余所にそのまま湯船に浸かると、蒼真は後ろから包み込むようにその柔らかな身体を抱きしめ、痕がつかない程度に露わになった項を唇で愛でる。

「っ、あ……、蒼真さん……っ、私、またなにか変なことを言ってしまいましたか……？」

微弱な刺激に声を上ずらせながら、躊躇いがちに問いかけてくる刹那の様子はひどくいじらしく、思わず綺麗にまとめ上げられた髪に手を埋《うず》めるようにしてこちらを振り向かせると、そのまま艶やかな唇に引き寄せられるように己の唇を重ねる。

蒼真は刹那の唇の感触やぬくもりを堪能するように優しく啄ばむような口づけを繰り返しながら、次第に緊張が解けて柔らかく綻んだ唇の隙間へと舌を差し込む。

未だに互いの舌が擦れ合う感触や舌先を甘く吸い上げられる感覚には慣れないようで、蒼真の舌の動きに合わせて驚いたように刹那が小さく身体を震わせる様子は本当に可愛くて仕方がない。

「……んっ、ふ……んん……っ」

何度も角度を変えて音をたてながら舌を吸い上げ、口蓋や歯列をくすぐるように舌を這わせる度に、鼻から抜けるような刹那の嬌声がさらに蒼真を昂揚させていく。

蒼真は刹那の身体を持ち上げ、己の脚を跨がせるように対面へと身体の向きを変えさせると、もっとその甘美な咥内を深く味わおうと、華奢な身体を強く抱き寄せる。

口づけが深みを増していくうちに、蒼真の動きに応えようと拙くも絡め合わされる刹那の熱く濡れた小さな舌の感触がひどく心地好い。

蒼真の胸元に添えられていた刹那の手を取って首に回すように促せば、ぎこちなくも身を委ねるように抱きついてくれる。

溢れそうになる唾液を何度も啜り上げながら、咥内で互いの熱や吐息までもが淫らに溶け合っていくような口づけに、あとはただ我を忘れて没頭してしまう。

本当はもっと味わっていたかったものの、完全に身体の力が抜けてしまった様子の刹那を案じて唇を解放すれば、まだ息も絶え絶えの様子の刹那が呼吸の間にぽつりと呟く。

「……いま……私、……すごく、幸せです」

全く予期していなかった刹那の言葉に、蒼真は驚いたように目を瞠る。

「私……自分の気持ちを言葉にするのは……あまり、得意ではなくて。……でも、こうして蒼真さんに触れて、直接ぬくもりを感じる度に、幸せな気持ちで胸がいっぱいになること……蒼真さんにも知ってほしいから……、これからはもっと、自分の言葉で伝えられるように、頑張りますね」

そう言って微笑むように細められた琥珀色の潤んだ眼差しが、蒼真の心を無上の喜びで熱く震わせる。

紆余曲折《うよきょくせつ》はあったものの、こうして刹那と共に幸せな瞬間を噛みしめることができる日が来るとは、一体誰が予想しただろうか。

まるで、蒼真の方が夢でも見ているような気分だった。

「……ありがとうございます。私もこうして刹那殿に触れられる一瞬一瞬が幸せで、愛おしくてたまりません」

これは決して夢などではないのだと己にも刹那にも知らしめるように、蒼真はお互いの間のわずかな隙間をも埋めようとその柔らかな身体をきつく抱きしめながら、耳朶に口づけるように唇を寄せて囁く。

「しかしながら、困りましたね……。きっと雪音が美味しい夕餉を用意して待ってくれているはずなので、この場で刹那殿の身体に必要以上に触れることは我慢していたのですが、あなたがあまりにも嬉しいことをおっしゃってくださったので、抑えが利かなくなりそうです」

言葉ではそう言っているものの、蒼真の声音に滲んでいるのは困惑ではなく明らかな喜悦だった。